周建渝

著

多重视野中的《三国志通俗演义》

中国社会科学出版社

图书在版编目（CIP）数据

多重视野中的《三国志通俗演义》/周建渝著.
—北京：中国社会科学出版社，2009.7
ISBN 978－7－5004－7972－7

Ⅰ. 多…　Ⅱ. 周…　Ⅲ. 三国志通俗演义—文学评论
Ⅳ. I207.413

中国版本图书馆 CIP 数据核字（2009）第 108858 号

责任编辑　史慕鸿
责任校对　王雪梅
封面设计　回归线视觉传达
技术编辑　李　建

出版发行　中国社会科学出版社
社　　址　北京鼓楼西大街甲 158 号　　邮　编　100720
电　　话　010—84029450(邮购)
网　　址　http://www.csspw.cn
经　　销　新华书店
印　　刷　北京新魏印刷厂　　　　　装　订　广增装订厂
版　　次　2009 年 7 月第 1 版　　　印　次　2009 年 7 月第 1 次印刷
开　　本　650×960　1/16
印　　张　13　　　　　　　　　　插　页　2
字　　数　160 千字
定　　价　28.00 元

目　录

自　序

　　这是一本讨论《三国志通俗演义》的专著，是我过去一年多时间内撰写完成的。然而，其中一些论题的思考，却是近几年在新加坡国立大学与香港中文大学为研究生上课时，逐渐产生和形成的。书中个别论题，曾在近年参加的国际学术研讨会上，做了初步讨论。所有这些积累，为本书的写作奠定了基础。

　　本书的重点在诠释。选择讨论《三国志通俗演义》，是因为它作为一部古典小说，其语言具有多种不同的性质（heterogeneousness）。而文学语言越具备多种不同的性质，就越有着观念及意义上自我解构的可能性①。《三国志通俗演义》就是这样一部作品，由于它蕴涵了异常丰富的可诠释的潜能，因此在若干世纪之后，仍能够激起我们的研究兴趣。这样一部讲史的经典，既呈现了过去的文明，又影响着后来的时代。它在历史性与现实性之间建立了一种独特的张力关系，成为我们今天重读经典的一个重要文本。

　　重读经典，就是重读传统。我们对于传统的认知，取决于我们对现代生活的认知。在重读经典、重读传统的过程中，我们希望领悟到现代意义。文本的意义是多元的，从中发现怎样的意

----

　　① 参见 Julia Kristeva, *Desire in Language: A Semiotic Approach to Literature and Art*, ed. Leon S. Roudiez, trans. Thomas Gora et al. New York: Columbia University Press, 1980. p. 133; Gerald Graff, "American Criticism Left and Right." *Ideology and Classic American Literature*, ed. Sacvan Bercovitch & Myra Jehlen. Cambridge: Cambridge University Press, 1986. p. 112.

义，取决于我们的批评视角与阅读期待。时代在演变，我们的批评视野在变化，对文本意义的解读也因此不断更新。文本意义的更新，产生于当代学术观念与文本自身的相互关联与互动中。

重读经典，不是对文本进行描述性重现，而是建构一种批评性论述；不是仅仅排列文本中的人物与事件，而是从中发现新的意义。文学批评的目标在于：导出文本意义的多元性，揭示文本诠释的诸种可能性。本书取名为"多重视野"，显示了这种尝试的意图，尽管本书未必完全实现了此一意图。

本书主要部分有六章，尝试以后现代批评视野解读这部古典小说。另有"外一章"，讨论这部小说的平行式叙述结构。之所以将它作为"外一章"，而不纳入全书框架，是因为这篇论文尝试的侧重点，在结构主义与叙事学批评方面，其批评视点及立论角度，与前面各章有所区别。

十分感谢香港特别行政区研究资助局（RGC）与香港中文大学中文系，他们为本书的写作，提供了多种支持与帮助。研究资助局为本课题慷慨提供研究经费，中文系用此经费，从外校请来教授，接替我过去一年的教学与行政工作，使我能够专心致力于本书的写作。假如没有这样的支持与帮助，本书实在难以完成。因此，我需要作出如下说明：本研究项目全部由中国香港特别行政区研究资助局（RGC）资助（项目编号：CUHK4555/06H）。

周建渝

2009 年元月

于香港中文大学

第一章

绪　　论

过去一个世纪中，学界对于《三国志通俗演义》的研究，成果蔚为壮观，其中以对作品的产生年代、作者、版本演变、故事源流、思想寓意、人物形象特征等方面的讨论尤其显著。① 近

---

① 关于《三国志通俗演义》故事源流的讨论，如陈翔华《三国故事剧考略》一文，将现存之历代三国故事剧及其源流，作了考证，并将之与《三国志平话》及《三国志通俗演义》作一对照，指出哪些情节或事件在《平话》或《演义》中有叙述，哪些为《平话》、《演义》所未叙。见周兆新编《三国演义丛考》，北京：北京大学出版社 1995 年版，第 363—439 页。又如 Yang, Winston Lib-yeu 1971 年于美国斯坦福大学（Stanford University）完成的博士论文 "The Use of San-Kuo Chih as A Source for the San-Kuo-Chih Yen-I"，主要讨论了《三国志通俗演义》怎样使用《三国志》中的材料，来完成小说的故事。该文认为，罗贯中在写作《三国志通俗演义》时，选择偏离《三国志平话》那样的民间传说的传统，而主要从《三国志》及其他史料中汲取材料，在叙述历史事件、描述人物形象等方面，与《三国志》保持一致，并继承了陈寿的历史观，其意在显示《三国志通俗演义》是一部通俗的历史（a history in the popular style），并试图将其置于纪传体传统之中（the Chinese historiographical tradition）。另一方面，罗贯中在描述某些人物形象时，又常常混杂汲收了民间传说成分；而对一些次要人物的描述上，又体现出罗贯中本人的创造。见 Yang, Winston Lib-yeu, "The Use of San-Kuo Chih as A Source for the San-Kuo-Chih Yen-I"（Ann Arbor, Michigan: University Microfilms, 1971），pp. 8, 339 – 42. 再有 Chang, Shelley Hsueh-lun 在其《历史与传说：明代历史小说中的思想与形象》（History and Legend: Ideas and Images in the Ming Historical Novels）一书中，讨论了明代历史小说中文人精英价值观与通俗文化传统价值观之间的相互影响，例如精英"君权神授"（divine sovereignty）的经典理论与非精英阶层武力造反理论之间的冲突，其中多处例引《三国志通俗演义》。该书指出，《史记》中关于刘邦与项羽"自立为王"的形象（images of "self-made" emperor），其对权力和功名的追求，已经成为后世历代皇权争夺者的原型（archetype）。然而，Chang 看到的这种原型特征是："在历史小说中，所有的皇权争夺者都具有刘邦和项羽的政治抱负（ambition）"。见 Chang, Shelley Hsueh-lun, History and Legend: Ideas and Images in the Ming Historical Novels（Ann Arbor: the University of Michigan Press, 1990），p. 60.

二十余年来，对其叙述结构的讨论，也始见成果。① 然而，一如美国解构批评理论家保罗·德曼（Paul de Man，1919—1983）所指出的那样：“阅读是一个永无止尽的自我颠覆的过程。”② 对于传统文学的批评亦是如此。任何一种新观念或新方法的引入，都可能引发这种自我颠覆的过程，学术亦因此推陈出新。

一　后现代批评对小说批评传统的质疑

让我们从介绍几个后现代批评观念入手，开始本书的讨论。详细论述后现代理论并非本书讨论范围，这里仅就与《三国志通俗演义》研究相关的几个论点，作一简要介绍。

（一）“讲史小说”与“史实”的关系

以往的研究，较多注重小说与时代的关联，例如小说产生的社会与时代背景，反映了怎样的历史与社会生活面貌；或者侧重讨论小说与作者的联系，包括作者及其生平考证、③ 此生平与小说主题之关系，或者对小说版本及源流的探讨，等等。④ 然而，20 世纪后半期出现的后现代批评思潮，则为我们的研究开拓了新的视野，同时冲击着我们固有的观念，促使我们对以往一些流行的批评观念与批评方法，重新进行思考。例如，传统的小说批评十分注重作品中的世界与所表现的历史社会现实的关联。对于

---

① 参见 Andrew H. Plaks, *The Four Masterworks of the Ming Novel.* Princeton：Princeton University Press, 1987. 郑铁生：《三国演义叙事艺术》，北京：新华出版社 2000 年版。

② Richard Rorty, “Deconstruction,” in *The Cambridge History of Literary Criticism* (Cambridge：Cambridge University Press, 1995), Vol. 8, p. 196.

③ 例如，关于罗贯中籍贯是“东原”或是“太原”的讨论等。参见沈伯俊《新的进展，新的突破——新时期〈三国演义〉研究述评》一文，沈伯俊《三国演义新探》，成都：四川人民出版社 2002 年版，第 399—402 页。

④ 同上书，第 402—419 页。

《三国志通俗演义》，长期以来，学者很关注其讲史的性质，即其叙述的故事有多少符合当时社会的现实；或视《三国志》所载为"史实"，据之考察《三国志通俗演义》在多大程度上符合这一"史实"，甚至以此衡量《三国志通俗演义》叙述之优劣。早年章学诚（1738—1801）"七分实事，三分虚构"之评，[①] 经鲁迅认同后，[②] 已成学界不断引用的定评。此种观念，可上溯至明清文人视"小说"为"正史之补"的看法。[③]

可是，这种从小说中寻找过去的"现实"，并以此作为作品价值评判标准的观念，逐渐受到现代学者的质疑。法国的罗兰·巴特（Roland Barthes，1915—1980）在其解构批评论著《S/Z》中提出："话语对于真实不负任何责任：在最现实主义的小说中，词语所指的对象毫无'现实性'可言……我们（在现实主义文论中）所说的'真实'，不过是一套呈现意义的符码，而绝非实现真实的符码。现实主义的真实是不可实现的。"[④] 法国解构批评家德里达（Jacques Derrida，1930—2004）反对文字"表陈"（represent）事实，[⑤] 并认为文字符号是一自给自足的内在系统，与外在现实并无关系。[⑥] 米歇尔·福柯（Michel Foucault，1926—1984）亦主张："语言实质上不具有'重现'（represent）其他事物本体的特殊能力。……事物本

---

① 章学诚：《丙辰劄记》，《丛书集成续编》，第 20 册，台北：新文丰出版公司 1989 年版，第 706 页。

② 鲁迅：《中国小说的历史的变迁》，鲁迅：《中国小说史略》（附录），北京：人民文学出版社 1973 年版，第 291 页。

③ 明代天启四年（1624），署名"无碍居士"者所撰《警世通言叙》称："通俗演义一种，遂足以佐经书史传之穷。"见冯梦龙编《警世通言》（上海：上海古籍出版社 1987 年影印金陵兼善堂本），第 6 页。

④ Roland Barthes, *S/Z.* trans. Richard Miller（New York：Hill and Wang，1974），p. 80.

⑤ Jacques Derrida, *Margins of Philosophy*, trans. Alan Bass（Chicago：The University of Chicago Press，1982），pp. 23–24.

⑥ 蔡淑玲：《德希达与白朗修对"空无"看法之异同：符号与现实之间的关系》，中外文学月刊社编：《中外文学》第 22 卷，第 10 期（1994 年 3 月，台北），第 107 页。

身无类别秩序，一切的意义都是为人类所附加的。"① 另一方面，读者通过解读作品去认知的事物，并非事物的本来面貌，一如维特根斯坦（Ludwig Wittgenstein，1889—1951）所言：我们不断追求事物的本然，然而，我们不过是环绕着看待事物时所采用的一种框架而已。② 维特根斯坦的"框架说"对我们的启发在于，对作品的解读，旨在显示读者对文本的认知，而非文本之本然，这一点，同罗兰·巴特与德里达强调作品文本的独立性，以及读者对作品诠释的主导权，其意是相通的。

（二）作者"本意"与文本"客观性"

与前一观点相关的另一个问题是，关于寻找作品的"本意"或固定意义，此为小说批评多年来流行的观念和批评方式。可是，这种对于作品"本意"客观性的确信，亦受到现代学者的挑战。"本意"既不是客观的，也不是永恒不变的。德里达认为，所有"源头"、"本意"，或是固定永恒的意义——意旨，都是人为的。……每当利用某一文字符号来传达思想后，这个符号就不再"拥有"此意义。由于文学符号指涉概念或思想都是暂时的，每一次使用都是一种"丢弃"。"用完即弃"，不断进行的过程便留下"意义的痕迹"。③ 此一论点，强调了"本意"的主观性与不确定性。美国的斯坦利·费什（Stanley Fish，1938—　）并且认为："文本的客观性是一种'幻象'（illusion）……是一种具有自足性和完整性的幻象。……阅读作为一种活动，才是一种真正的客观存在。对行为本身以及正在发生的事所进行的分析，

---

① 王德威：《浅论福柯》，米歇尔·福柯著、王德威翻译导读：《知识的考掘》，台北：麦田出版 2001 年版，第 22—23 页。

② Quoted in Gabriel Josipovici, *The World and the Book: A Study of Modern Fiction* (London: Macmillan Press, 1979), p. 296.

③ 蔡淑玲：《德希达与白朗修对"空无"看法之异同：符号与现实之间的关系》，《中外文学》第 22 卷，第 10 期，第 107 页。

才具有真正的客观性。"① 罗兰·巴特于 1968 年发表的《作者死了》（The Death of Author）一文中，亦拒绝了"作者是本文的起源、意义的起源和解释的唯一权威"的传统观点，主张读者可以自由地、从任何地方进入本文，他只可以关注意指过程（signifying process）而不必关注所指。②

（三）　文本阅读与解构批评

传统的小说批评将文本视作一个完成的结构，认为批评的任务，则是对此结构中字面叙述的故事进行注解式复述，或称作"重复性阅读"，其重点旨在说明作品"讲了什么"。然而，罗兰·巴特在《符号学的挑战》（The Semiotic Challenge）一书中指出，文本（text）不是一种结构（structure），而是一种结构化（structuation）。③ 此论的意义在于，其不再将文本看作一静态的、封闭式的结构系统，而是将之视为一动态的、开放式过程。因此，论者对于作品批评的焦点，便从"故事"转向"书写"，从作品"讲了什么"转为作品"怎样在讲"，由"重复性阅读"转向"批评性阅读"。④

如果说，曾经流行的新批评（New Criticism）强调作品意义

---

① ［美］斯坦利·费什（Stanley Fish）著、文楚安译：《读者反应批评：理论与实践》，北京：中国社会科学出版社 1998 年版，第 158 页。

② 杨大春：《解构理论》，台北：扬智文化事业股份有限公司 1994 年版，第 49 页。

③ Roland Barthes, *The Semiotic Challenge*, trans. Richard Howard（New York：Hill and Wang, 1988），p. 7.

④ 在解构式阅读方式上，德里达提出"双重阅读"（double reading）的概念："重复性阅读"（repetitive reading）与"批评性阅读"（critical reading）。第一重阅读是重构对于文本及其注释字面预设的意图的主导性解释（dominant interpretation）；第二重阅读基于解构批评所遵循的双重需要，是解构这种主导性解释的稳定性（the destabilization of the stability of the dominant interpretation）。这是贯穿文本的移动，它使阅读发生变化，变得开放，文本于此过程中被解构。第二重阅读是让文本与自身发生矛盾，使其预设意图发生变化，此变化与文本想说或想意指的相违背。参见 Simon Critchley, *The Ethics of Deconstruction：Derrida and Levinas*（Oxford UK & Cambridge USA：Blackwell Publishers, 1992），pp. 26 – 27；杨大春：《解构理论》，第 82—83 页。

的丰富性，那么，此后的解构批评则认为，任何文本都不具有确定的意义，① 因此，其批评重在揭示文本意义的模糊性与多元性。保罗·德曼指出："当美国的批评一再改进其诠释时，它并未发现单一的含义，而是诸种含义的并陈（a plurality of significations），此诸种意义可以在根本上彼此对立。"② 注意到作品中可能存在的诸义并存现象，并将此关注作为一种批评视角，可以引导读者避免单线式思维，可能从作品阅读中发现多方面意义，特别是那些在文本建构过程中，被压抑或被边缘化的意义。在解构论者看来，文本在被建构的过程中，某些意义或价值观会被压抑，以便与作者的书写动机与书写策略相协调与统一。所谓"解构"阅读，就是要透过分析而显露文本中隐藏着的价值观及其建构动机，指出其建构时所隐藏的内在矛盾，看出它扶持提倡哪些价值，而压制了对立的价值或假设。③ 而解构的阅读策略，按照德里达的说法，是从文本内文字所累积的意义痕迹里，从各种联想甚至笔误里，看到某种正反两面兼具的矛盾。把握到这种矛盾，并进行正反两面的阅读，以至最后文本里呈现两种相互冲突、不能协调的意义层面或意义网络，在意义上形成不稳定状态与不可决定性。④ 在这样的阅读过程中，读者甚至能够"瓦解作品中所宣称的主张"。⑤

总而言之，在解构批评家眼中，读者、批评家是作品的主人

---

① 陆扬：《德里达·解构之维》，武汉：华中师范大学出版社1996年版，第190页。

② Paul de Man, *Blindness and Insight: Essays in the Rhetoric of Contemporary Criticism*, Second edition (London: Routledge, 1983), p. 28.

③ 参见高辛勇《修辞（学）、建构现实、阅读》，中外文学月刊社编：《中外文学》第23卷，第9期（1995年2月，台北），第83页。

④ 同上书，第92页。

⑤ Robert Moynihan, *A Recent Imagining : Interviews with Harold Bloom, Geoffrey Hartman, J. Hillis Miller, Paul De Man* (Hamden, Conn. : Archon Books, 1986), p. 156.

（critic as host），而非附属性的存在（parasite），阅读乃是意义的输入，评论（commentary）也是创作。[1]

（四）文本互涉

所谓"文本互涉"（intertextuality，或译作"互文性"），其概念可溯源至俄国文艺理论家巴赫金（Mikhail Mikhaĭlovich Bakhtin，1895—1975）著作对文学陈述之互涉关系的讨论，后由法国的保加利亚裔文论家朱莉娅·克莉丝特娃（Julia Kristeva）正式提出。巴赫金首先提出，文本的结构并非简单地"存在"，而是在与"另一个"结构的关系中产生；"文学语言"是诸种文本的交织，而非一个论点（一个固定不变的意义）；是数个文本之间的对话：是作者、故事人物、当代文化语境与早前文化语境之间的对话。[2] 克莉丝特娃对此论点作了发挥。她认为："每一文本的文字乃是诸种文本的文字之交织，从中至少可读到另一文本的文字。"[3] 我们一旦在文本中读到其他作品，或看出作品依赖其他作品，将它们吸收、变化，我们便迈入了文本互涉的空间。[4] 在此一空间里，"任何文本都是以引文摘句的镶嵌方式构成；任何文本均是对另一文本的吸收与转化"。[5] 文本运用了其他作品的文字，因此构成作品内多重声音的相互交织，相互抵消，[6] 作品因此具有意义。

---

[1] 廖炳惠：《解构批评论集》，台北：东大图书股份有限公司 1985 年版，第 55 页。

[2] Julia Kristeva, *Desire in Language: A Semiotic Approach to Literature and Arts*, ed. Leon S. Roudiez, trans. Thomas Gora et al（New York: Columbia University Press, 1980），pp. 64 – 65.

[3] Ibid. , p. 66.

[4] 廖炳惠：《解构批评论集》，第 270 页。

[5] Julia Kristeva, *Desire in Language: A Semiotic Approach to Literature and Arts*, p. 66.

[6] Ibid. , p. 36.

克莉丝特娃将小说文本内的语言分作三类，直接语言（direct word）、客观型语言（object-oriented word）与矛盾语言（ambivalent word），并对其中的矛盾语言作了重点论述。她认为，作者使用他人的语言时，既保留原有意义，又赋予其新的意义，结果导致一词两义。矛盾的语言便是两种符号系统结合的产物。① 两种符号系统的合成使小说意义变得相对化。她指出有三种方式可导致矛盾语言的产生："风格模仿"（stylizing）、"戏拟"（parody）与"隐含的内在争论"（hidden interior polemic）。与"模仿"（imitation）相反，"风格模仿"建立了与他人语言的距离，作者在不违反所引他人语言的原意下，对其语言进一步发挥，以实现自己的意图。所谓"戏拟"，乃指作者模仿他人作品，其意图却是为了嘲弄、戏谑性地评论他人的作品、主题、作者或其虚构的嘲讽式模仿的声音，或另一个主题。作者于文本中输入的含义，与所引他人语言之原有含义相对立。关于"隐含的内在争论"，即指作者对他人语言的积极修正。虽然作者在述说，可是外来话语在其述说中不断地出现和被扭曲。他人的语言便带着这种积极修正式的矛盾语言特征，以叙述人的语言呈现出来。因此，文本是转换贯通语言的组织设置，其中可沟通的语言对先前或同时的不同言词赋予特征，而此设置又通过联结它们，来重新安排组织这些语言的秩序，文本因此具有丰富性。② 克莉丝特娃并认为，矛盾语言仅出现于小说这一文类中，亦是小说结构的特征，例如自传体、争辩性忏悔、问答体以及隐含对话等类作品。③

　　"文本互涉"观念的引入，打破了传统的以文本为自主自足

---

① Julia Kristeva, *Desire in Language*: *A Semiotic Approach to Literature and Arts*, p. 73.

② Ibid. , p. 36.

③ Ibid. , p. 73.

的封闭式系统的观念。任何一个单独的文本都不能自足，须与其他文本交互指涉。任何文本都是一种互文，从中可读出具不同特征及意义的其他文本。克莉丝特娃关于三种矛盾语言的分析，为我们的小说批评提供了新的视角。运用"文本互涉"的观念，有助于我们从一个文本中读出其他文本，以及诸文本相互关联中呈现的多元文化及意识形态。

　　谈到"文本互涉"，容易使人联想到传统文学批评中对作品源流、影响的研究。然而，"文本互涉"并不停留于指出作品与其他前人作品的关系，也不仅仅对作品与其他作品作表面文字的排比对照。所谓"互涉"并非仅是历时性比较，以看前者对后者的影响，而是从空间的、共时的角度出发，论述此作品与彼作品的"互涉"关系，因为当早前的作品影响到后出作品时，从后出作品中便能读到早前的作品，两者间有相互发明的关系。罗兰·巴特曾指出："由于自身是另一个文本的指涉作品，因此每个文本均属'文本互涉'。这种'互文性'不能与一个文本的本源混为一谈：找寻作品的'根据'与'影响'只是满足了关系考证的神话。用来组成文本所引用的文字乃是不明作者、无法复原，但却已被读过：它们是不用引号的引文。"[①] 不同于传统的来源与影响研究，"文本互涉"批评关注的是：作品如何以"风格模仿"、"戏拟"或"隐含的内在争论"等方式，对待所用到的其他文本；作家在自己的文本中，怎样运用其他人的文字，既保留其原有之意义，又赋予其新的意义。

　　然而，这种指涉的空间当有一定的限度。阐释并非凭空臆测，必须以文本为根据，一如法国的麦可·李法德（Michael Riffaterre，1924—2006）所说，文本是一套有限制、有规定性的

---

① Roland Barthes, "From Work to Text," translated in *Textual Strategies*: *Perspectives in Post-Structuralist Criticism*, ed. Josué V. Harari（Ithaca: Cornell University Press, 1979）, p. 77.

语码，解释应遵从文本，应基于我们必须看到的要素（即文本如何运用其他人的"文字"、不同的词汇、语意单位），① 此为解释的主要规则。根据斯坦利·费什的论点，意义（meaning）既不是确定的（fixed）、稳定的（stable）文本所专有，也不是自由和独立的读者所专有，而是解释团体（interpretive communities）所专有。解释团体既决定读者的活动（阅读）状态，也制约这些活动所制造的文本。② 所谓"解释团体"，即指一种具社会性与习惯性的公众理解系统，它包括阅读规范、理解结构，等等。一方面，这一系统向读者提供理解范畴；另一方面，读者对文本意义的理解与阐释，亦在此系统内受到制约。③ "我们所能进行的思维行为（mental operation），是由我们根深蒂固的规范和习惯所制约的。这些规范和习惯先于我们而存在，只有置身其中或被其所规范，我们才能获得由它们所建立的、公众认可的、合乎习惯的意义。"④

二 后现代批评在中国古典文学批评中的运用

将西方后现代观念与批评方法运用于中国古典文学批评，近二十年来初见成果，由此证明中国文化作为世界文化之一部分，与西方文艺思潮的相互关联。台湾地区学者廖炳惠于 1985 年出版《解构批评论集》一书，其中某些部分对中国古代诗文作了

---

① Michael Riffaterre, *Text Production*, trans. Terese Lyons（New York：Columbia University Press, 1983），p. 6.

② Stanley Fish, *Is There a Text in This Class? The Authority of Interpretive Communities*（Cambridge：Harvard University Press, 1980），ch. 14, p. 322.

③ 文楚安：《译者前言》，见［美］斯坦利·费什著、文楚安译《读者反应批评：理论与实践》，第 6 页。

④ Stanley Fish, *Is There a Text in This Class? The Authority of Interpretive Communities*, ch. 14, pp. 331 – 332.

解构式阅读。如在分析陶渊明《桃花源诗并记》一文中，他从其看似统一的诗里，解构出四种不同的声音：桃花源的居民、渔人、刘子骥等人、隐含作者的声音，并指出陶渊明让这些声音"交响"，是要这些文字转过头来驳斥自己，自我取笑，道出五层的放逐感，[①] 从而颠覆了诗人对乌托邦的向往。[②] 又如在对《庄子·逍遥游》一文的阅读中，他指出：由鲲而鹏，而野马、尘埃，等等，表义上仿佛要陈述一件事实，但却充满虚妄；由意义的建立到意义的抹除，暗示出文字现存的不稳定性，亦瓦解了文字所似乎到达或导出的"自足"观念。而且，庄子更以"莫寿乎殇子，而彭祖为夭"来显示年寿标准的不稳定性及意义的模棱性。因此他认为，《逍遥游》以一连串隐喻来消除现存名义，质疑"自足"为逍遥的观念，以达到自我解构。[③]

香港学者高辛勇于 1995 年发表《修辞（学）、建构现实、阅读》一文，亦运用解构批评方法阅读《春秋》三传与《聊斋志异·画皮》。首先，在比较与分析《公羊传》、《穀梁传》与《左传》对《春秋·僖公十六年》中"六鹢退飞"一句的不同解释时，高先生指出，《左传》将此现象释作"风也"，[④] 即强风把鸟吹退之自然现象；《公羊传》将之释为天地变异的"异"象，其意图是借此"异"象对统治者发出警告；[⑤] 《穀梁传》释作"君子之于物，无所苟而已……故'五石六鹢'之辞不设，则王道不亢矣"，[⑥] 其意亦是将此自然现象与王道的发扬相关联。

---

① 此五层放逐感分别为：历史性的失去故土、心理与文化上的疏离、指涉与意图上的分别心、隐含作者心灵无以自处的失位感，以及自我批评与幻象破灭。详见廖炳惠《解构批评论集》，第 267—268 页。

② 同上。

③ 同上书，第 70—71 页。

④ （清）阮元校刻：《十三经注疏》下册，北京：中华书局 1980 年版，第 1808 页。

⑤ 同上书，第 2255 页。

⑥ 同上书，第 2398 页。

在高先生看来，《左传》所释，本合自然常理，《公羊》、《榖梁》二传所释乃主观附会。高先生认为："从《公》、《榖》诠释'六鹢退飞'这句话的方法，我们可以看出在语言使用上，主客观可能发生冲突时，主观的语言可以将自然'变形'，将《左传》的读法压下去，让它符合其意识形态的需要。"[1]

在同一文中，高先生亦对蒲松龄文言短篇小说《聊斋志异·画皮》作了解构式阅读。他认为，从王生好色丧命的情节来看，小说有着劝人好色不如好德之儒家道德含义。可是，王生之死本身，便说明"好德"的劝诫没有效用，由此颠覆了此一道德含义。小说前面部分讲美色害死王生，后面部分言肮脏乞丐将王生起死回生，此种对仗式叙述拆卸了传统"内外"一致、外表即内心的表象的认知假设，其哲学根源是道家"正言若反"式的悖论。不仅道家的邋遢仙救活了王生，而且儒家所相信的"表里相应相符"事物观也为道家的表里相反观念所替代，由此呈现出道家思想对儒家观念的双重解构。小说末处，作为故事叙述人的"异史氏"，称作品中的女郎是"明明妖也"，此论与王生及读者无法知道女郎是妖这一事实产生矛盾，从而提醒了读者认知的困难，使前面归纳出的关于"表里相反"的意义也变得不确定，"让我们意识到不管以'相应'或'相反'的原则来断定表里的关系都是靠不住的，形式与内容或表里在认知的程序上有什么关系，这里又重新造成争议。异史氏的话表面的用意好像为故事做结论，但细读之下，它却拆解破坏了故事自己已做出的结论，让其文本里所提出的'认知'问题重新继续成为疑案"。[2]从文本中发现矛盾之处，并对其进行正反两面的阅读，从而发现其中相互冲突的意义，揭示意义之不稳定状态与不可决定性，甚

---

[1] 高辛勇：《修辞（学）、建构现实、阅读》，《中外文学》第23卷，第9期，第89—90页。

[2] 同上书，第90—93页。

至"瓦解作品中所宣称的主张",① 这就是我们从以上例子中所看到的解构式阅读。

三 重读《三国志通俗演义》

在以上部分,我们扼要地介绍了学术界研究《三国志通俗演义》的部分成果,同时介绍了在现代主义与后现代主义思潮影响下,出现的文学批评新观念与新的批评方法,及其对于传统中国文学批评的冲击或影响。这样的讨论,旨在为本书后面的重新阅读《三国志通俗演义》,提供一讨论的前提及语境。在以下章节中,我们将参考上述诸种批评观念与批评方式,以及学者运用其观念及方法重读中国传统文学作品的成果,来重新讨论《三国志通俗演义》这一部百读不厌、常读常新的传统经典小说。其中讨论的重点,将涉及以下诸方面:一、尝试运用解构批评的视角,揭示《三国志通俗演义》中存在的前后不一致,或相互矛盾之叙述,由此看出作品意义呈现之相对性或不确定性,以及作品叙事结构的开放性;二、将《三国志通俗演义》与《战国策》、《史记》、《三国志》、《三国志平话》及相关戏曲文本中某些相关叙述作一对读,由此看到《三国志通俗演义》与这些文本之间的相互指涉关系;三、分析《三国志通俗演义》文本中不同意识形态之间的对话,由此揭示作品意义的多重性与多义性;四、讨论毛纶、毛宗岗父子如何通过《读〈三国志〉法》、回评与夹批,来建构《三国演义》叙述的种种意义。正如前面谈到的,目前为止,学界对于这部小说的研究已有丰硕成果,本书所呈现的批评视野与诸种论点,虽然与前人所论或有相

---

① Robert Moynihan, *A Recent Imagining: Interviews with Harold Bloom, Geoffrey Hartman, J. Hillis Miller, Paul De Man*, p. 156.

异，却并非对前人研究成果的否定。恰恰相反，我们希望本书提供的诠释，有助于"话说三国"之研究朝着丰富与多元方向的发展。

　　本书所用《三国志通俗演义》版本，除另有说明外，主要引自《续修四库全书》据明嘉靖元年刻本影印之《三国志通俗演义》（以下简称《演义》，标点由笔者所加）。①

---

① （明）罗贯中撰：《三国志通俗演义》，《续修四库全书》编纂委员会编：《续修四库全书》，上海：上海古籍出版社 1995 年版，第 1789—1791 册。关于《三国志通俗演义》版本源流及其演变，学界已多有讨论。过去较多学者沿袭郑振铎之说，视明代嘉靖元年（1522）本《三国志通俗演义》为最早刻本，并将之"假定"为罗贯中原本。见郑振铎《中国文学研究》（香港：古文书局 1970 年版）上册，第 208、223 页。然而，此后已有不少学者对此说提出质疑，认为《三国志传》一系（例如明万历二十年建阳书林双峰堂余象斗刊本等）保存了嘉靖本以前更早的形态，或更接近罗贯中原作。参见柳存仁《罗贯中讲史小说之真伪性质》，载氏著《和风堂读书记》，香港：龙门书店 1977 年版，第 250 页；陈翔华：《明清以来的三国说唱文学——兼说它与历史小说〈三国志演义〉的关系》，载河南省社会科学院文学研究所编《〈三国演义〉论文集》，郑州：中州古籍出版社 1985 年版，第 394 页；周兆新：《三国演义考评》，北京：北京大学出版社 1990 年版，第 306 页；〔日〕中川谕：《〈三国志演义〉版本研究——毛宗岗本的成书过程》，载周兆新编《三国演义丛考》，第 103、118—121 页；金文京：《〈三国演义〉版本试探——以建安诸本为中心》，载周兆新编《三国演义丛考》，第 27—28、41 页。

第二章

解构批评:《三国志通俗演义》
文本意义之不确定性

如果说，结构主义批评注重从文本分析中建构种种意义，并将这些意义系统化，确定化，那么，解构式批评却通过发现文本内存在的种种悖逆或矛盾现象，来揭示文本在意义层面上的不稳定状态与不可确定性，从而消解结构主义批评所主张的文本意义的系统性与确定性。以往学者对《演义》的诠释，倾向于作品叙述之意义的确定，例如诸葛亮被赋予"智绝"的意义，曹操被定性为"奸雄"，刘备被誉为"仁义"的代表，魏延被视作天生具有"反骨"，等等。然而，当我们今天参照解构批评的视野来重新阅读《演义》，却能看到这样一些似乎确定的意义，其实并不确定。下面，将对这些论题展开讨论。

一 "天意"乎?"人为"乎?——"孔明之死"叙述之意义解构

本节以《演义》中"孔明之死"一段叙述为例，通过讨论《演义》与陈寿《三国志》、裴松之《三国志》注文、元杂剧《五丈原》、《三国志平话》等诸种文本的"互涉"关系，揭示《演义》如何将前者对"三国"的叙述"压制"或"变形"，以符合其书写意图之需要。然后,通过分析《演义》关于"孔明之死"叙述中自相矛盾之处,讨论其中相互冲突的意义,从而揭示其文本意义的不确定性。

"孔明之死"的叙述,主要见于《演义》卷二十一"孔明秋夜祭北斗"与"孔明秋风五丈原"两则,大致叙述孔明六出祁山,屯军五丈原,与司马懿对峙,其间病发身亡。作者用两则的篇幅,细述这段感人的故事,并引用自陈寿始、历代十四家文人史者的诗文论赞,铺张扬厉式地总结孔明一生的生平行事。由于孔明形象在《演义》中具有举足轻重的作用,剖析其死于"秋风五丈原"这段叙述,将有助于我们理解《演义》作者的书写策略,并解构其文本意义。

在陈寿所撰《三国志·诸葛亮传》中,关于"孔明之死"的叙述十分简略,仅提及蜀建兴十二年(234)八月,"亮疾病,卒于军,时年五十四"。[①] 此后,南朝宋裴松之为之作注时,引东晋孙盛《晋阳秋》之说,增加了孔明之死与星象的关联:"有星赤而芒角,自东北西南流,投于亮营,三投再还,往大还小,俄而亮卒。"[②]据此材料可知,用明星坠落比喻孔明之死,东晋已有其说。裴松之注引此说,其意亦在为孔明之死增添神奇性质。到了元代,有两部作品叙及"孔明之死",一部是王仲文所撰杂剧《五丈原》,一部是无名氏所撰《三国志平话》。杂剧《五丈原》全本不传,明代朱权《太和正音谱》收其第四折【双调】【挂玉钩序】一曲,曲文如下:

> 越越睡不着,转转添烦恼。我这老病淹淹,秋夜迢迢。
> 抛策杖,独那脚,好业眼难交!心焦。助慰闷,增寂寞,疎

---

① (晋)陈寿撰、(南朝·宋)裴松之注:《三国志》,北京:中华书局1982年版,卷三十五,第925页。

② 同上书,第926页。

刺刺扫闲阶落叶飘，碧荧荧一点残灯照。一更才绝，二鼓初敲。①

作者于此段曲文中，使用"秋夜"、"落叶"、"残灯"等颇具衰飒性质的意象，将之组合，强化了孔明的"老病淹淹"，及其临死前的郁闷、寂寞及绝望心情。可是，在《三国志平话》（以下简称《平话》）里，我们看不到这样"衰飒"的描述。相反，《晋阳秋》对孔明之死的神奇性描述，在《平话》中得到进一步强化和增饰。例如，《平话》增加了"娘娘预言"一节：

> 军师引手下三千军离街亭约百里，有一大树，西见一庄。令人唤出一娘娘，当面问："此处属那里？"娘娘言："祁山祁州凤翔府，此乃是黄婆店。"又问："今岁好大雨。"娘娘言："卧龙升天，岂无大雨？"娘娘又言："官人勿罪。岂不闻君亡白帝，臣死黄婆？"军师思，果有此言。又问："西高山甚名？"娘娘言："秋风五丈原也。"言毕，娘娘化风而去，不知所在。②

此段叙述，增添了化身为"娘娘"的神灵，向孔明预示其将要"升天"的结局，并且设置天降大雨，来暗示作者对孔明之死的惋惜。"娘娘预言"的设置，显示出孔明能与神灵相互沟通，并在此沟通中，得知自己即将离开人世；"升天"的去向，则指明孔明命运的美好归宿。所有这些叙述，旨在强化孔明形象的神奇性。这一点，与《三国志》与《五丈原》杂剧中对孔明的叙述，

---

① （明）朱权撰：《太和正音谱》，《续修四库全书》本，第 1747 册，卷下，第 46 页。

② 佚名：《至治新刊全相平话三国志》，陈翔华编校：《元刻讲史平话集》，北京：北京图书馆出版社 1999 年版，第 5 册，卷下，第 77 页。

有着明显的不同。

　　《三国志通俗演义》绝非一孤立的叙事文本，而是上述诸种"天下三分"历史叙述的交织，一如署名"庸愚子"者为此书所作序文中所言，罗贯中"以平阳陈寿传，考诸国史"，"留心损益"而成此书，当然，《演义》之成书，也少不了序中所提"以野史作为平话"之成分。我们今天阅读《演义》，可读到《演义》与这些文本之间的对话；而对《演义》意义的理解，有赖于其与诸种文本间的关联，因为《演义》运用了其他作品的文字，以此构成作品内多重声音的相互交织，相互抵消，作品因此而具有意义。

　　首先，在叙述孔明之死一节，《演义》作者对《晋阳秋》、《平话》之叙述作了"风格模仿"。《晋阳秋》提及赤星"投于亮营"而孔明卒，《平话》称天降大雨而卧龙升天，两个文本均将孔明之死与天象变异加以联系。《演义》叙述孔明通过自观天文，得知自己"命在旦夕"。这一叙述在事件的细节上不同于《晋阳秋》与《平话》，由此建立了《演义》与《晋阳秋》、《平话》文本语言的距离。可是在意义上，《演义》之叙述并不违反《晋阳秋》、《平话》的原意，均在说明孔明与天意的相互沟通与相互感应。另一方面，《演义》叙述孔明通过自观天文，得知自己"命在旦夕"，[①] 此与《平话》中"娘娘"预言"卧龙升天"之叙述相比，更加凸显了孔明与"天意"沟通的能力。而且，《平话》以"今岁好大雨"之自然现象预示孔明之死，"天象"与"人事"虽相互呼应，二者却是互为外在的关系；而《演义》以北斗之"将星"作为孔明的标志，[②] 并用"将星失位"对应

　　① 《三国志通俗演义》，《续修四库全书》本，卷二十一，第52页。以下所引《三国志通俗演义》，若无特别说明，皆出自此本。
　　② 《三国志通俗演义》，卷二十一，第58页。

孔明之死,① 此处以"将星"为标志,实已将孔明内化为"天象"之一部分。这样的叙述转换,增强了孔明形象之超凡神奇性质,同时也显示出《演义》作者在不违反所引他人文本的原意下,对其文本作进一步发挥,以实现自己的书写意图。

其次,《演义》并非停留于对诸种文本的风格模仿。罗贯中在此模仿的同时,亦根据自己的书写意图,对他人文本作了"戏拟"。从前面述及元杂剧《五丈原》残本中,我们看到孔明被描写成"老病淹淹"、"寂寞"、"烦恼"的形象,犹如残灯一盏,脆弱而绝望,一如赵景深为此段所作说明:"调子颇为凄惨。"② 《演义》虽然叙述了孔明之死,却在很大程度上,输入了与此"凄惨"调子相对立的新的含义。例如,《演义》增加了孔明"祈禳北斗"以增寿纪的事件。③ 此一设置有效地强化了孔明力求与"天意"抗衡的个人意志,此与古希腊悲剧中与命运抗争的俄狄浦斯(Oedipus)形象颇有相似之处。④ 在叙述基调上,《演义》似乎承袭了杂剧的"悲"的原意,然而却重在强调其新输入的含义:强化孔明之死的悲壮性质,并以此与杂剧的"凄惨"情境相对立。从"凄惨"到"悲壮"的改变,可被视为《演义》在主题上对杂剧《五丈原》的"戏拟"。

再次,《演义》于孔明死后,紧接着引述陈寿等十四人的诗文论赞,总结孔明生平行事。其中第一段引陈寿《三国志·诸葛亮传》中评语,几乎原文抄录,只字未改,皆正面肯定孔明善为相国,"可谓识治之良才"。⑤ 可是在引述时,《演义》却删除了陈寿评语之最后两句:"然连年动众,未能成功,盖应变将

---

① 《三国志通俗演义》,卷二十一,第54页。
② 赵景深编:《元人杂剧钩沉》,台北:世界书局1960年版,第40页。
③ 《三国志通俗演义》,卷二十一,第52页。
④ 参见索福克勒斯(497BC—406BC)《俄狄浦斯王》,周煦良主编:《外国文学作品选》,上海:上海译文出版社1979年版,第1卷,第69—89页。
⑤ 《三国志通俗演义》,卷二十一,第59页。

略，非其所长欤？"这两句意在指出孔明的不足之处，却被《演义》作者删除。《演义》这样的删除绝非作者的偶然疏漏，而是刻意为之，因为此两句的删除，使陈寿原本对孔明正负两方面的完整评价变成了仅有正面、未有负面的不完整评价，这实为罗贯中对陈寿评语的积极修正。虽然罗贯中引述了《三国志》，可是陈寿原来对孔明"连年动众"、不善应变的评论，显然在引述过程中被压制了。陈寿的评语就是这样被加以转换，带着被积极修正式的、原意被扭曲的矛盾语言特征，再以《演义》叙述人的语言呈现出来。这当然是罗贯中的书写策略：为了实现自己的书写意图，他在彰显与强化孔明"良相"才能的同时，刻意回避了孔明的短处。

罗贯中让一种解释法压倒另一种解释法，因此便留下被解构的可能性。今天的读者将《演义》引文与《三国志》原文加以对读时，就能从引文与原文之差异中，读出隐含其中的两种含义相互间的矛盾与冲突。这或许可被视作"隐含的内在争论"，它导致小说中矛盾语言的产生。对这种矛盾语言的认知，加深了我们对罗贯中书写策略的了解，也丰富了我们对《演义》文本含义的认识。《演义》的书写是对他种文本进行转换，在保留某些原意的同时，输入新的意义，并按照作者的意图来重新组织语言的秩序，作品由此具有丰富性。

然而，在对"孔明之死"这段叙述的正反两方面阅读时，我们看到作品中"天意"与"人为"之间的相互对话和相互解构。一方面，孔明可以呼风唤雨，神机妙算，《演义》此处似乎在强调人力的作用；可是这种作用在叙述中又被加以解构，似乎是诸葛亮斗不过天命。孔明知道自己"命在旦夕"，① "天命已

---

① 《三国志通俗演义》，卷二十一，第 52 页。

绝",① 于是安排了一系列身后之事:将北伐重任托付姜维,授锦囊予杨仪以对付将要谋反的魏延,安排其死后的退兵步骤,等等,此皆说明他似乎在顺从天意的决定性力量。可是,孔明又于帐中祈禳北斗,并称七日内如灯火不灭,他便可增寿一纪,这一叙述使得前面"命在旦夕"的"天意"变得不再确定。魏延闯进帐内,撞灭孔明祈禳延寿的主灯。这本是一个偶然的突发性行为,却被解释成为导致孔明不能延寿的原因。由此,又使得读者质疑:孔明之死到底是天命所致,还是人力(魏延闯帐)所致?当小说在此暗示,魏延的闯帐导致孔明夭折,那么逆向推论,如果魏延未闯帐,孔明似乎就能延寿。在这里,天意的力量再次受到质疑。而且,孔明安排其死后,可以"将星不坠",② 这就又一次消解了天意的操控力量。孔明病逝五丈原的这段叙述,一方面似乎在强调天意具有不可违抗的力量,一方面又通过孔明祈禳、魏延闯帐的叙述,使这种力量变得不确定和相对化。更加有趣的是,孔明的死亡,似乎说明"天意"之不可违抗,可是《演义》紧接这段"天之命定"与"人之意志"相互解构的叙述之后,连续引用陈寿、杨戏、元稹、白居易等十余人的诗文论赞评论孔明,其重点均在强调孔明的"人为"而非"天意",例如:陈寿评之为"识治之良才",③ 元稹称之"英才过管、乐,妙策胜孙、吴",④ 白居易赞之"报国还倾忠义心",⑤ 等等。这些不厌重复的铺陈引述,均在强调孔明的才能及意志。孔明作为人的意志的意义符号,在此被当做最重要的对象而受到肯定,受到强化。与此同时,天命的力量则一次又一次被忽略,被颠覆,

---

① 《三国志通俗演义》,卷二十一,第54页。

② 同上书,第58页。"将星不坠"的叙述,是对《三国志平话》的模仿,见《至治新刊全相平话三国志》,卷下,第77页。

③ 同上书,第59页。

④ 同上。

⑤ 同上书,第60页。

被消解。

关于"天意"与"人为"的相互对话及相互消解，在《演义》中绝非"孔明之死"一例。从有关曹操等人的叙述中，我们亦能看到这样的例证。总之，《演义》中"孔明之死"一段文字，实为此前诸种有关"三国"叙事文字的交织。罗贯中在转换及组合诸种文本语言之过程中，既保存其某些原有含义，又压制了某些原有含义，也输入了新的含义，由此使作品意义呈现出复杂性与丰富性。而在建构"天意"力量的同时，作品又一再对其意义进行了消解。

二　解构曹操"奸雄"之定论

仔细阅读《演义》文本，可见罗贯中对曹操的评价，就其意义而言，是相互悖逆、相互解构的，由此导致作品里曹操形象特质的模糊性与不确定性。这里以《演义》卷十六"魏太子曹丕秉政"一则为例，因为它叙述了曹操之死，以及叙述人对于曹操的"盖棺论定"。此则开端在叙述曹操病逝之后，便用了四首诗、一篇《行状》、一篇陈寿所作史评，以及两句祭文，来建构对于曹操的"盖棺论定"。其中第一首引述所谓"史官"的诗：

　　　　雄哉魏太祖，天下扫狼烟。动静皆存智，高低善用贤。长驱百万众，亲注《十三篇》。豪杰同时起，谁人敢赠鞭？①

此诗首联描述了曹操席卷天下的宏大声势，颔联强调曹操的智慧与善用贤人，颈联言曹操精通孙子兵法，长于带兵，尾联称同时

---

① 《三国志通俗演义》，卷十六，第 43 页。

代豪杰中无人可与曹操相比。此诗之后，叙述人引述了署名"史官"所作的《曹操行状》一文。文中评价曹操为"知人善察"、"随能任使"、"雅性节俭"，以及赏罚严明、文武俱全，等等。《行状》之后，是一段引自陈寿于《三国志·武帝纪》中的评语，赞扬曹操乃"非常之人，超世之杰"。陈寿评语后，《演义》又引述署名"宋贤"的诗作如下：

> 智谋超越数员将，才德惟悭万乘君。
> 虽秉权衡欺弱主，尚存礼义效周文。①

此诗前两句，言及曹操智谋有余，却才德不足；后两句虽指出曹操有专权欺主之嫌，却将他比喻为存礼义的周文王。从前述这四篇文字中，我们看到论者对于曹操，多予正面肯定，并为我们建构了一个有智谋、讲礼义、知人善任、文武双全的曹操形象特征。可是，在紧接其后引述的三篇文字中，除第二篇引自署名"唐太宗"所作两句祭文，其内容同于前面"宋贤"所评（仍称曹操"一将之智有余，万乘之才不足"）外，另外两首诗对曹操的评论，却与前面诸篇文字的含义针锋相对，相互抵触。其中署名"前贤"所作的第一首诗这样论及曹操：

> 杀人虚堕泪，对客强追欢。遇酒时时饮，兵书夜夜观。
> 秉圭升玉荦，带剑上金銮。历数奸雄者，谁如曹阿瞒。②

第二首诗署名"宋邺郡太守晁尧臣"所作，其论曹操如下：

---

① 《三国志通俗演义》，卷十六，第44—45页。
② 同上书，卷十六，第45页。

　　　　堪叹当时曹孟德，欺君冈上忌多才。昆吾直上金銮殿，
　　蔓草空余铜雀台。邺土应难遮丑恶，漳河常是助悲哀。临风
　　感慨还嗟叹，向日奸雄安在哉？[①]

　　以上两首诗中，第一首诗尾联将曹操称作"奸雄"，显示了极为
负面的评价。该诗首联嘲讽曹操既残忍又伪善，颔联言其嗜酒好
兵，颈联则称曹操专权，挟天子以令诸侯。此诗首联、颔联、颈
联对曹操的负面评价，成为尾联"奸雄"之称的最好注脚。

　　与此首诗相似，后一首诗亦对曹操持相当负面之评。其首联
"欺君冈上忌多才"一句，已显示本诗对曹操的负面评价。颔联
言曹操身前势盛，身后萧条。颈联以"丑恶"二字，言及曹操
死后恶名流传。尾联点明此一恶名乃是"奸雄"。此诗与前首署
名"前贤"所作之诗，与《演义》卷一曹操初次出场时叙述人
的介绍相互呼应，在那时的介绍中，叙述人借用许劭之口，称曹
操为"乱世之奸雄"。[②]

　　以上两首诗均将曹操视为奸雄，所作评价亦极为负面。然
而，当我们将此两首诗与前述五篇诗文联系起来，则看到这些对
曹操的评论，在含义上相互悖逆，相互矛盾。前面几篇文字，论
及曹操有智谋、讲礼义、知人善任、文武双全，甚至将曹操比喻
为周文王；后面这两首诗却将曹操称作残忍而伪善、欺君而忌才
的奸雄。两种评价是那样的不同，甚至截然对立，却被《演义》
作者组合在一起，作为对曹操的"盖棺论定"，这不由得使读者
对这些评价的可靠性产生极大的怀疑。假如要读者接受前面五篇
文字对曹操相当正面的评价，又怎么可以期待他们对后面两首诗

①　《三国志通俗演义》，卷十六，第45页。
②　同上书，卷一，第14页。

极为负面之评价熟视无睹?

从巴赫金"多重合奏"的视野来看,读者可从这些相互对立的评论中,看到不同意识之间的相互对话。同时,从这些"盖棺论定"式的对话中,读者看到对曹操的评价本身就充满争议,无法达成统一的结论。这一点,恰好说明《演义》对于曹操的评价,具有"未完成性"。这一点,与巴赫金的对话理论不谋而合。①

不可否认,罗贯中对于曹操,确有将其论定为"奸雄"之意图。在《演义》卷首叙及曹操初次出场时,罗贯中便让叙述人提及曹操曾经拜访汝南名士许劭,询问"我何如人耶?"许劭不答。曹操再次询问,许劭才说:"子,治世之能臣,乱世之奸雄也。"②《演义》于叙述之初,通过许劭之口,对曹操作如此评论,后来又于曹操死时的"盖棺论定"中,用署名"前贤"与"晁尧臣"的两首诗,再次强调了曹操的"奸雄"品格,这些亦可说明罗贯中有此意图。而且,《演义》卷一叙述曹操冤杀吕伯奢全家九口,扬言"宁使我负天下人,休教天下人负我"③ 等事,亦更能说明此意图。

所谓"奸雄"之说,并非史家对曹操的一贯定论。在陈寿《三国志·武帝纪》中,并无许劭将曹操称作"乱世之奸雄"的叙述。陈寿对曹操的评论相当正面,称其"明略最优","可谓非常之人,超世之杰"。④ 此后,裴松之注引孙盛《异同杂语》,始提及许劭称曹操为"奸雄"。据孙盛书称,曹操"尝问许子将:'我何如人?'子将不答。固问之,子将曰:'子,治世之能

---

① 关于巴赫金"对话"理论与《演义》文本阐释的关系,本书第四章将有详细讨论。限于本章题旨,不便在此展开论述。

② 《三国志通俗演义》,卷一,第 14 页。

③ 同上书,第 65 页。

④ 《三国志》,卷一,第 55 页。

臣，乱世之奸雄。'太祖大笑。"① 可是，后来的《三国志平话》里，亦未提及许劭对曹操有此评语。罗贯中撰写《演义》时，为了服务于他的书写意图，便压制了《三国志》与《平话》的叙述，采用了孙盛的说法，并将此说法放在《演义》卷首曹操初次出场处，似乎从一开始，便为曹操形象作如此"定评"。② 而这样的"定评"，似乎又与后面曹操死时引述的署名"前贤"与"晁尧臣"两首诗有相互呼应之效果。又如《演义》叙曹操杀吕伯奢一家九口，扬言"宁使我负天下人，休教天下人负我"之事，《三国志》与《平话》并无记载。裴松之注《三国志》时，引《世语》及孙盛《杂记》所叙，而合成此事。罗贯中选择《世语》与《杂记》之说，在《演义》中敷衍其事，同时又压制了《三国志》与《平话》的叙述。由此，从"文本互涉"的角度，我们看到《演义》作者为了实现自己的叙述意图，采取了这样的书写策略。

　　然而，从解构的角度看，无论是卷首许劭的评语，或是署名"前贤"与"晁尧臣"的两首诗，他们与《演义》同样引述的"史官"之诗、"史官"之《曹操行状》、陈寿之评、"宋贤"之诗中对于曹操诸多正面的评论，应当作为文本中的一个整体合而观之。在此整体中的这些不同评论，形成意义上的相互对立与相互冲突。这些相互对立与冲突的评语对于曹操"奸雄"形象特征的建构，无疑起着消解的作用。从小说卷首用许劭之语似乎将曹操标签为"奸雄"，可是到曹操死后的定论，又通过赞美曹操的讲礼义、知人善任、效法周文王，使许劭的

---

① 《三国志》，卷一，第 3 页。按：许劭，字子将，传见范晔撰、李贤等注《后汉书》（北京：中华书局 1982 年版），卷六十八，第 2234 页。太祖：魏太祖曹操。

② 毛宗岗在改写本中，便于此处将许劭的话称作："二语定评。"见罗贯中撰，毛纶、毛宗岗评点《古本三国志·四大奇书第一种》（清康熙年间醉畊堂本），卷一，第 12 页。

"奸雄"之说被解构,变得不可能成立。然后,《演义》又用两首诗强调曹操还是"奸雄"。于是,前面那些"讲礼义、知人善任、效法周文王"之评价再一次被解构,并且似乎被否定。《演义》就是这样,用意义上相互悖逆、相互冲突的评语,导致了对曹操形象的双重解构。曹操的形象特征,因此显得不能确定;无论是将他评为周文王式的明君,或是奸雄,都难以令人信服。《演义》似乎通过这些"盖棺论定",试图建构一个对曹操的终极式评价,然而在致力于此一建构的同时,却又消解了此一建构。这样的解构,导致《演义》对于曹操的评价呈现出歧义性。同时,也正是由于这样的歧义性,使《演义》对于曹操形象,提供了开放式而非封闭式诠释的可能性。

三　刘备"仁义"形象的反讽与解构

以往的研究多认为,刘备在《演义》中被塑造成一个"仁义"之君。亦有学者批评说,由于《演义》对史实中刘备的某些宽仁个性作了过分夸张与理想化的描写,导致刘备形象被扭曲而失真。① 关于刘备"仁慈"的叙述,可见《演义》卷九"刘玄德败走江陵"一则,其叙刘备被曹操军队所迫,带领十余万百姓离开樊城赴江陵,途中宁愿冒着被曹军追上的风险,亦坚持不弃百姓。② 关于刘备的"义",可见刘备与关羽、张飞关系中表现出的义气等诸多叙述。其他相类例子还很多,例如为了表现刘备之仁,小说一方面以叙述人之口吻说道:"玄

① 宋常立:《理想与现实之间——谈〈三国志演义〉里刘备形象的创造》,河南省社会科学院文学研究所编:《〈三国演义〉论文集》,第 147 页。
② 《三国志通俗演义》,卷九,第 3—6 页。

德是仁慈的人"，① 另一方面又通过刘备之口自我表白："吾宁死，而不为不仁不义之事也。"② 刘备以"仁义"自许，甚至将此作为他与曹操相区别的重要标志："操以急，吾以宽；操以暴，吾以仁；操以谲，吾以忠。每与操相反，事乃可成耳。"③ 他并以此为标榜，拒绝了庞统劝他夺取益州的劝告，认为此举是"以小利而失信义于天下，吾为此不忍也"。④

　　可是另一方面，《演义》又常常揭示刘备不仁不义的一面，从而使其叙述表现出种种相悖之处。这些相悖处导致小说在建构刘备仁义形象特征的同时，又使得这种特征变得不确定，使刘备的仁义变得不那么令人信服。

　　首先，是小说叙述了刘备于白门楼上对吕布的不仁不义。在此之前，刘备曾至少两次于危难之中得到吕布相助。例如小说卷三，叙刘备于广陵被袁术所败，折兵太半。危急中，刘备到徐州投靠吕布。吕布送粮米缎匹，并授刘备豫州太守。⑤ 就在入城见吕布前，刘备还对关羽、张飞说："我知吕布非无义之人也。"⑥ 此后于小说卷四，叙袁术派遣纪灵等将进攻刘备所据的小沛。刘备当时"粮寡兵微"，难以抵抗，遂求助于徐州吕布。吕布恃其实力，强邀刘备、纪灵双方到其军营相见。吕布告诉纪灵："玄德乃布之弟也"，并且以辕门射戟为约，成功阻止了袁术对刘备的讨伐。⑦ 从以上两件事可见，吕布的两次帮助，对于刘备集团的生存及后来的发展，均有重要的意义。可是同在小说卷四的叙述中，我们看到吕布兵败下邳城，被其部下生擒送予曹操。吕布

---

① 《三国志通俗演义》，卷一，第 25 页。
② 同上书，卷八，第 9 页。
③ 同上书，卷十二，第 82 页。
④ 同上。
⑤ 同上书，卷三，第 70—71 页。
⑥ 同上书，第 70 页。
⑦ 同上书，卷四，第 4 页。

请求当时投靠曹操的刘备,劝说曹操赦其性命,受其投降。此时的刘备却反其意而行之,鼓励曹操杀了吕布。① 这在叙述人以及读者看来,无疑是刘备借刀杀人之举,亦与他在其他地方表现出的仁义特征相冲突。吕布于此时亦骂刘备:"是儿最无信者",并提醒刘备:"不记辕门射戟时?"小说于此处特意提及"辕门射戟"的往事,显然强化了吕布对"是儿最无信"的责骂,暗示了刘备此时借刀杀人行为的不仁义性质。小说在此事上对刘备"仁义"特征的消解,早在叙述吕布"辕门射戟"时,已通过引用署名所谓"宋贤"的诗作了预示:"吕布当年解备危,万军谁敢效公威?早知'大耳'全无信,悔向辕门射戟时。"②

其次,小说在叙述孙、刘双方对于荆州的争夺方面,亦揭示出刘备对于东吴的不仁义。荆州本为刘表所守。刘表死后,落入曹操手中。赤壁之战后,孔明借用东吴兵力夺取了荆州。此后,东吴数次索求荆州,刘备亦答应将荆州归还东吴,可是每一次均以种种托词,一再延宕归还日期:第一次,借口刘琦尚在,刘备"以叔辅侄"。孔明并替刘备答应鲁肃,待刘琦死后,归还荆州于吴。③ 可是刘琦死后,刘备又借口待其取了西川,再还荆州,并与东吴立下文书契约。④ 直至刘备取了西川,东吴再次派诸葛瑾到西川,向刘备讨还荆州,仍遭刘备设计拒绝。⑤《演义》在叙述东吴一次次索取荆州的过程中,一步步削弱了刘备的"仁义"特征。小说还通过鲁肃之口,责备刘备"失其大信"。⑥ 直至最终,刘备亦未归还荆州,逼使东吴将领吕蒙运用智取,轻而易举地夺回荆州。小说于前面部分采用滞重的笔法,一次又一次

---

① 《三国志通俗演义》,卷四,第70—71页。
② 同上书,第6页。
③ 同上书,卷十一,第16页。
④ 同上书,卷九,第43—44页。
⑤ 同上书,卷十四,第1—3页。
⑥ 同上书,卷十一,第43页。

地叙述东吴索求荆州之困难，从而彰显了刘备及其集团的不仁义，又于后面以轻快的笔法，用吕蒙智取荆州的结果，对刘备集团的不仁义寓以嘲讽意味。

其三，小说通过叙述刘备利用刘璋对他的信任夺得西川这一过程，再次解构了刘备的仁义。刘备对于夺取西川的态度，在小说中被描述得暧昧而充满矛盾。他的"仁义"之心，也因此显得模糊而不可确定。孔明"隆中对策"建议刘备夺取西川，刘备答曰：刘璋乃"汉室宗亲，备安忍夺之？"① 小说这样的叙述，似乎向读者展示刘备仁义之心。可是当鲁肃向刘备索还荆州时，刘备则以西川尚未到手而拒绝之，由此显示刘备并非真的不忍心夺取西川，他对刘璋的"仁义"因此受到读者质疑。当张松献上西川地图，劝说刘备夺取益州时，刘备一面担心地说："奈刘季玉与备同宗，若相攻之，恐天下人唾骂"；另一面又表示"欲取之"，并向张松求攻取之良策。② 小说对刘备这种暧昧态度的叙述，使读者对刘备的"仁义"进一步产生怀疑。此后，小说叙述刘璋受张松欺骗，致书邀请刘备入西川，庞统劝说刘备趁此机会夺益州，刘备还表示："今以小利而失信义于天下，吾为此不忍也"，③ 好像小说在显示其仁义一面；可是在后面的叙述中，我们得知刘备占领了益州，自封益州牧，并将投降的刘璋赶出了成都。从当初称刘璋为"汉室宗亲"，到后来夺其领地，刘备的仁义特征亦随着他的入川，一次又一次被消解了。

其四，《演义》在叙述刘、关、张结义兄弟与吴、蜀联盟之间的冲突中，显示出刘备因"小义"而毁"大义"，此亦对刘备的"义"起着弱化作用。孔明提出"东和东吴"之战略大计，直接关系到西蜀与东吴两个政权的生死存亡，因此，对这种关系

---

① 《三国志通俗演义》，卷八，第35页。
② 同上书，卷十二，第76页。
③ 同上书，第82页。

的维护乃系"大义";相比之下,刘、关、张的结义兄弟关系则显得狭窄多了。可是,小说叙述刘备为报关羽、张飞被杀之仇,不顾政权安危,亲自率兵讨伐东吴,导致吴、蜀联盟彻底破裂,双方反目为仇,最后蜀、吴两败俱伤,被北方政权逐一消灭。刘备为弟报仇的行为虽然令人感动,然而在小说的叙述中,却表现为以"小义"毁"大义"。刘备出兵前,已有臣子秦宓出廷劝谏,指出刘备所为是"舍万乘之驱而成小义,古人所不取也"。① 接着,东吴派诸葛瑾游说刘备,劝其停止伐吴。诸葛瑾所劝,再次强调了刘备讨伐东吴,是"舍大义而就小义","弃重而取轻"。② 可是,刘备非但不听劝阻,反将秦宓囚禁起来,将诸葛瑾怒斥一番。此后,曾经杀害关羽的东吴将领潘璋、马忠,或对关羽之死负有责任的糜芳、傅士仁等人,先后遭到惩罚(潘璋被关兴所杀,糜芳、傅士仁杀马忠而投降刘备,亦为刘备所杀);杀害张飞的范强、张达,亦被东吴遣送回蜀,被张苞万剐凌迟。当此之时,叙述人已在暗示,刘备的结义兄弟之仇已报,"小义"已得偿愿。可是,刘备执意继续在此复仇路上愈行愈远,终于开始走向其反面,走向失败。刘备执著于小义,终于害了大义。这样的叙述,亦在一定程度上消解了刘备的"义"。

总而言之,《演义》一方面呈现刘备对其臣子及百姓的仁慈,以及刘备对关羽、张飞的义气;另一方面又通过刘备对吕布、对东吴、对刘璋的种种不仁义的叙述,一步步抹除刘备的"仁义"。这种由意义的建构到意义的消解,暗示出文字呈现意义的不稳定性,亦瓦解了文字表述似乎要导出的某种确定含义。《演义》以刘备一连串自相矛盾的行为来消除确定的意义,质疑其"仁义"形象,以达到作品叙述的自我解构。

---

① 《三国志通俗演义》,卷十七,第4—5页。
② 同上书,第16页。

四　历史叙述的反历史性——魏延的
"反骨"与"闯帐"

　　《演义》关于魏延"脑后有反骨"以及孔明临死前魏延"闯帐灭灯"的叙述，是作者试图为魏延后来被杀提供合理解释的依据。然而，当我们将《演义》与《三国志》、《三国志平话》等文本作一对读，则不难看到，《演义》在引入《三国志》之历史叙述与《三国志平话》之民间传说的过程中，如何压制或扭曲了二者原有的叙述，又如何于转换过程中，强化了哪些叙述。同时于此对读中，我们或许能探讨历史叙述与反历史叙述之间的对话，以及《演义》与《三国志》、《三国志平话》作者在价值观上的差异。

　　据《三国志·魏延传》记载，魏延"以部曲随先主入蜀，数有战功"，多次被委以重任：建兴元年封都亭侯；建兴五年孔明入汉中，任命魏延为督前部，领丞相司马、凉州刺史；建兴八年，因大败魏将郭淮等人，进封南郑侯。先后两次封侯，可见魏延深受刘备、诸葛亮的器重。然而，本传提及魏延既"勇猛过人，又性矜高"，并与长史杨仪不和，二人关系"有如水火"。① 至于孔明对此二人的态度，据《三国志·杨仪传》称："亮深惜仪之才干，凭魏延之骁勇，常恨二人之不平，不忍有所偏废也。"② 孔明死后，魏延、杨仪分别向后主上表，指控对方叛逆。后主身边的朝臣侍中董允、长史蒋琬"咸保仪疑延"。③ 这场冲突的结果是，魏延军散，父子逃亡，"仪遣马岱追斩之，致首于

---

① 《三国志》，卷四十，第1002—1004页。
② 同上书，第1005页。
③ 同上书，第1004页。

仪,仪起自踏之,曰:'庸奴!复能作恶不?'"可见两人结怨之深。① 作为《三国志》的作者,陈寿对魏延有这样的评论:"原延意不北降魏而南还者,但欲除杀仪等。"② 我们将陈寿这一评语与上面董允、蒋琬"咸保仪疑延"的叙述联系起来考察,可以推论出两点:一、陈寿对于魏延叛逆蜀国之说法持存疑态度,他并不认为魏延真的会叛逆蜀国。二、陈寿认为魏延南归亦非因"反叛"而攻蜀,而是为了杀杨仪,报私仇。裴松之于此处注引《魏略》,亦说明相同的意思:

> 诸葛亮病,谓延等云:"我之死后,但谨自守,慎勿复来也。"令延摄行己事,密持丧去。延遂匿之,行至褒口,乃发丧。亮长史杨仪宿与延不和,见延摄行军事,惧为所害,乃张言延欲举众北附,遂率其众攻延。延本无此心,不战军走,追而杀之。③

据《魏略》所载,魏延"摄行己事",密丧不发,均是按照孔明临终嘱咐行事,杨仪因与魏延有私怨,借此诽谤魏延投降曹魏。裴松之甚至认为,"魏延降魏"系敌国传言,并不符合史实。

当我们将《三国志平话》与《三国志》作一对读,便不难看到,魏延的形象在《平话》中已经发生了重要变化。首先,《平话》提及魏延听从庞统劝说,投奔孔明。刘备见魏延,便称赞他"贤德也"。④ 刘备如此正面赞扬魏延的贤德,于《三国志》中并无叙述。其次,《平话》叙孔明临死前,魏延

---

① 《三国志》,卷四十,第1004页。
② 同上。
③ 同上。
④ 《至治新刊全相平话三国志》,《元刻讲史平话集》,第5册,卷下,第57页。

曾"言曰：'军师有事，我管军师印信！'军师不语。叫魏延
至，言曰：'三十年前，荆州因收江下四郡，将军方可降汉，
于国累建大功。吾死，魏延为帅悬印。'魏延喜而出"。① 可是
孔明刚死，姜维便杀了魏延。② 于此我们看到，《平话》文本
在引入《三国志》文本的同时，对魏延的相关叙述作了明显的
改写。《三国志》里关于魏延与杨仪的私人仇怨，以及魏延因
此为杨仪所杀的叙述，在《平话》中被抹除了，代之以姜维杀
了魏延。《平话》甚至暗示姜维杀魏延的原因，或许与魏延要
夺管军师印信有关。《平话》作出这样的改写，试图为魏延被
杀提供一合理解释，因为陈寿于《三国志》中认为魏延本无叛
逆之心，可是在《平话》里被改为意图夺取军师印信，这当然
具有叛逆性质，所以魏延被杀，似乎咎由自取。魏延叛逆，是
《平话》输入的新的含义。这种含义与《三国志》文本原有的
含义相互对立。从文本互涉角度来看，这是《平话》对《三
国志》文本的戏拟。

　　如果将小说《演义》与《三国志》或《平话》作一对读，
则可见到《演义》对于这两个文本的最大转换处，在于其刻意
压制了《三国志》文本中陈寿对于魏延"叛逆"的质疑，并且
彰显和强化了《平话》对魏延"叛逆"的暗示。首先，魏延初
次于《演义》中出现时，就被作者打上"反骨"的烙印：赤壁
战后，刘备、孔明乘胜夺取了南郡、荆州、襄阳，又攻打武陵、
长沙、桂阳、零陵四郡。魏延当时为长沙太守韩玄部属，因见韩
玄欲杀属将黄忠，遂打抱不平，杀了韩玄，与黄忠一道投奔刘
备。孔明初见魏延，便要杀他，因为孔明宣称："吾观魏延脑后

---

　　① 《至治新刊全相平话三国志》，《元刻讲史平话集》，第 5 册，卷下，第 77
页。
　　② 同上书，第 78 页。

有反骨,久后必反,故先斩之,以绝祸根。"① 孔明"反骨"之说,并不见于《三国志》与《平话》。《演义》增加这一叙述,其意乃在与小说后面叙述魏延被杀相关联。《演义》对于魏延被杀的叙述,并不同于《三国志》或《平话》中的叙述。《三国志》言魏延被杨仪派马岱杀害,《平话》称他被姜维所杀,《演义》则将之改为孔明临死前预先安排马岱杀之。

不仅如此,《演义》的叙述从魏延初次出现到最后被杀,其间几次暗示或明示孔明对他的不信任,此亦为了与孔明当初的预言相关联,并为后来叙述魏延谋反埋下伏笔。例如小说卷二十"孔明智败司马懿"一则,叙孔明从司马懿手中夺取武都、阴平二郡后,退兵汉中。为防司马懿追赶,孔明拟派两员大将率兵埋伏途中,截击追兵。此时,孔明"以目视魏延",意在暗示魏延可充此任。可是,"延低头不语",没有主动请缨。于是,当王平自告奋勇,愿当其任时,"孔明长叹曰:'王平乃汉之忠臣,肯舍身亲冒矢石,真良将之才也。'"② 在这段叙述中,魏延用"低头不语",表示了他对孔明的不愿遵从;孔明则当着魏延的面,通过赞扬王平"乃汉之忠臣"、"真良将之才",委婉地批评魏延非良将,亦暗讽其不忠。此后,小说于同卷"诸葛亮四出祁山"一则里,通过孔明之口,再次点明魏延的不忠。当邓芝向孔明投诉,说魏延对孔明有不尊重的批评时,"孔明笑曰:'魏延素有反相,吾知彼常有不平之意。吾怜其勇烈而重之。吾昔与先帝言,久后必生患害。今已显露,可以除之。'"③ 为了证实孔明所言不虚,小说还特地用了东吴君王孙权之评,来强化魏延的叛逆性格:小说卷二十一"诸葛亮六出祁山"一则,叙孔明派遣费祎入吴见孙权,约东吴出兵,共取中原。孙权设宴款待

① 《三国志通俗演义》,卷十一,第35页。
② 同上书,卷二十,第54页。
③ 同上书,第70页。

费祎，并于席间问及孔明目前所用将领。费祎提及魏延与杨仪，孙权笑曰："朕虽未见此二人，久知其行，真乃小辈耳，于国何益？若一朝无孔明，必为两人败矣。卿等于君前，何不深议也？"当费祎将此语回告孔明时，"孔明叹曰：'此二人吾非不知，为惜其智勇，不忍杀之。'祎曰：'丞相早宜区处。'孔明曰：'已定夺下了。'"① 毛纶、毛宗岗父子在改写此部分时，删除了孙权对杨仪的评语，从而更加凸显了孔明对魏延的敌意。② 随着小说的叙述进程我们看到，愈临近孔明之死，对魏延叛逆的预示就愈发明显。卷二十一"孔明火烧木栅寨"一则，便叙蜀将廖化追赶司马懿，得其金盔，立为头功，"魏延心中不悦，口出怨言。孔明只推不知"。③ 当孔明密嘱魏延引兵，将司马懿诱入上方谷，"实欲将司马懿、魏延皆要烧死"。④ 而另一方面，《演义》又将孔明之死与魏延相联系：《演义》卷二十一"孔明秋夜祭北斗"一则，叙孔明病危时，自于军营帐中祈禳北斗。七日内灯若不灭，孔明此次将免于死亡，并且寿增一纪。可是，当祭祀到第六夜，魏延擅自闯入营帐，将主灯扑灭。⑤ "魏延闯帐"这段叙述既不见于《三国志》，又不见于《三国志平话》。《演义》增加这样的叙述，显然是将孔明的死因归咎于魏延闯帐，从而为后面安排孔明临死前授计杀魏延的情节，提供一个合理解释。紧接其后，同卷"孔明秋风五丈原"一则，便叙孔明死前，密授长史杨仪一锦囊，"分付曰：'久后魏延必反。若反时，方开之，那时自有斩延之将也。'"⑥ 于是，同卷"武侯遗计斩魏延"一则中我们看到，孔明死，魏延遂反抗杨仪。他在南

---

① 《三国志通俗演义》，卷二十一，第 27 页。
② 《古本三国志·四大奇书第一种》，卷五十一，第 25 页。
③ 《三国志通俗演义》，卷二十一，第 39 页。
④ 同上书，第 80—81 页。
⑤ 同上书，第 52—54 页。
⑥ 同上书，第 55 页。

郑城前与姜维对峙时，马岱依照孔明授予杨仪锦囊中之计策，将他杀掉。在《演义》中，魏延之死，全是孔明一手策划。这样的叙述，完全颠覆了《三国志》文本的叙述，也与《平话》的叙述有重大的不同。

从《演义》对于魏延形象的叙述，可看出作者所采用的书写策略。罗贯中一方面将《三国志》、《魏略》中否定魏延降魏的看法予以压制，一方面又在《平话》暗示魏延争夺军师印信的基础上作进一步延伸，将之改为魏延反叛蜀国。我们将此三部作品进行对读，可领悟到三者不同叙述之间的相互对话：魏延"本无此心"、魏延要夺军师印信与魏延有"反骨"，三种叙述的相互对话构成了魏延形象塑造上的"众声喧哗"。而从文本互涉的角度来看，《演义》的改写则相似于导致矛盾语言产生的第三种情况："隐含的内在争论。"罗贯中对《三国志》及《三国志平话》中的魏延叙述作出了积极修正，使《三国志》与《平话》的原有叙述，在《演义》中以扭曲的形式被呈现。《三国志》、《平话》的语言带着被积极修正式的矛盾语言特征，以《演义》叙述人的语言呈现出来，并在《演义》的整体框架下，得到重新组织，被赋予新的意义。《演义》从魏延初次出场开始，便通过孔明之口，为他打上了"反骨"的烙印；在其后的叙述中，又多次提及孔明对魏延的不信任，以及魏延对孔明的不满，企图维持魏延的"反骨"特征；再后，小说设置孔明临死前的魏延"闯帐灭灯"，试图将孔明之死归咎于魏延；最后，小说设置孔明密嘱杨仪、马岱杀掉魏延的情节，呼应了当初孔明的"反骨"之说。于此，《三国志》中杨仪杀魏延所具有的公报私仇的性质，被罗贯中改为孔明授计杨仪杀魏延。从孔明初见魏延便看出他有"反骨"，到孔明死后的魏延被杀，一切都在孔明的预见及操控之中。《演义》这样的书写与建构，旨在通过强化魏延的"反骨"，来显示孔明如何明鉴识人，又如何防患于未然。

　　《演义》对于魏延叙述的"改造"，亦显示其作者的叙事立场与价值取向。如果我们承认陈寿《三国志》是基本忠于史实的历史叙述，那么，《演义》作者对于魏延作出如此重大的改动，则表明他对陈寿的历史叙述非常不满，因而进行了反历史的虚构。这样的虚构，展示给我们的不是历史，而是作者本人对于那段历史的认知和立场。《演义》在魏延叙述上，表现出作者对孔明明鉴识人、善于谋划的强烈推崇。这一点，与陈寿以"治戎为长，奇谋为短"① 评论孔明相比，则显然不同。

　　然而，《演义》对魏延的叙述充满了暧昧性及相互悖逆之处。从《演义》卷十一孔明初见魏延，称其有"反骨"开始，小说似乎为魏延定下了负面特征。孔明临死前，小说设置孔明祈禳北斗、魏延闯帐灭灯的事件，似乎暗示魏延对孔明之死负有责任。孔明死后，魏延与杨仪的冲突，亦似乎证实了孔明"反骨"之预言不虚。可是，当我们将《演义》里有关魏延的叙述整合起来，则见到作品在建构魏延"反相"过程的同时，又一次次地解构着魏延的"反相"，使所谓"反骨"之说变得并不确定，并不令人信服。首先，《演义》对魏延相貌的描述颇为正面："其人面如重枣，目若朗星，器宇轩昂，貌类非俗，乃似关将。"② 作品于此处将魏延的相貌与以"忠义"闻名的关羽作比拟，已与"反骨"之说产生矛盾。其次，小说对于魏延投奔刘蜀后屡建战功，并深受刘备、孔明器重的事件，作了大量的叙述，例如刘备与刘璋涪城筵会，扮演"项庄舞剑"角色的便是魏延；③ 雒城之战，魏延两次生擒刘璋属将冷苞，得到刘备重赏；④ 刘备入川后晋封功臣，魏延受扬武将军，地位仅次于关

----

① 《三国志》，卷三十五，第930页。
② 《三国志通俗演义》，卷十一，第33页。
③ 同上书，卷十三，第1—2页。
④ 同上书，第26—34页。

羽、张飞、赵云、黄忠，却在马超之前。[①] 此后，无论伐魏或是攻吴，魏延始终出现在战场第一线，例如他与张飞合战魏将张郃于瓦口关，[②] 又同张飞夺取南郑，大败曹操。[③] 刘备进封汉中王，任命魏延做汉中太守，[④] 说明他深得刘备信任。不仅刘备如此，《演义》亦多次提到孔明对魏延的重用，例如孔明兴兵征孟获，任命魏延与赵云同为大将，总督军马。[⑤] 孔明七擒孟获，其中多有魏延的战功。孔明兴师北伐，所率诸将中，魏延名列第一，并被授予多种要职。[⑥] 另一方面，魏延也不负重托，跟随孔明屡建战功，例如他率兵攻入安定城，[⑦] 先后斩杀魏将曹遵、[⑧] 王双，[⑨] 并诱杀曹魏重将张郃，等等。[⑩] 所有这些叙述，都与小说当初提及的魏延"反骨"之说相互抵牾。前面谈到孔明曾通过赞扬王平"真良将之才"，暗示魏延非良将。可是，小说同时叙述了魏延多次在战场上骁勇善战，实已说明魏延乃良将，此又对孔明的评语起了解构作用。

　　不仅于此，小说还叙述曹操曾于斜谷界口遇魏延宣战，曹操欲招魏延归降，不但遭魏延恶言相拒，还被魏延出箭射伤，差点儿要了性命。[⑪] 这样的叙述显然否定了此前的"反骨"之说。再如葭萌关战役，叙魏延被敌将射中左臂，[⑫] 亦通过魏延对刘蜀集团付出的代价，再一次质疑了"反骨"之说。尽管在孔明临死

---

① 《三国志通俗演义》，卷十三，第 78 页。
② 同上书，卷十四，第 67—72 页。
③ 同上书，卷十五，第 21 页。
④ 同上书，第 36 页。
⑤ 同上书，卷十八，第 19 页。
⑥ 同上书，卷十九，第 14 页。
⑦ 同上书，第 28 页。
⑧ 同上书，第 56 页。
⑨ 同上书，卷二十，第 37—38 页。
⑩ 同上书，卷二十一，第 14—15 页。
⑪ 同上书，卷十五，第 30—31 页。
⑫ 同上书，卷十三，第 68 页。

前不久，《演义》提及孔明对魏延的戒心，以及魏延对孔明的不满，却并不能充分证明魏延真的有"反骨"。[①]至于孔明密授杨仪锦囊计以杀掉魏延的叙述，则主要显示出孔明对魏延的谋害，而不足以说明魏延有意等到孔明死后才谋反。

　　总而言之，《演义》不厌其烦地一再叙述刘备、孔明对魏延的信任与重用，使此前孔明关于"反骨"的预言显得不可置信。"反骨"说的设置与魏延出生入死、屡建战功的叙述，与他拒绝曹操招降的叙述之间，形成意义上的相互悖逆，它既瓦解了小说当初预设的"反骨"，也使最后魏延与杨仪冲突中的叛逆性质显得并不那么令人置信。

---

　　① 已有学者指出"魏延无反骨"，见金性尧《三国谈心录》，台北：实学社出版有限公司 2002 年版，第 90—93 页。

第三章

"文本互涉"视野中的
《三国志通俗演义》

　　作为元末明初出现的一部经典小说，《演义》并非一孤立的文本，而是与其他相关文本相互交织而成的作品。当我们于其中读到其他文本的相关叙述，或看出《演义》如何依赖其他作品，将它们吸收与转化，我们便进入文本互涉的视野空间。① 在此视野中我们看到，《演义》在建构自己的"三国叙事"过程中，较多地引入了中国早期叙事文本中的相关叙述，例如《左传》、《战国策》、《史记》等。这种引入，既表现为借用早期文本中的叙述模式来建构《演义》对于"天下三分"的宏观叙述，又体现在《演义》对人物与事件相互关系的设置上，引入了早期文本中对于人物与事件的结构方式，同时，在意义的呈现方面，亦显示出《演义》对于之前文本的运用。正因如此，我们从《演义》的叙述中读到的，不仅是三国时期种种激动人心的政治军事角逐与演变，而且从中看到这些早期叙事文本所设立的种种书写策略及其寓意，以及《演义》在此一叙事传统中所扮演的重要角色。

　　关于早期叙事文本的特征及其对中国传统小说的影响，已有学者作过讨论。王靖宇《中国早期叙事文论集》一书，对《左

---

　　① 参见廖炳惠《解构批评论集》，第 270 页。

传》中的情节、人物、观点及意义四种叙事要素作了细致的讨论。① 孙绿怡《〈左传〉与中国古典小说》一书提出，中国古典小说以自然时间的推移作为作品事件的基本线索，从历史事件中选取事件人物来构成作品结构，追究因果，讲求结局的完满，注重道德意义的呈现等种种特征，均受到《左传》叙事的影响。② 学者们就早期叙事文本对传统小说的重要影响，作了有意义的讨论。

　　从"文本互涉"的视点观之，《演义》之于上述早期叙事文本，两者间并非仅仅是历时性的影响与被影响关系，更重要的，是空间意义上彼此之间相互指涉的关系，因为早前的作品以种种不同方式被引用于《演义》叙述中时，从《演义》中便能读到早前的作品，从而使两者间产生相互发明的关系。本部分下面要展开的讨论，将分别从叙事模式、人物形象、谋臣作用、叙述单元、叙述母题、事件之呼应及预示性叙述等诸方面，讨论《演义》如何与早期叙事文本之间交互指涉，由此不仅看到《演义》关于"天下三分"的叙事，也看到早期叙事文本怎样通过"三国叙事"，再次呈现出自己所建立起来的一套叙述传统，以及此一传统蕴涵的文化意义。

一　"合纵连横"与"义利之辨"：《演义》与《战国策》、《史记》在叙述模式与主题上的文本互涉

　　所谓"合纵连横"，指的是战国时期，诸侯国于相互兼并过

---

① 王靖宇：《中国早期叙事文论集》，台北："中央研究院"中国文哲研究所1999年版，第25—42页。

② 孙绿怡：《〈左传〉与中国古典小说》，北京：北京大学出版社1992年版，第76—92页。

程中，采用的战略方式。当时齐、楚、燕、赵、韩、魏等国地连南北，呈纵向关系；秦国地处偏西，六国居东，故秦国与六国于地理上呈东西横向关系。所谓合纵，大致上指齐、楚、燕、赵、韩、魏等国联合抗秦，如《战国策·秦策三》所称："天下之士合从相聚于赵，而欲攻秦。"① 所谓连横，则指秦国联合六国中的任何一国或诸国，对付六国中其他诸侯国，如《战国策·齐策一》所言："张仪为秦连横。"② 各国为了自身利益，时而加入"合纵"，时而加入"连横"，亦如《史记·孟子荀卿列传》所云："天下方务于合从连横，以攻伐为贤。"③ 这样的历史叙述及其中所呈现的叙述模式与叙述主题，被罗贯中引入《演义》的文本，使我们从中读出《演义》与《战国策》、《史记》等书之间的相互指涉关系。

在众多有关"合纵连横"叙述中引人注目的一例，要数秦国与楚国之间的冲突。据《战国策·秦策二》载：秦惠王时期，秦国欲讨伐齐国，碍于秦国与楚国交好，便派张仪出使楚国，以献秦国商、於之地六百里为诱饵，游说楚怀王与齐国绝交。楚怀王遂与齐国绝交。当秦国离间了齐、楚两国关系后，便改口称仅给楚国六里之地，而非六百里。楚怀王因此大怒，遂举兵伐秦，结果被秦国与齐国、韩国联合的军队打得大败。④ 这个故事在叙述模式上，涉及两个特征：一是诸侯各国角逐中，甲方通过离间乙方与丙方的联盟关系，以达到对付乙方或丙方的目的。二是这

---

① 何建章注释：《战国策注释》，北京：中华书局1990年版，第192页。同页何建章注："合从：六国联合攻秦的策略。燕、赵、魏、韩、齐、楚六国，南北为从（纵），故曰'合从'。"

② 何建章注释：《战国策注释》，第331页。

③ 司马迁撰、裴骃集解、张守节正义：《史记》，北京：中华书局1975年版，卷七十四，第2343页。关于战国时期诸侯各国"合纵连横"的详细讨论，可参见熊宪光《纵横家研究》，重庆：重庆出版社1998年版；郑杰文《能辩善斗：中国古代纵横家论》，济南：山东人民出版社1995年版。

④ 《战国策注释》，第117—118页。

种挑拨离间，乃以给予对方好处为诱惑。由于当时诸侯国展开领土之争，因此，秦国借口赠送商、於方圆六百里领土，成功地离间了楚国与齐国的友好关系。在叙述主题上，本故事试图告诉读者，在"义"与"利"之取舍间，何者更为重要。楚国因为秦国以"利"相诱，遂与齐国绝交，此在传统儒家观点看来，是"舍义求利"的行为。此故事在后世文献中一再被提及，司马迁于《史记·楚世家》及《史记·屈原贾生列传》中，对此事均有详细记载。① 究其原因之一，实在是由于其中蕴涵着"义利之辨"之寓意，一个曾为孟子强调的"君子"与"小人"之道德分判，同时亦是传统儒家之道德标准。楚怀王于此事上表现出的愚蠢与不义，及其后来被秦国囚禁而死的恶果，因此受到后人的批评与嘲笑。

如果将《战国策》与《史记》中这样的叙述模式与叙述主题与《演义》作一比较，则不难看到两个文本之间的相互关联。

首先是两者于叙述模式上的相互关联。甲方通过离间乙、丙双方的联盟关系，以达到对付乙方或丙方的目的，此种早见于《战国策》、《史记》的叙述模式在《演义》中多次被用到。就微型叙述而言，《演义》卷一"吕布刺杀丁建阳"与"废汉君董卓弄权"两则，叙董卓专权，打算废除汉少帝刘辩，立陈留王刘协为汉献帝，遭到荆州刺史丁原反对。董卓欲杀丁原，却碍于丁原有义子吕布护卫，于是托属下李肃，暗地里送予吕布赤兔马一匹、金一千两、明珠数颗、玉带一条。吕布为"利"所诱，遂杀害义父丁原，转投董卓，甘当其义子。董卓以赤兔马及金玉珠宝为诱饵，在成功地离间丁原与吕布义父义子关系后，顺利地完成天子废立大事。② 相似的叙述还见于小说卷二"司徒王允说

---

① 司马迁：《史记》，卷四十，第1723—1729页；卷八十四，第2483—2484页。

② 《三国志通俗演义》，卷一，第46—55页。

貂蝉"、"凤仪亭布戏貂蝉"及"王允授计诛董卓"三则：司徒
王允不满董卓专权，残害廷臣，却碍于董卓身边有吕布相护，于
是采用"美人计"，派貂蝉从中挑拨离间，致使董卓与吕布两人
反目为仇，并借用吕布之手，杀了董卓。①

在以上两组事件中，董卓对付丁原，与王允对付董卓，均采
用相同的离间计，通过分裂丁原与吕布或董卓与吕布的亲密关
系，达到杀除丁原、董卓之目的。而这样的叙述模式，与《战
国策》、《史记》关于秦国离间齐、楚联盟的叙述，有着明显的
相似处。首先，董卓为杀掉丁原，先要成功地离间丁原与吕布的
亲密关系；王允想杀害董卓，亦先成功地离间董卓与吕布的亲密
关系。这样的叙述，使我们联想到《战国策》、《史记》中相似
的叙述模式：秦国欲讨伐齐国，先得成功地离间齐国与楚国的亲
密关系，所谓欲想置之死地，先必绝其左右之援。其次，离间过
程中，董卓与王允均以"利"诱惑对方，或是赠送赤兔马与金
玉珠宝，或是赠送美人投其所好，从而成功地实现其离间计策。
这一叙述特征，使我们联想到当年张仪以献秦国商、於之地六百
里为诱惑，成功游说楚怀王与齐国绝交之历史叙述。《演义》对
于以上两组事件的叙述，使我们看到早期叙事文本中叙述模式的
再次呈现。

值得注意的是，《演义》对此两件事赋予的特征，帮助我们
进一步看到作品的一种主题性寓意，这就是从《战国策》、《史
记》叙述中体现的儒家"义利之辨"。吕布与丁原，本是义子与
义父关系；吕布与董卓，亦为义子与义父关系。可是，吕布抵抗
不了"利"的诱惑，先是接受了董卓送与的赤兔马与金玉珠宝，
其后接受了王允许诺的貂蝉，中了美人计。因为这些"利"的
诱惑，他先后杀害了自己的两个义父。义父与义子的亲密关系竟

---

① 《三国志通俗演义》，卷二，第32—50页。

然因为"利"而破裂，两者间孰轻孰重？叙述人及其作者对此意义的关注，实已隐含在对两个事件的叙述之中。虽然在叙述人眼里，董卓之死是罪有应得（此从《演义》于董卓死时所引四首诗、一篇论、一篇赞中的评语可见），然而却并不因此减弱吕布"弑父"行为的负面性质。这一负面性质，后来在小说卷四"白门曹操斩吕布"一则中，通过刘备之口得到强化。当吕布于下邳城中被擒，曹操咨询刘备，应当怎样处置吕布时，刘备答道："明公不见事丁建阳、董卓乎？"吕布弑杀两个义父之旧事重提，促使曹操拒绝了吕布归顺曹操以求生的乞求，终于缢死吕布以绝后患。① 叙述人及其作者于此处评论吕布之死时，亦表示出对于吕布弑杀义父之不义行为的谴责："夜读三分传，堪嗟吕奉先。背恩诛董卓，忘义弑丁原。"② 尽管《演义》叙的是"三国"，《战国策》、《史记》叙的是战国，各自有其不同的叙述语境（context），然而，《演义》于这两件叙事中隐含的"义利之辨"，使我们又一次领悟到《战国策》、《史记》于秦、楚关系叙述中蕴涵的相同寓意。

以上所论是就小说中的微型叙述而言。若从作品之大型叙述来看，则可以魏、吴、蜀三方之间的离合变化为证。下面将讨论《演义》作者怎样将《战国策》、《史记》对于秦、楚、齐三国关系的叙述，转换为对魏、吴、蜀三个集团相互关系的叙述。

《演义》于前四卷，用了大量笔墨，叙述董卓之兴亡与吕布之兴亡。自第五卷首则"青梅煮酒论英雄"始，叙述焦点转向对曹操、孙权、刘备三个集团相互关系的叙述。曹操据守中原，挟天子以令诸侯。孙权承兄孙策之业，自霸江东大片土地。刘备自赤壁战后，借东吴之力，夺了南郡、荆州、襄阳，又乘势取了

---

① 《三国志通俗演义》，卷四，第 68—71 页。
② 同上书，第 71 页。

西川，由此形成北魏、东吴、西蜀三国鼎立之政治局面。三个政权均有吞并对方、统一天下之野心。而《演义》对其三方相互关系的叙述，则同样采用了《战国策》、《史记》对战国纷争的叙述模式：甲方通过离间乙、丙双方的联盟关系，以达到对付乙方或丙方之目的。在《演义》卷九，作品叙述曹操率八十三万大军讨伐败守江夏的刘备，并发檄文予东吴孙权，约其"共伐刘备，同分汉土，永结盟好"。① 另一方面，此时刘备与孔明等人商议久安之计，孔明亦表示："说南（孙权）北（曹操）两军互相吞并，吾则无事矣。若南军胜，照旧而杀操以取荆州之地；北军胜，乘势而取江南。此远大之计也。"② 曹操讨伐刘备，首先想到联合东吴；孔明为对付曹操的讨伐，亦同样想到要使魏、吴两军相互吞并。曹魏与刘蜀在彼此争斗过程中，均想到首先需要离间对方与第三方的亲密关系。小说这样的叙述，为魏、蜀、吴三个集团建构了类似于秦、楚、齐三国那样的相互关系。在此后的小说情节中，《演义》基本上循此框架，来展开对于魏、蜀、吴三方离合关系的叙述。

首先从刘蜀一方论起。刘备面对曹操大军讨伐的威胁，派遣诸葛亮出使东吴，舌战群儒。诸葛亮以曹操"欲图江南"③ 之语智激孙权，再借用曹丕《铜雀台赋》激怒周瑜，从而成功地挑拨离间了孙吴与曹魏的关系，并与东吴联合抗曹，致使曹操八十三万大军几乎全军覆没，此乃著名的赤壁之战。④ 刘蜀集团成功地离间魏、吴关系，达到自己以弱胜强之目的。其后，诸葛亮竭力维持魏、吴分裂或对立的局面，其目的亦在保持刘蜀集团立于不败之地。再如小说卷十三，叙述刘备身边谋臣庞统身死落凤

①　《三国志通俗演义》，卷九，第36页。

②　同上书，第33页。

③　同上书，第48页。

④　详见《三国志通俗演义》，卷十，第1—51页。

坡，刘备书召驻守荆州的孔明回到身边相助。孔明临行前，留下八字方针，嘱咐关羽记取："北拒曹操，东和孙权。"① 因为在孔明看来，如果不与东吴和好，东吴势必与北魏联合，那将是对刘蜀集团的致命打击。小说于后面的叙述中，的确是一步一步地呈现给读者，关羽违反孔明的劝告，如何导致了刘蜀集团的灭亡：首先是关羽因为拒绝东吴的提亲，与东吴交恶，结果导致荆州失守，关羽被东吴所杀；然后，东吴杀害了关羽，担心刘备急欲报仇，而与曹操联合攻吴。孙权遂将关羽头颅送往许都，企图嫁祸于曹操。司马懿识破此计，将关羽葬以王侯之礼。孔明深知孙权、曹操于关羽善后事宜上的处心积虑，便警告刘备："方今吴欲令我兵侵魏，魏亦令吾兵侵吴，各怀诡计，乘空而图之。王上只宜按兵不动，且与关公发丧。待吴、魏不和，乘时而伐之可也。"② 但是，刘备不听劝阻，仍领精兵七十万，亲自征讨东吴，结果被吴将陆逊大败。最后，是北魏进攻成都，蜀国在毫无东吴援助的情况下，被北魏所灭。小说对于蜀国兴衰过程的叙述，在在显示出蜀国维持魏、吴分离与吴、蜀联合之重要性，这一点，与《战国策》、《史记》中秦国致力于分裂齐、楚亲密关系的叙述，有着相似的模式与特征。

《演义》对于东吴一方的叙述，其重点亦在强调孙权担心曹操与刘备两个集团发展出联盟关系，而对东吴构成威胁，于是极力避免这种局面的产生。小说卷十一"诸葛亮傍略四郡"一则，叙赤壁之战后，孔明借东吴之力夺取了南郡、荆州、襄阳三城。③ 周瑜怒而欲起兵夺回诸城，却因鲁肃劝阻而作罢。鲁肃劝阻的理由，便是担心因此促成魏、蜀双方的联合："刘玄德旧曾

① 详见《三国志通俗演义》，卷十三，第42页。
② 同上书，卷十六，第34页。
③ 同上书，卷十一，第13—14页。

与曹操至厚，倘逼得紧急，献了城池，一同攻东吴，如之奈何？"① 在小说卷十二"曹操大宴铜雀台"一则，我们看到刘备在孔明授计下，顺利娶得孙夫人，返回荆州。孙权、周瑜"陪了夫人又折兵"，怒而欲发兵讨荆州。此时，朝臣顾雍便从魏、吴、蜀三方离合关系的角度，担心曹操因此与刘备联盟而对付东吴："若知孙、刘不睦，操必使人勾结刘备矣。备惧东吴，必投曹操。若是投操，江南何日得安也？"② 顾雍成功地劝阻了孙权与周瑜，并建议孙权派人赴许都，"表刘备为荆州牧，使曹操知之则怯惧，不敢加兵于东南，亦能使刘备不恨于主公矣。却暗使一心腹人，以间谍之计，使曹、刘如常不睦，方可图之"。③ 在叙述人眼中，张昭与顾雍的成功劝阻，使东吴避免了可能遭受的战争："曹操自离荆州，心中尝欲雪赤壁之恨……又疑孙、刘并力，因此不敢轻进。"④ 我们在《演义》卷十六"汉中王痛哭关公"一则中还看到，东吴杀害关羽后，孙权听从张昭之计，将关羽英灵送予曹操，"明教刘备知是操之所使，必痛恨于操也。待蜀、魏相攻，却看其急慢，然后于中取事。此计可保东吴，亦可图西蜀。如得两川之地，何惧曹操乎？"⑤ 东吴欲嫁祸于曹操，其意图亦在挑起魏、蜀双方争斗，以便东吴坐收渔人之利。⑥

《演义》对于曹魏一方的叙述，亦显示出相同的模式及特征。在三个集团交互关系上，曹操据守中原，"挟天子以令诸侯"，恃其政治与军事强势，企图消灭东吴、西蜀两大势力。为此，曹操同样希望看到东吴与刘蜀集团处于分裂与对立局面，而不愿看到孙、刘双方联盟，因为这样的联盟，亦对曹魏构成巨大

---

① 详见《三国志通俗演义》，卷十一，第 14—15 页。
② 同上书，卷十二，第 1—2 页。
③ 同上。
④ 同上书，第 2 页。
⑤ 同上书，卷十六，第 26 页。
⑥ 同上书，第 28 页。

威胁。前面提及的《演义》第九回"刘玄德败走夏口"一则，便叙述曹操刚夺得荆州，即与众将商议："今刘备已投江夏而去，但恐结连东吴孙权，是滋蔓也。"① 正是由于这样的担心，曹操听从谋臣荀攸的建议，发檄文给孙权，邀其与魏联盟，共讨刘备。② 然而，此次曹操未能成功地离间孙权与刘备的关系，却被孔明成功地离间了孙权与曹操的关系，孙、刘双方的联合，导致了曹操的赤壁大败。

《演义》对曹操集团的叙述，依然把焦点放在他们对于吴、蜀联盟的焦虑，以及他们离间孙、刘关系的努力上。我们在小说卷十二中看到，曹操听说孙、刘联姻，汉上九郡大半已属刘备，着急得"手脚慌张，投笔于地"。③ 为了破坏孙、刘的亲密关系，曹操当即采用谋臣程昱的计策：向汉献帝表奏周瑜为南郡太守，程普为江夏太守。如此一来，周瑜必将争夺南郡、荆州等地，"瑜必自与刘备为雠敌矣。乘此相并，却作良图"。④ 在曹操看来，惟有"使孙、刘自相吞并"，曹魏方可"渔翁得利"。⑤ 在小说卷十五，我们看到刘备申奏汉献帝，自封汉中王。⑥ 曹操听从司马懿建议：令孙权兴兵先取荆州，与关羽相持，刘备必发两川之兵救荆州。待吴、蜀相斗时，曹操再去夺取汉、川。⑦ 此计终于促成吴、蜀交恶以及随之而来的关羽丢失荆州，命丧临沮。

如前所述，关羽死后，孙权听从张昭之计，将关羽英灵送与曹操，企图移祸于曹操，挑起刘备向曹操的复仇战争。可是，此

---

① 详见《三国志通俗演义》，卷九，第31页。
② 同上。
③ 同上书，卷十二，第9页。
④ 同上书，第10页。
⑤ 同上书，第9—10页。
⑥ 同上书，卷十五，第33—35页。
⑦ 同上书，第38页。

计被司马懿识破。曹操遂听从司马懿建议,"将关公英灵刻以香木之躯,葬以大臣之礼,使人皆知,则刘、张必深恨于孙权,而尽力南征矣"。① 按照司马懿的意图,"若吴、蜀交锋之际,王上却因其势而击之,如蜀胜则击吴,如吴胜则击蜀。二处若得一处,那一处则不久矣"。②《演义》对曹魏集团这样的叙述,再次使我们联想到《战国策》与《史记》中,对于战国时期诸侯各国间"合纵连横"关系的叙述。"鹬蚌相争,渔翁得利",这就是《演义》在叙述曹操集团时,对其赋予的主要特征。此一特征,一直延续到曹操死后,曹丕与司马氏集团当政。曹丕即帝位后,面对于吴、蜀双方持续的战争,所采取的立场仍然是:"朕不助吴,亦不扶蜀。朕居正统,安若泰山,特看吴、蜀交兵,若灭了一国,只有一国,那时除之,有何难也?"③《演义》此后的叙述,逐步呈现了曹魏集团的这一立场。"鹬蚌相争,渔翁得利",小说正是按照这样的方式,来建构曹氏父子及其取代者司马氏集团消灭蜀、吴,统一天下之过程:蜀国在缺少东吴支持的情况下,被司马昭派钟会、邓艾所灭,蜀后主"面缚舆榇"而降。④ 唇亡则齿寒,东吴不久亦在孤立无援情况下,被司马氏集团所灭。⑤《演义》对曹氏与司马氏集团消灭西蜀、东吴的叙述,亦使我们联想到当年秦国逐步吞并北方诸侯国,统一天下的过程。

《演义》在叙述曹魏离间孙吴、刘蜀双方关系之过程中,始终强调曹魏以利相诱之特征。这种利诱便是领土的割让或分配,这一点,与《战国策》、《史记》所叙秦国以商、於之地为条件,

---

① 详见《三国志通俗演义》,卷十六,第29页。
② 同上。
③ 同上书,卷十七,第20页。
④ 同上书,卷二十四,第15—38页。
⑤ 同上书,第67—71页。

诱惑楚国与齐国绝交的叙述，何其相似乃尔！在《战国策》、《史记》的叙述中，商、於之地是离间齐、楚关系的决定性因素；在《演义》中，则被置换为以荆州为焦点的领土之争。荆州地处十分重要："北据汉、沔，利尽南海，东连吴会，西通巴、蜀"，① 早在孔明于刘备"三顾茅庐"时提出的"隆中对策"，其中已建议刘备夺取荆州。② 另一方面，甘宁投靠东吴时，亦劝孙权赶在曹操之前，及早夺取荆州。③《演义》叙述孙权与刘备的冲突，始终集中于双方争夺荆州这一焦点上。赤壁之战后，孙权与刘备的联盟迅速破裂，其原因就在于此。作品对于孔明"三气周瑜"的叙述，便是孙权索求荆州、屡遭刘备拒绝之过程：孔明借东吴之力夺取了荆州、南郡、襄阳三城，④ 此乃一气周瑜。周瑜、孙权设计让刘备娶孙夫人，企图挟持刘备为人质以换取荆州，结果遭孔明算计，陪了夫人又折兵，此乃二气周瑜。周瑜借口收西川，实为行"假途灭虢"之计，试图夺回荆州，又被孔明识破，此乃三气周瑜而死。三气周瑜，皆为荆州之事。小说通过孔明"三气周瑜"的叙述，再次强调荆州对于吴、蜀离合关系的重要。

　　周瑜死后，东吴对荆州仍然索求不止。在小说卷十三"赵云截江夺幼主"一则，我们看到东吴借口国太病危，要孙夫人带刘备之子阿斗回吴省亲，以便逼迫刘备"把荆州来换阿斗"，⑤ 却被赵云于船中夺回阿斗。作品于同卷"曹操兴兵下江南"一则中，叙曹操率军下江南，欲报赤壁之仇。刘备此时亦察觉，孙、曹此战亦与荆州相关："曹操击孙权，操胜，则就取荆州，

---

① 详见《三国志通俗演义》，卷八，第 34 页。
② 同上。
③ 同上书，第 46—47 页。
④ 同上书，卷十一，第 13—14 页。
⑤ 同上书，卷十三，第 4 页。

权胜，亦取荆州矣"，遂听从庞统建议，勒兵回荆州。① 当刘备平定益州，东吴再次派遣诸葛瑾到西川索还荆州，却遭刘备、孔明设计，暗使关羽拒绝归还。在叙述人眼里，孙权与刘备双方的对立，皆因荆州领土之争所致。双方为领土纷争，导致赤壁之战结成的短暂联盟彻底破裂，终于两败俱伤，让曹操司马氏集团有利可乘。在《演义》的叙述中，荆州作为"利益"的象征，左右着吴、蜀两个政治集团的离与合。

另一方面，曹操及司马懿为阻止吴、蜀联盟，极力挑拨两者间关系，所用手段，仍是当年秦国之于楚国那样的"以领地相诱惑"。刘表死后，夫人蔡氏与蔡瑁等人假传遗诏，排斥长子刘琦，令次子刘琮为荆州之主。刘琮遇曹操率军南征，遂降曹操。② 曹操刚得荆州，便担心刘备结连东吴孙权，遂用谋臣荀攸之计，约孙权共讨刘备，并答应与东吴"分取荆州之地，永结盟好"。③ 这样的叙述使我们看到，早在赤壁战前，曹操便开始以荆州为诱饵，拉拢孙权，打击刘备，从而避免孙、刘结盟。在小说卷十五、十六，作品叙述曹操再次利用荆州，挑动吴、蜀战争：曹操用司马懿之计，派使臣去东吴见孙权，答应"割江东、荆、襄以为封爵，望早进兵以袭关将之后，而取荆州"。④ 孙权依允，趁关羽撤荆州之兵太半赴樊城（攻打曹将曹仁）之际，派吕蒙智取荆州。关羽因此丢了荆州，身死临沮。曹操成功地以荆州等地为诱饵，离间了孙、刘联盟。在小说卷十七，我们看到刘备死后，魏主曹丕听从司马懿建议，联合辽东鲜卑国、南蛮王孟获、东吴孙权、孟达、曹真共五十万大军，分兵五路灭蜀。⑤

---

① 详见《三国志通俗演义》，卷十三，第 18 页。
② 同上书，卷八，第 69—83 页。
③ 同上书，卷九，第 31 页。
④ 同上书，卷十五，第 70 页。
⑤ 同上书，卷十七，第 73—74 页。

其中对于孙权，即是许以割地为诱饵："若得蜀土，各分一半。"①作品正是通过以上种种叙述告诉读者，以荆州、蜀土为诱饵，挑动吴、蜀相互争斗，是曹操、司马氏集团惯用的方式。

　　另一方面，小说对于三国纷争后期，吴、蜀试图再次联合对方的叙述，同样使用了"以利相诱"的相似手法。在小说卷二十二，我们看到吴主孙权死后，司马昭率兵伐吴，被吴将诸葛恪大败。诸葛恪欲乘胜夺取中原，遂遣使入蜀，求姜维进兵，攻其北面。为了得到姜维相助，诸葛恪"许以平分天下"。② 另一方面，姜维第五次北伐中原，亦曾打算"驰书与东吴孙琳"，约其并力伐魏。姜维此时，亦对东吴许下同样的承诺："平分天下"。③"以利相诱"，是《演义》叙述三国离合关系常用的方式。此一方式的反复呈现，使我们领悟到叙述人及其作者在诠释"三分天下"那段历史时，对"义利之辨"表现出极大关注。而此一关注，委实是《战国策》、《史记》叙述秦、楚、齐三国关系的翻版。

　　在以上的部分，我们首先讨论了《演义》在叙述三国历史故事时，如何引入《战国策》、《史记》的叙述模式来演绎魏、吴、蜀三方的离合关系，我们从其中看到魏、吴、蜀三方关系的演变模式，如何相似于秦、楚、齐三国关系的演变模式。其次，我们还讨论了《演义》于"三国"关系之叙述过程中，如何引入了《战国策》、《史记》的叙事手法，为三方的离与合赋予了"以利相诱"之特征，从而引导读者对于儒家"义、利之辨"的关注与思考。《战国策》与《史记》对于战国时期"合纵连横"叙述模式与叙述主题被引用于《演义》，使我们看到两者间的关联。通过这两方面的相互关联，我们于《演义》的文本中，不

---

① 详见《三国志通俗演义》，卷十八，第1页。
② 同上书，卷二十二，第42页。
③ 同上书，卷二十三，第27页。

仅读到魏、吴、蜀三方的离与合，而且读出了《战国策》与《史记》的叙述模式、叙述特征与叙述之意义。在阅读《演义》对于三国纷争历史叙述之过程中，我们仿佛又读到《战国策》、《史记》对于战国纷争历史之叙述。历史是循环的，历史的事件是重复的，当我们把《演义》之叙述置于这样一种文本互涉的网络关系中，就更为强烈地感受到罗贯中于小说中呈现的这样一种历史观。

二 人物:项羽/吕布/关羽之叙述的文本互涉

本部分以《演义》中吕布与关羽的相关叙述为讨论焦点，将《演义》与《史纪·项羽本纪》两部作品作一对读，论证有关吕布、关羽的叙述与项羽叙述间的交互指涉关系，并在此基础上，把《演义》中吕布与关羽的形象作一相互对照和印证，由此揭示两者间的内在关联。通过此两方面讨论，旨在认识《演义》与《史记》的文本互涉，以及《演义》中不同人物与事件之间的相互指涉。

（一）从项羽到吕布、关羽

讨论吕布与关羽的关系，首先使我们联想到《史记》中关于项羽的叙述。虽然《演义》与《史记》的问世，前后相隔千余年；然而作为同一文化传统中的作品，我们在比较与分析中，看到了两者间在某些母题①或叙述模式上的关联或暗合。由此看到两个文本之间的相互呼应。在《史记·项羽本纪》中有这样

---

① 母题一词译自英文"motif"，很多情况下可与"theme"混用，亦具多种含义。本文所用，意指文学作品中出现的某些重复出现的、具某种特定意义的叙事模式或要素。参见 Alex Preminger & T. V. F. Brogan ed. , *The New Princeton Encyclopedia of Poetry and Poetics*（New Jersey：Princeton University Press, 1993）, p. 1281。

一段叙述：

> 项王则夜起，饮帐中。有美人名虞，常幸从；骏马名
> 骓，常骑之。于是项王乃悲歌忼慨，自为诗曰："力拔山兮
> 气盖世，时不利兮骓不逝。骓不逝兮可奈何，虞兮虞兮奈若
> 何！"歌数阕，美人和之。项羽泣数行下，左右皆泣，莫能
> 仰视。①

首先从整体看，以上这段叙述涉及"英雄失意"的母题，它表现出项羽这个"常胜将军"终于到了衰败的绝境。据项羽自称："吾起兵至今八岁矣，身七十余战，所当者破，所击者服，未尝败北。"②可是如今兵困垓下，终于自刎乌江。"英雄失意"在《项羽本纪》中是极具震撼力的一段叙述，后世流传有关项羽的作品无不重现此母题。其次，这段引文提及项羽与虞姬的亲密关系。文中关于虞姬的叙述十分简略，她在项羽死后也不知所踪。然而，这里表现出的"美人配英雄"之叙述模式，则对中国后世的戏曲小说发生过重要影响。虽然在以文官为精英的传统中国官僚社会里，"美人配英雄"之叙述模式，远不如"佳人配才子"叙述模式之盛行，可是在唐传奇《虬髯客传》，以及据此改编的明代传奇《红拂记》、杂剧《红拂三传》等作品中，我们仍能看到这种模式的沿袭。再次，上述引文还提到项羽与他的骏马骓③的亲密关系。由于这种亲密关系，项羽临自杀前，不忍杀之，转将骏马赐予乌江亭长，以示对他临危相助的感激之情。④

---

① 司马迁：《史记》，卷七，第333页。
② 同上书，第334页。
③ （唐）张守节《史记·项羽本纪正义》释"骓"："音佳。顾野王云青白色也。《释畜》云：'苍白杂毛，骓也。'"见司马迁《史记》，卷七，第334页。
④ 司马迁：《史记》，卷七，第336页。

这段叙述构成"骏马配英雄"的叙述组合,按照俄国学者李福清(B. Riftin)的解释,是"完全符合民间叙事诗的概念"。①

《史记》对于项羽的这段叙述,文字极其简略,然而其中所涉及人物或事件之相互关联,以及这些关联所蕴涵的文化意义,却已成为一个"神话",一种"隐喻",对后世文学特别是叙事文学不断产生着影响,并导致它与后世作品之间的文本互涉关系。

此种关系可从《史记》与《演义》的对读中窥其一斑。若将引文中有关项羽叙述的上述三个方面与《演义》作一比较,则不难看到两者间惊人的相似,看到《演义》如何引入《史记》关于项羽的叙述,来建构其对吕布与关羽的叙述。

首先,是《史记》中有关项羽"英雄失意"母题的叙述,直接影响了《演义》中关于吕布与关羽的叙述。《演义》中无论是吕布或是关羽,都被描述成项羽式的传奇式英雄,就像《大不列颠新百科全书》(The New Encyclopædia Britannica)为"英雄"下的定义那样:在才能、力量和勇敢诸方面均超越凡人,以战争及冒险活动为自己的事业。② 无论是卷一描述的吕布于虎牢关单枪战群雄,③ 还是卷五、卷六中的关羽斩颜良、诛文丑,过五关、斩六将,④ 都将这些英雄特征作了充分的呈现。这样的呈现与《史记》关于项羽"钜鹿之战"及其前后"兵冠诸侯"的叙述,⑤ 有着异曲同工之妙。同时,吕布、关羽又有着英雄常有的弱点:莽撞蛮干、刚愎自用。在小说卷四,我们看到吕布不听谋士陈宫的多次

---

① 〔俄〕李福清:《关公传说与三国演义》,台北:汉忠文化事业股份有限公司1997年版,第50页。

② The New Encyclopædia Britannica (Chicago: Encyclopædia Britannica Inc., 1985),vol. 5, p. 878.

③ 《三国志通俗演义》,卷一,第83—84页。

④ 同上书,卷五,第65—66页;卷六,第5—31页。

⑤ 司马迁:《史记》,卷七,第307页。

劝告，错过了击退曹操军队、屯兵下邳城外等机会；[①] 在小说卷十五，我们又看到关羽不愿与黄忠同列"五虎将"，[②] 以及拒绝东吴联姻时表现出的傲慢无礼，等等。[③] 这样的弱点是致命性的，导致两人最终失败并死于非命，刘若愚称其为类似西方悲剧中英雄的"悲剧性缺点"（tragic flaw）。[④]《演义》对于吕布、关羽这些特征的描述，使人联想到项羽坑杀秦国降卒的蛮干、驱逐范增的愚蠢，和"自矜功伐"[⑤] 等种种行为。同样地，在经历过一番轰轰烈烈的兴起之后，吕布、关羽也如项羽那样，被描述成失败的英雄。吕布失守下邳，身死曹操刀下；关羽败走麦城，命丧孙权手中。《演义》对于二人结局的叙述，使人联想到项羽垓下之围、乌江自刎的相似结局。作为"失败的英雄"，《史记》并未因项羽失败而予以轻视。相反的，他将项羽列入"本纪"而非"列传"；与之相似的是，《演义》对吕布与关羽两个失败的英雄，同样予以浓墨重彩的叙述。在秉持"不以成败论英雄"之史家叙事传统这一点上，《演义》与《史记》亦是相互呼应的。

　　其次，《演义》中吕布与貂蝉的组合，使人联想到项羽与虞姬的亲密关系。貂蝉的出场，是由于王允用"美人计"，挑拨离间董卓与吕布的关系，此与传说中范蠡用西施迷惑吴王夫差的故事有某种相似处。然而，小说将貂蝉配与吕布，实在有"美女

---

① 《三国志通俗演义》，卷四，第 59 页。

② 同上书，卷十五，第 43 页。

③ 东吴诸葛瑾为孙权世子提亲，议娶关羽之女。关羽厉言回绝道："吾虎女，安肯嫁犬子耶！我不看汝弟之面，立斩汝首，再休多言！"见《三国志通俗演义》，卷十五，第 41 页。又，小说卷十六叙孔明劝刘备别为关羽之死太难过时，曾批评关羽道："关公平日刚而自矜，今日故遭此祸也。"（第 33 页）毛宗岗在其改编本中于此处评曰："以不记军师'东和孙权'一语，故似有埋怨之意。"见《古本三国志·四大奇书第一种》，卷三十九，第 18 页。

④ James J. Y. Liu, *Essentials of Chinese Literary Art*（Mass：Duxbury Press，1979），p. 69.

⑤ 此为司马迁对项羽的评论。见《史记》，卷七，第 339 页。

配英雄"的意味。而貂蝉于吕布死后不知所终,此一结局也与虞姬相同。虽然吕布与貂蝉的组合在一些细节上不同于项羽与虞姬的相关叙述,然而,视吕布、貂蝉之形象脱胎于项羽、虞姬,则是不难理解的。至于关羽,小说卷十五仅仅提及他有妻室,①此外无更多叙述,更未提及他与美女有何关系。另一方面,小说卷五叙述关羽随曹操到许昌后,"分一宅为两院",内院安置刘备二夫人,"门外拨老军十人以守之","自居外宅",② 以此表现关羽不好色的形象特征。然而这一点恰好显示,《演义》刻意将关羽与吕布构成一种对比,并在此对比中,通过正面叙述关羽不好色与负面叙述吕布好色,传达出小说关于"英雄不好美色"的道德寓意。此一寓意虽不同于史迁对于项羽的叙述,然而,从《演义》将吕布与貂蝉两个形象进行组合的叙述中,我们看到其对《史记》"美女配英雄"之叙述模式的承续与关联。

其三,《演义》对于吕布、关羽与赤兔马之关系的叙述,实与《史记》关于项羽与骏马骓之叙述相暗合。对于这一关联,前人虽然未予注意,然而在明清两代的短篇小说中,却流传着关羽乃项羽投生、赤兔马是骓转世的说法。在冯梦龙编《古今小说》所收《闹阴司司马貌断狱》中,我们看到司马貌魂赴阴间断狱,发配项羽"在蒲州解良关家投胎,只改姓不改名,姓关,名羽,字云长"。投生后的关羽"过五关,斩六将,以泄前生乌江逼命之恨"。③ 这一叙述将关羽与项羽设置为同一灵魂的转世,使我们看到两个形象间相互指涉的关系。其后,清代流传的短篇小说《三国因》,④ 则在《闹阴司司马貌断狱》的基础上,增加

① 《三国志通俗演义》,卷十五,第41页。

② 同上书,卷五,第57页。

③ 冯梦龙编:《喻世明言》,西安:陕西人民出版社1985年版,第465页。

④ 此书今有清光绪丙午年(1906)刊巾箱本,见《中国古代小说百科全书》"《三国因》条"之说明,《中国古代小说百科全书》,北京:中国大百科全书出版社1993年版,第430页。

了赤兔马乃系项羽身边黑龙驹转世之说，这就在叙述效果上，将项羽与关羽两个形象的关系联系得更加紧密。① 然而与《三国因》相比，《演义》中的赤兔马在整部作品的叙述中，则扮演着更为重要的角色。既然如此，赤兔马对于吕布与关羽两个形象间的相互指涉，究竟起着何等重要的作用，则是本部分第三节将要讨论的问题。

（二）吕布与关羽之叙述的相互指涉

我们不难设想，《演义》作者在写作之初，已对整部小说有完整的构思。作者于首四卷展开吕布的叙述时，常用想象中的关羽形象作为参照；而在后面叙述关羽时，又多以吕布形象为其参考。这就在叙事效果上，造成两个形象间的相互指涉。这种指涉表现为有关两个形象的叙述模式及意义呈现方式等方面的相互关联或暗合。由于这种关联与暗合，使我们能在互照互证的对读中，获得对人物及作品较为深刻的理解。

吕布与关羽形象的相互指涉，主要是通过两者相似行为间的双向交流，以及两者相异行为间的相互对照方式来呈现的。首先看其相似行为间的双向交流。小说第四卷叙吕布与正妻严氏有一女儿，袁术想为其子提亲，却遭吕布拒绝。② 相似的叙述见于小说后面第十五卷：关羽有女，孙权有子，后者派诸葛瑾前往提

---

① 醉月主人编次《三国因》："黑龙驹见主投江，自甘跃死。可出世为赤兔马，助羽成功。"见刘世德等主编《古本小说丛刊》，北京：中华书局 1991 年版，第 17 辑，第 958 页。按此书所叙，与《古今小说》中《闹阴司司马貌断狱》一篇情节甚多相似，当为《闹阴司司马貌断狱》之改写。《史记·项羽本纪》言项羽有"骏马名骓"。张守节《正义》释骓："音佳。顾野王云青白色也"，是知并非《三国因》所言黑龙驹。然《演义》第三回借用吕布的视角，将赤兔马描述为"浑身上下，火炭般赤，无半根杂毛"，并引诗称之为"火龙飞下九天来"。疑《三国因》称赤兔马出自黑龙驹，盖源于《演义》之说，或两者源于相同的民间传说。见《三国志通俗演义》，卷一，第 48—50 页。

② 《三国志通俗演义》，卷四，第 8—10 页。

亲，亦遭关羽拒绝。① 在这里，关羽的拒绝联姻呼应了吕布的类似行为。而且，小说为两次提亲提供的原因颇为相似，皆出于政治需要：袁术意在通过联姻，拉拢吕布，图谋刘备；孙权试图凭借联姻，结好关羽，抵抗曹操。把政治集团的权利争夺与个人婚姻相互关联，这样的叙述在传统的中国文学作品中并不罕见。② 然而这种关联又透露出一层意义，就是视个人的婚姻与政治角逐的命运密切相关，婚姻的成与败与政治的成与败互为隐喻。这种隐喻性质在后面的叙述中得到进一步证实，吕布与关羽对提亲的拒绝，均直接影响到两人的不幸结局：吕布因此失去袁术的援助，终于在下邳城被曹操所杀；关羽因此将东吴推向敌方，亦终为孙权所杀。在这里，婚姻的失和与英雄功业的失败互为指涉。

两个形象的相互指涉，还表现在其临死前的细节叙述方面。小说卷四叙吕布临刑白门楼时，曹操似有招降之意，然而作为第三者的刘备进言，用吕布先后杀丁原、董卓两个义父之事警告曹操，促使曹操终下决心，处死吕布。③ 与之相似的叙述可见于小说卷十六：关羽被吴军生擒，孙权欲劝使归降，小说亦安排主簿左咸进言，以曹操当年对关羽"如此恩养，尚留不住"之事警告孙权，促使孙权杀掉关羽。④ 第三者"养虎遗患"的劝告，促使二人均遭杀身之祸，同样的叙述先用于吕布，后用于关羽，可谓前后呼应。从关羽死前经历的叙述中，我们似乎看到吕布死前经历的再次呈现。然而，这样的呼应带出的意义却是耐人寻味的：吕布之死，标志着刘氏集团崛起的开始，因为吕布死后不久，小说便以"煮酒论英雄"的叙述开启了曹操与刘备的正面

---

① 《三国志通俗演义》，卷十五，第40—41页。

② 例如孔尚任剧作《桃花扇》。相关讨论见周建渝著《传统文学的现代批评》，北京：中国社会科学出版社2002年版，第190—198页。

③ 《三国志通俗演义》，卷四，第70—71页。

④ 同上书，卷十六，第19页。

冲突，以及刘备借口截击袁术而离开曹操，① 为后来的"中原逐鹿"打响前奏；关羽之死，则标志着刘氏集团衰亡的开始，此后刘备为报杀弟之仇，毁了吴蜀联盟，从此蜀国一蹶不振，终致灭亡。刘氏集团的兴与衰，前后间的相互呼应，恰好是以吕布与关羽先后死亡的相互呼应暗示出来的。两人之死的相互关联还可从小说的章回布局得到进一步说明：吕布死于小说卷四，关羽死于卷十六。若将小说二十四卷分为前后两部分，则见两人分别死于前、后十二卷之前四卷。这或许是作者的随意安排，然而却让我们看到，在前后两部分相似的卷数位置设置两人之死，再一次暗示出两个形象间的相互发明。

吕布与关羽两个形象的相互指涉，不仅表现在其相似行为间的双向交流，而且还通过其相异行为间的相互对照得到呈现，其例证可见于吕布形象之"不义"与关羽形象之"义"这两种行为之间的相互关联。《演义》关于"义"与"不义"的道德叙述，其实也与《史记》关于项羽的叙述有关。司马迁立足于传统儒家的道德立场，注意从"义"与"不义"两方面，展开对项羽的叙述。在"鸿门宴"一段，史迁细叙项羽不杀刘邦，在感叹项羽"错失良机"的同时，史迁亦彰显出项羽之义；② 另一方面，史迁又叙项羽击坑秦降卒二十余万、暗杀义帝等事，旨在显示项羽之不义。义与不义犹如一体之两面，在项羽身上共存，为读者提供了一个具有双重道德特征的形象。

《史记》这样的叙述实在可与《演义》对吕布与关羽的相关叙述作一对读。首先看吕布，他似乎更多地承续了项羽的"不义"。在小说第三回的叙述中，他因为得到董卓赠送的赤兔马，

---

① 《三国志通俗演义》，卷五，第3—9页。

② 司马迁《史记·项羽本纪》："项伯复夜去，至军中，具以沛公言报项王，因言曰：'沛公不先破关中，公岂敢入乎？今人有大功而击之，不义也，不如因善遇之。'项王许诺。"《史记》，卷七，第312页。

便亲手杀死义父丁原，转而投奔董卓。这种"弑义父"的不义行为在小说第九回被再次重复：吕布亲手杀死他第二个义父董卓。与吕布的"不义"行为形成对照的是关羽的"义"，因为他更多地继承了项羽的"义"。自"桃园结义"后，他虽然经历了曹操多方诱降的挑战，却丝毫不改初衷，显示了他作为结义兄弟，对刘备集团的"义"；而对于曹操于劝降过程中的种种恩遇，① 叙述人又巧妙地设置"华容道义释曹操"一段情节，彰显了关羽对于曹操"知恩必报"的义举，尽管此一义举因为有损刘备集团的利益，而构成某种程度的复杂性。② 关羽的种种"义"举，恰好对应了吕布的种种"不义"之举，两种叙述在小说中相互交织，又相互发明，使我们在对读中，更能理解"义"与"不义"的具体含义，以及叙述人对此持有的道德立场。

（三）赤兔马的叙述功能

然而，吕布与项羽之叙述在诸方面的暗合与关联，实在有赖于小说对于赤兔马的设置。有关赤兔马的叙述见于小说前十六卷。尽管一开始它为董卓所有，却先后与吕布、关羽两人的命运发生联系。小说卷一：董卓听从属下李肃的劝告，将这匹"日行千里"③ 的马送给吕布，因此成功地策反吕布，投奔到自己麾下。小说卷四：吕布丧命，赤兔马落入曹操手中。小说卷五：曹操将这匹"身如火炭，眼似銮铃"④ 的马转送关羽。小说卷十六：关羽遇害后，孙权将赤兔马赐予吴将马忠，可是，"其马数

---

① 小说于卷五与卷六，铺张扬厉地叙述曹操对关羽的种种厚遇：小至赠送锦袍锦囊、赠金赠马，大至任其过五关斩六将，回归到对手刘备一方。

② 关于此一复杂性的讨论，参见周建渝《〈三国演义〉的平行式叙述结构》，香港中文大学《中国文化研究所学报》，第 46 期（2006），第 307—308 页。此文作为"外一章"收录于本书中。

③ 《三国志通俗演义》，卷一，第 49 页。

④ 同上书，卷五，第 61 页。

日不食草料而死"。① 赤兔马就是这样，在小说中前后跟随了两员武将。这些关于赤兔马的种种叙述，并不见于陈寿《三国志》的记载，② 想必是《演义》作者在前人传说的基础上虚构而成。③

事实上，我们对于吕布与关羽形象间关系的关注，起源于对小说中赤兔马之叙述功能的思考。小说为何安排曹操将吕布的赤兔马转赠关羽而不是别人？赤兔马为何不随吕布之死而死，却被安排随着关羽之死而死？在这样的设置背后，隐含着怎样的寓意？从叙述表层看，赤兔马从吕布到关羽之"易主"设置，旨在显示曹操为招降关羽而示好意，然而若从深一层考察，则可发觉小说通过这样的设置，将关羽与吕布两个形象间的相互指涉关系暗示了出来。

首先，赤兔马的一生与吕布、关羽的命运成败密切相关。当董卓将它送予吕布，吕布便如虎添翼。小说卷一叙述他虎牢关单枪匹马，迎战八路诸侯，凸显了"人中吕布，马中赤兔"这一英雄形象之组合；④ 可是在小说卷四，赤兔马被属下侯成盗走，预示了随之而来的白门楼吕布殒命。与此叙述相似的是，小说卷五，当赤兔马被曹操送与关羽后，关羽的英雄形象得以充分展示。无论是斩颜良、诛文丑，还是过五关、斩六将，在这些对关羽"英雄"形象的精彩叙述中，处处少不了赤兔马的作用。而

---

① 《三国志通俗演义》，卷十六，第 21 页。

② 陈寿《三国志·吕布传》仅提及"布有良马曰'赤兔'"。见其书卷七，第 220 页。另见许盘清、周文业《〈三国演义〉〈三国志〉对照本》，南京：江苏古籍出版社 2002 年版，第 30—31 页。

③ 《三国志平话》言赤兔马本为丞相丁建阳所有，家奴吕布杀建阳而夺赤兔马。后，吕布属下侯成盗走赤兔马，途中被关羽所获。然《平话》并无曹操送赤兔马予关羽，以及关羽死后，赤兔马不食草料而亡等叙述。见《至治新刊全相平话三国志》，《元刻讲史平话集》，第 5 册，卷上，第 15、20 页。

④ 《三国志通俗演义》，卷一，第 81—83 页。此一描述取自裴松之《三国志·吕布传》注引"《曹瞒传》曰：时人语曰：'人中有吕布，马中有赤兔。'"见陈寿《三国志》，卷七，第 220 页。

在小说卷十六，当关羽被孙权所杀，赤兔马也紧随其后，"数日不食草料而死"。这样的叙述告诉我们，英雄与骏马犹如相互依存的一体之两面，合则吉，离则凶；同时两者又相互发明：马的骁勇善战恰好与两个英雄的骁勇善战形成互补，并相互烘托，共同组合成"英雄"之形象。小说的这一寓意，正是通过吕布与赤兔马、关羽与赤兔马前后两部分叙述的相互指涉、相互发明来实现的，由此亦使我们看到《演义》文本内人物与事件相互指涉的叙事特征。

清人毛纶、毛宗岗父子对于赤兔马为关羽而死的叙述，曾有这样的评论："此马不为吕布死，而为关公死，死得其所矣。"①这样的评语有其道理，然而还可作深一层的理解。一方面，小说通过安排赤兔马为关羽而死，能有效地表现赤兔马对关羽的诚信，从而进一步烘托或强化关羽对刘备的诚信，这未尝不是正面强化关羽形象的一种方式。另一方面，此一设计亦有效地暗示出叙述人对于关羽之死的惋惜，并且用赤兔马之死，进一步强化了关羽之死的悲剧性质，从而博得读者更深切的惋惜。

在本节的前面部分，已经讨论过关羽与吕布在"义"与"不义"之道德寓意上的相互呼应，以及叙述人对此所持的道德立场。然而，这种相互呼应与叙述人的立场，则是通过赤兔马"易主"的情节叙述暗示出来的。首先，赤兔马的一生充当了关羽与吕布"义"与"不义"行为的见证者。小说安排它并不跟随吕布而死，是因为吕布对于两个义父的不"孝"不"义"；它被安排为关羽而死，则是因为关羽的"义"。作品通过这样的叙述，在嘲讽吕布"不义"的同时，赞扬了关羽的"义"。这样的处理涉及对英雄形象的道德考量。对小说作者而言，英雄的重要特征之一是"义"。在有关吕布的叙述中，《演义》相当着力于

---

① 《古本三国志·四大奇书第一种》，卷三十九，第6页。

他先后两次弑义父，意在彰显其不义；对于关羽，小说则细致地描述了关羽对于刘备的义，甚至于对曹操的义。而赤兔马从吕布到关羽的"易主"，一方面将两个在"义"与"不义"上呈对比关系的角色巧妙地联结起来，另一方面它又作为小说作者的代言者，通过它为关羽死而不为吕布死，表达了作者对此二人或褒或贬的道德倾向。

然而，这仅是小说道德层面的意义。若从叙事层面看，我认为至关羽死，赤兔马的叙述功能已经完成，自然应安排其死去，以完成"骏马配英雄"的传统小说之形象组合。马的一生既见证了英雄的崛起与毁灭，又在与英雄同生共灭的过程中与之融为一体，同时也暗示出两个不同英雄间的相互关联，这或许就是《演义》为赤兔马所预设的又一层叙述功能。

总而言之，在对项羽、吕布与关羽相关叙述的对读中，我们看到《演义》在建构人物与事件相互关系上，引入了《史记》中的叙述母题及叙述模式。透过《演义》与《史记》的种种暗合，我们看到相隔千年的两个文本之间的关联与呼应。《演义》中吕布与关羽叙述之间的相互指涉，强化了两个形象的道德意蕴。而赤兔马"易主"的情节设置，有效地强化了吕布与关羽叙述的文本互涉及其蕴涵的意识形态。

三　谋臣的作用

在《战国策·秦策二》中，记叙了一个值得注意的事件。当楚怀王自以为只要与齐国绝交，便可"不烦一兵，不伤一人，而得商、於之地〔方〕六百里"而得意时，便已遭到属下臣子陈轸的劝阻。[①] 陈轸劝告楚怀王不可轻信秦国献地的许诺，然

---

① 何建章注释：《战国策注释》，第117页。

而，楚怀王不听其劝，遂与齐国绝交。后来，当楚怀王得知被秦国欺骗，怒而兴师，讨伐秦国，此时陈轸再次劝阻怀王，警告他若讨伐秦国，势将促使秦、齐二国的联合抗楚，楚国将因此遭受极大伤害。怀王再次拒绝了陈轸的劝告，结果导致"秦与齐和，韩氏从之，楚兵大败于杜陵"。① 司马迁于《史记·楚世家》里，对于此事有着大同小异的叙述。② 从这件事的叙述中，显示出叙述人对于君臣关系的关注，它强调为人君者听从臣子善言劝谏之重要性。反之，人君若不听从为臣者的善言相劝，将会招致失误。这是本故事叙述后面隐含的一层具主题性质的寓意。

如果将这一叙述与《演义》中种种君臣关系作一对读，则不难看到，性质相同的事件在《演义》的叙述中不断地重复出现，其中蕴涵的相同意义，亦在此一次次重复叙述中得到强化。

这样的例子在小说中多处可见，其中较为重要的如卷六所叙"官渡之战"。袁绍率七十五万大军讨伐曹操，却在官渡一役被曹操七万兵力打得大败。小说叙述的焦点不在战争厮杀本身，而在于呈现战争成败之原因。袁绍兵力强大，远非曹操所能比，竟然败给曹操。究其原因，在于袁绍不听从臣子的善言劝谏。首先是起兵之前，臣子田丰谏阻出兵，劝他"各宜守待，以候天时；若妄兴兵，必有大祸"。③ 袁绍非但不听劝告，反而将田丰囚禁狱中。然后是行军途中，臣子沮授认为袁绍军队人虽众多，却不及曹操军队勇猛；然而袁军粮草多于曹军，因此建议袁绍军队宜缓守而非急攻，待曹军粮绝，不战自败。袁绍同样拒绝了沮授的建言，并将沮授禁锁军中，待至击破曹军以后，与田丰一起问罪。其后，谋士许攸建议袁绍趁曹操屯军官渡、许昌空虚时，星

---

① 何建章注释：《战国策注释》，第118页。
② 《史记》，卷四十，第1723—1724页。
③ 《三国志通俗演义》，卷六，第68—69页。

夜袭取许昌；袁绍亦拒绝了许攸的建议，并将他赶走。另一方面，小说叙述曹操此时则信任谋臣，听其建议，与袁绍所为截然相反：首先是许攸被袁绍赶走，转投曹操，遂受到曹操重用。小说此时用生动的细节描述，强化了曹操思贤若渴的形象特征：

> 操方解衣歇息，忽报得帐前报许攸私奔到寨。操大喜，不及穿履，跣足出迎之。遥见许攸，抚掌大笑曰："子远①远来，吾事济矣！"就辕门大笑，扶攸入坐，叙旧情。操乃先拜于地。攸慌扶起曰："公乃汉相，吾乃布衣，公何谦逊如此？"②

曹操遂用许攸计，火烧袁绍屯于乌巢之军粮辎重，然后分兵三路，夜劫袁绍兵寨。《演义》这段曹操"跣足出迎"许攸的叙述，并不见于《三国志》。裴松之注引《曹瞒传》中言及此事，③ 想必是根据曹操《短歌行》中"周公吐哺，天下归心"④的诗句敷衍而成。《演义》引入《曹瞒传》的叙述，并在不违反其原意下，作了进一步发挥，此乃克莉丝特娃所言"风格模仿"。《演义》用了很多笔墨来详细叙述这场官渡之战。战争的结果：曹操本为弱小一方，却大获全胜；袁绍本为强大一方，却七十五万大军几乎全军覆没。小说如此叙述曹操对许攸的重视，显然是将他与袁绍对许攸的轻视作一对比式叙述，从而为曹操于官渡之战的以弱胜强，提供很好的注脚。袁绍囚禁田丰、沮授，赶走许攸；曹操却能重用许攸。这样的叙述旨在暗示：能否善

---

① 按：子远，许攸字。见《三国志·魏书》裴松之注引《魏略》之说，《三国志》，卷十二，第373页。

② 《三国志通俗演义》，卷六，第77页。

③ 《三国志》，卷一，第21页。

④ （南朝·梁）萧统编、（唐）李善注：《文选》，北京：中华书局1981年版，卷二十七，第18页。

待、善用谋臣，是决定战争胜负的关键。作品以这样的方式叙述袁绍官渡败于曹操，其背后寓意显然是为了强调善用谋臣之重要，此一点，是《演义》作者十分强调的一层意义，也最能体现作者对于魏、吴、蜀三方成败原因之解释。当我们将小说对官渡之战的叙述，与《战国策》、《史记》对于陈轸劝谏楚怀王的叙述作一对读，不难看到两者在意义上一脉相承的关系。楚怀王拒绝了陈轸的谏言，导致了楚国的挫败；袁绍拒绝了田丰、沮授、许攸等人的谏言，导致了官渡之战的失败。我们从《演义》的叙述中，同样能够感觉到《战国策》、《史记》作者对于人君纳谏之重要性的强调。

《演义》叙述魏、吴、蜀三方间的战争，大大小小数百次。其中叙述较为详细的战争，除了上面讨论的官渡之战外，尚有赤壁之战与夷陵之战。对这两次战争的叙述背后，均涉及小说作者对于此种君臣关系的关注。赤壁之战被描写为决定魏、吴、蜀三国鼎立局面形成的关键性的一场战争，作者用了约十六则篇幅予以叙述，[①] 可见对此事件之重视程度。赤壁之战亦是弱小的孙权、刘备两个集团，听从孔明、鲁肃、周瑜等谋臣的建议，联合抗击军力强大的曹操一方。当时曹操率马、步、水军八十三万，诈称百万大军，南下讨伐刘备。此时刘备据称"兵不满千"，关羽从江夏借兵一万，周瑜拥兵三万。与曹操兵力悬殊如此巨大的刘备与周瑜二方，却能大败曹操的军队。究其原因，主要在于刘备听从孔明之计，联合孙权抗击曹军；孙权听从孔明与周瑜之计，使二人合作，以火攻烧毁曹军战船，曹军因此大败。小说对事件叙述的焦点，并不在于双方的短兵相接、正面厮杀，而在于孔明、周瑜、庞统等人如何成功地设置一系列"智斗"事件，

---

① 见《三国志通俗演义》卷九，第35页至卷十，第66页（"诸葛亮舌战群儒"至"关云长义释曹操"诸则）。

一步步促成赤壁之战的大获全胜：周瑜借曹操之手，杀掉教曹军习水战的蔡瑁、张允，此乃"反间计"；孔明草船借箭，损耗曹操军力；周瑜打黄盖，此乃"苦肉计"；庞统智献"连环计"，锁住曹操战船；孔明七星坛作法，借来东风，引火烧毁曹军战船，等等。军力强盛的曹操因此被弱小的孙权、刘备大败，几乎全军覆没。小说对赤壁之战作这样的叙述，其意亦在于强调谋臣的重要性，以及人君信任与重用谋臣、善纳其言的重要性。这一点，亦是《战国策》、《史记》关于陈轸与楚怀王叙述之寓意的再次呈现。

《演义》对于谋臣人君之于政权命运重要性的强调，最令人瞩目的例子，当然是对孔明与刘备关系的叙述。刘备虽起于"桃园三结义"，然而势单力薄，竟无立足之根据地。当他"三顾茅庐"，请孔明出山以后，才逐渐改变其被动局面。孔明出山后，刘备集团取得的每一次重大胜利，几乎都是因为孔明献计、刘备采纳的结果。前面提及的孙、刘联合抗曹，是孔明"隆中对策"所提出。刘备采纳此建议，实现了赤壁之战大败曹操。赤壁战后，刘备集团巧借东吴兵力，夺了荆州、南郡、襄阳等城，此段情节在小说中被当成孔明智斗周瑜（一气周瑜）来叙述。[①] 此后，刘备夺取益州，于西蜀称帝立国，亦早在孔明"隆中对策"中提出。"隆中对策"所论，早已对刘备集团的发展提供了上述蓝图："跨有荆、益，保其岩阻，西和诸戎，南抚夷越，外结好孙权，内修正理。"[②] 若将此蓝图与孔明辅佐刘备建立西蜀政权之情节作一对照，则不难看到，刘备采纳其中的计划，便走向兴盛；反之，刘备若摒弃其中的建议，便走向失败。小说关于刘备夺取荆州、益州之叙述，从正

---

① 《三国志通俗演义》，卷十一，第1—14页。
② 同上书，卷八，第34页。

面呈现了作者这样一种寓意。至于刘备因摒弃孔明建议而走向失败的例子，则以刘备与孙权失和最为突出。孙、刘失和，可追溯至荆州城池之争。孔明"三气周瑜"，就围绕此一争夺。然而在孔明计划中，既不可将荆州让与东吴，又不可与东吴反目为仇。当东吴设计夺取了荆州并杀了关羽，刘备为报结义兄弟之仇，遂起兵讨伐东吴，小说于此时叙述了孔明、赵云、秦宓等蜀国臣子，纷纷劝阻刘备伐吴之举。首先是赵云，他以"天下者，重也；冤仇者，轻也"① 为由，劝谏刘备以国家大事为重。然后是学士秦宓谏言："陛下舍万乘之驱而成小义，古人所不取也。"② 再有孔明上表，奉劝刘备采纳秦宓的"金玉之言"。③ 可是，小说将此时的刘备描写成不听谋臣善言相劝、一意孤行者。他拒绝了赵云的谏言，将孔明奏表掷于地上，并囚禁了秦宓，声称等他报仇回来时斩之。④

刘备由于不听从孔明等人劝阻，一意孤行地兴兵伐吴，结果导致了夷陵之战被东吴大败的结果。小说卷十七叙述刘备此时讨伐东吴，从巫峡建平至夷陵七十余里，连结四十余营寨。⑤ 又因夏季炎热无雨，将兵营皆移于山林密处，依溪傍涧。⑥ 此举乃犯兵法大忌，曹操因此讥其"不晓兵法"。⑦ 小说特地说明刘备此一失策，是由于孔明当时远在东川巡察，未回到刘备身边。当臣属马良建议刘备"将各营移居之地，画成图本，问于丞相"⑧ 时，小说又称刘备自恃"素知兵法，又何问之？"⑨ 经马良反复

① 见《三国志通俗演义》，卷十七，第 1 页。
② 同上书，第 4 页。
③ 同上书，第 5 页。
④ 同上书，第 1—5 页。
⑤ 同上书，第 28 页。
⑥ 同上书，第 46 页。
⑦ 同上书，第 50 页。
⑧ 同上书，第 46 页。
⑨ 同上。

相劝，刘备才答应绘图送予孔明。等孔明收到图本，大叹失策，却已为时太晚，刘备被他所轻视的东吴将领陆逊火烧连营，全军大败。夷陵之战是刘备的致命性失败，同时也是蜀国的致命性失败，一如孔明所言："汉朝气数休矣。"[①] 在作品的叙述中我们看到，刘备的失败以及蜀国的失败，是由于刘备拒绝采纳孔明等人谏言，与东吴反目为仇所致；也是由于孔明不在身边辅佐，刘备自恃"素知兵法"却犯兵家大忌所致。作品通过这样的叙述，从反面再次告诉我们，采纳臣子的善言相劝，对于君王，对于国家命运，是何等的重要！

　　这里还需对《演义》中关于"三顾茅庐"之叙述作一补充性讨论。刘备与诸葛亮的初次相会，在南朝宋代裴松之注《三国志》以前，已有不同的叙述。陈寿于《三国志·诸葛亮传》提及"先主遂诣亮，凡三往，乃见"。[②] 在同一传中，陈寿引述诸葛亮所撰《出师表》，其中亦称："先帝不以臣卑鄙，猥自枉屈，三顾臣于草庐之中，谘臣以当世之事。"[③] 可是，裴松之《三国志注》引《魏略》文，却为我们提供了另一种说法："刘备屯于樊城。是时曹公方定河北，亮知荆州次当受敌，而刘表性缓，不晓军事。亮乃北行见备，备与亮非旧，又因其年少，以诸生意待之。坐集既毕，众宾皆去，而亮独留，备亦不问其所欲言。备性好结氂，时适有人以髦牛尾与备者，备因手自结之。亮乃进曰：'明将军当复有远志，但结氂而已邪！'备知亮非常人也……备从其计，故众遂强。备由此知亮有英略，乃以上客礼之。"[④] 不仅《魏略》作如此说，裴松之还注明另一本史书《九

---

① 见《三国志通俗演义》，卷十七，第51页。
② 陈寿：《三国志》，卷三十五，第912页。
③ 同上书，第920页。
④ 同上书，第913页。

州春秋》亦是如此叙述的。① 罗贯中《演义》"三顾茅庐"之叙述，显然引入了《三国志》的说法并加以扩充性的虚构叙述。然而，罗贯中撰写《演义》，为何在原有不同说法的情况下，承袭了《三国志》的叙述，而非《魏略》及《九州春秋》的叙述？"三顾茅庐"这一叙述构成背后有著作者怎样的寓意？他为何要选择并虚构这样一组事件？如果我们从小说作者对于"明君贤臣"关系的关注这一角度考虑，则不难看到，选择"三顾茅庐"的叙述传统，显然比《魏略》、《九州春秋》那样的叙事更加令人感到刘备作为人主"求贤"的努力及诚意，亦更能令人理解诸葛亮何以始终不渝地辅佐刘备父子两朝，"鞠躬尽瘁，死而后已"那样的忠心，一如他在《出师表》中所言：由于感激刘备的"三顾茅庐"，"遂许先帝以驱驰"。② "三顾茅庐"叙述蕴涵的意义，在于强调明君与贤臣相辅相成，此为治国之本。一方面，为君者若不能善识贤臣、善待贤臣、善用贤臣，则不能成功地赢得天下，也算不上明君，如袁绍那样；另一方面，贤臣需遇明主，方可施展才华，如诸葛亮那样；否则只能归隐林下，如司马徽那样。然而，从文本互涉的角度，我们同样看到，《演义》中关于"三顾茅庐"的叙述，既是《三国志》中相似叙述的再次呈现与风格模仿，同时又与《战国策》、《史记》中关于陈轸、姜太公、张良那样的叙述，在性质上相互关联起来，从而构成以君臣关系为主题的文本互涉网络。这是传统文学作品中常常呈现的一个主题。在以文人为政治精英的文官制官僚社会里，渴望能为明君所用，或感叹自己生不逢时、怀才不遇，是历代传统文人不断讴歌的主题，《演义》中诸种君臣关系的叙述，实际上与这种历史大叙述的文化传统相互呼应。

---

① 陈寿：《三国志》，卷三十五，第 913 页。
② 同上书，第 920 页。

　　"三顾茅庐"的叙述，还使我们联想到比《三国志》更早的叙事文作品，例如《战国策》中关于秦昭王与范雎、《史记》中圯上老人与张良、周文王与吕尚等诸种相类似的叙述，从而使我们进一步看到这些文本之间的相互指涉关系。① 首先，《战国策·秦策三》一篇中，便叙及范雎至秦国，秦昭王遣退身边侍从，并三次行跪拜之礼，向范雎求教治国之策："秦王屏左右，宫中虚无人。秦王跪②而请曰：'先生何以幸教寡人?'范雎曰：'唯唯。'有间，秦王复请。范雎曰：'唯唯。'若是者三。"③然后，范雎才确信秦王的诚意，遂授以远交近攻策略："王不如远交而近攻，得寸则王之寸，得尺则王之尺也。"④ 此事在《史记·范雎列传》里，亦有大致相同的叙述。惟其不同处，乃在《史记》明言秦王三次向范雎求计，每次都有下跪："秦王跽而请曰：……秦王复跽而请曰：……秦王跽曰：……"⑤ 第二个例子是《史记·留侯世家》，其中叙述张良曾于桥上遇一陌生老父，老父堕鞋于桥下，命张良下桥替他取鞋，然后为他穿鞋。张良强忍怒火，一一照做。老父认为"孺子可教"，遂命张良五日后相会。前面两次，因为张良到达桥上比老父晚，遂遭老父取消会面，依次推后五日再见。直至第三次，张良"夜未半往"，赶在老父之前到达桥上，于是得到老父所赠《太公兵法》。张良熟读此书，终于大有作为，辅佐刘邦打下江山。⑥ 第三个例子是《史记·齐太公世家》，其叙吕尚年老穷困，垂钓于渭水之北，

　　① 俄国学者李福清亦认为，"三顾茅庐"事件很可能是按照周文王拜姜子牙为谋臣这一古老传说的模式虚构出来的，也类似张良"圯桥拾履"的故事。见［俄］李福清：《三国演义与民间文学传统》，上海：上海古籍出版社1997年版，第77页。

　　② "跪"：司马迁《史记·范雎列传》作"跽"，见《史记》，卷七十九，第2406页。

　　③ 何建章注释：《战国策注释》，第170页。

　　④ 同上书，第171页。

　　⑤ 《史记》，卷七十九，第2406页。

　　⑥ 同上书，卷五十五，第2034—2049页。

遇周文王外出打猎,相遇于此。两人交谈甚欢,文王遂"载与俱归,立为师"。① 此后,吕尚(姜太公)辅佐文王治理天下,"天下三分,其二归周者,太公之谋居多"。② 文王死后,吕尚又辅佐武王灭殷,而王天下。③

以上三例中,秦王向范雎(雎)求教治国之策,请求三次,才得到范雎授计;张良赴老父之约,连赴三次,方获老父赠与兵书。刘备亦连续拜访三次,才请得孔明出山。由此我们看到,从《战国策》、《史记》延续下来的"三次始见成效"之叙述模式,被引入《演义》的文本,并通过刘备"三顾茅庐"的情节安排呈现出来。④ 不仅于此,若将《战国策·秦策三》中秦王请求三次,方得范雎授计的叙述,与《演义》卷八"孔明遗计救刘琦"一则里的叙述作一对读,我们觉得两者甚至在叙述细节上,均有相似之处。在"孔明遗计救刘琦"一则里,我们看到荆州之主刘表年老病危,长子刘琦为继母蔡氏所不容,因此担心父亲死后,自己为继母所害,遂向孔明求取应对之计。刘琦第一次请求,被孔明婉言相拒;刘琦遂请孔明入密室,饮酒之后,刘琦再次求计,再遭孔明婉拒;刘琦遂借口观赏古书,引孔明登上后阁,随即撤去胡梯,仅剩其二人。刘琦第三次求计,终于如愿以偿。孔明引春秋时期晋国公子重耳故事,授计刘琦离开荆州,驻守江夏,以避其祸。刘琦遵从此计,遂免杀身之祸。⑤ 在这里,我们首先看到,刘琦为求计于孔明,遂请孔明入密室,以免为他人所知,此与秦王为求计于范雎,屏左右,使宫中无他人之细节描写,十分相似。其次,刘表三次请求,孔明始肯授计,亦是对

---

① 《史记》,卷三十二,第1477—1478页。
② 同上书,第1479页。
③ 同上书,第1480页。
④ 所谓"三",在传统中国文化中,常被用来泛指"多"。在《三国志通俗演义》中以"三"为叙述单元的事例很多,本章下一节将详细论之。
⑤ 《三国志通俗演义》,卷八,第54—56页。

秦王三次请求，范睢方才授计之叙述的重复再现。再次，刘琦求得退避江夏之计，使他能够全身避祸，此与秦王求得"远交近攻"之计，使秦国能够兴盛之结果亦很相同。两人的计策皆关系到个人或国家的命运兴亡，十分重要。

从"孔明遗计救刘琦"之叙述中，我们看到《演义》对于《战国策》、《史记》等书中相关叙述的风格性模仿。至于《史记》中吕尚与周文王的叙述，其与"三顾茅庐"叙述的文本互涉关系，则主要体现在周文王善识吕望，委以重任，吕望回报以辅佐文王、武王两代。此一特征，颇相似于刘备"三顾茅庐"，拜孔明为丞相，孔明则回报以辅佐刘备、刘禅父子两朝。在传统文学作品中，文王遇吕尚的叙述早已成为"明君遇贤臣"的一种文化语码，一种象征，也从中体现出历代文人的理想。《演义》显然引入了此一文化意涵，并将之转换成"三顾茅庐"的叙述。

四　以"三"为单元的重复叙事模式

所谓"三"，亦可泛指"多"，并非一定是"三次"，这在传统中国民间文学研究中已为常识。俄国学者李福清亦提出，刘备"三顾茅庐"很像是总把行动重复三次的民间文学手法。① 同时，这也使我们联想到《诗经》中许多吟唱三遍的作品。刘备"三顾茅庐"，从刘备拜访孔明叙起，到成功请孔明出山为止，构成一完整的叙事单元。在上一节里，我们讨论了《演义》"三顾茅庐"之叙述与《战国策》、《史记》等文本叙述之间的互涉关联，这里接着讨论在《演义》同一文本内，与"三"相关的种种叙述单元之间的相互指涉，我们姑且称之为"内文本互涉"

---

① ［俄］李福清：《三国演义与民间文学传统》，第77页。

（intra-textuality）。我的老师浦安迪（Andrew H. Plaks）先生，在其《中国叙事学》一书中，已注意到《演义》用"三、四回"的段落叙事，作为小说的次单元结构。① 这里，我们就此问题作进一层讨论。

《演义》卷十一与卷十二中关于孔明"三气周瑜"的叙述，早为读者熟知。然而，在"三气周瑜"之前，已有关于周瑜三次扬言杀孔明、三次设谋欲杀刘备的叙述。关于周瑜三次扬言杀孔明，第一次见于卷九"周瑜定计破曹操"一则：周瑜得知孔明早已料到孙权忧曹操兵多，而对联刘抗曹心存犹豫。周瑜因此觉得孔明"高吾一头"。他担心孔明"久必为江东之患"，遂扬言"不如杀之"。② 第二次见于卷十"诸葛亮计伏周瑜"一则：周瑜借曹操之手杀了蔡瑁、张允，却被孔明识破此计，遂再次扬言"决意斩之"。③ 第三次见卷十"七星坛诸葛祭风"一则：孔明祭得东南风起，周瑜骇然说道："必杀之，免生他日之忧。"④毛氏父子评点《三国演义》，已提及周瑜"欲杀玄德者三矣"，"欲杀孔明者亦三矣"，并评道："彼有三杀，此有三气，亦相报之道宜然耳。"⑤ 毛氏父子甚至将"三顾茅庐"与"三气周瑜"之叙事方式作了比较，认为"三顾草庐之文，妙在一连写去；三气周瑜之文，妙在断续叙来。"⑥ 总而言之，小说设置孔明

① ［美］浦安迪：《中国叙事学》，北京：北京大学出版社1996年版，第70—71页。

② 《三国志通俗演义》，卷九，第64页。

③ 同上书，卷十，第2页。

④ 同上书，第41页。

⑤ 《古本三国志·四大奇书第一种》，卷二十八，第17页。按本文这里列举周瑜三次"扬言"要杀孔明，与毛宗岗所列例子有所不同。毛氏所列首两例，仅属周瑜意图杀害孔明，而非周瑜直接说出要杀孔明。若细读文本则可看到，作品提及周瑜意图杀害孔明，其实不止三次，而明确用"道"、"曰"等字表明周瑜亲口所言，则仅有三次。

⑥ 同上。

"三气周瑜"的情节，恰好与周瑜三次扬言杀孔明、三次欲害刘备的情节相互呼应。

以"三"为叙事单元的例子在《演义》中多次重复出现，可见作者对此种叙述模式的浓厚兴趣。在小说卷十一，叙孙权、周瑜设计，借口招刘备到东吴娶孙权妹为妻，企图挟持刘备做人质，索还荆州。孔明识破其计，遂定三条锦囊计对付之，使东吴陪了夫人又折兵。又如《演义》叙鲁肃向刘备索取荆州不遂，亦分三次才完成：第一次被孔明借口"以叔辅侄"而拒绝。① 刘琦死后，鲁肃再次向刘备索还荆州，孔明以夺得西川、再还荆州为由，再次予以拒绝。第三次为刘备娶孙夫人后，久不动兵取西川，鲁肃再次到荆州索还。孔明借口刘备与刘璋为同姓宗亲，因此不便取西川，遂第三次拒绝了鲁肃的索求。鲁肃三次索求与孔明三次婉拒，构成了东吴讨还荆州失败的整个叙述单元。再如《演义》卷十三叙庞统死于刘备进兵西川途中，亦为庞统之死设置了三次预示性的暗示。首先是道士紫虚上人写的八句言语，其中"雏凤堕地"一句，已暗示庞统将死；② 然后是孔明于荆州托马良带给刘备一信，警告刘备"将帅身上多凶少吉"，③ 再往后是刘备夜梦神人，手执铁棒，击其右臂，④ 暗喻刘备将失去这位得力助手。⑤ 又如卷十三"葭萌张飞战马超"一则，设置张飞与马超三次交锋后，才安排孔明设计赚取马超归降。⑥ 卷十二"庞

---

① 《三国志通俗演义》，卷十一，第 15—16 页。

② 《三国志通俗演义》，卷十三，第 25 页。按《三国志通俗演义》卷八"徐庶走荐诸葛亮"一则，已通过徐庶之口言明："凤雏者，襄阳庞统是也。"见该书卷八，第 12 页。

③ 同上书，卷十三，第 34 页。

④ 同上。

⑤ 毛宗岗在其改编评点之《三国演义》本中，于此处评点道："玄德以伏龙、凤雏为左右手，士元乃其右手也。"见《古本三国志·四大奇书第一种》，卷三十二，第 6 页。

⑥ 《三国志通俗演义》，卷十三，第 69—72 页。

统献策取西川"一则，叙述刘璋听从张松劝告，请刘备入西川，帮助他抵御曹操、张鲁的入侵。小说叙及刘璋准备自出涪城、迎接刘备入川时，设置了三位诤臣激烈谏阻的事件：首先是黄权"近前口衔璋衣而谏"，[①] 然后是李恢"伏于阶前而谏"，[②] 再后是王累"自用绳索倒吊于城门之上，一手持文，一手仗剑，口称如不从谏，自割断绳索，撞死于此地"。[③] 三位臣子此时的连续出现，绝非巧合的史实。据陈寿《三国志·刘璋传》记载，当时仅有两位臣子出面劝谏："主簿黄权陈其利害，从事广汉王累自倒县于州门以谏。"[④] 至于李恢，在《三国志·李恢传》记载并无谏阻刘璋一事。与之相反，他预知刘璋必败，刘备必成，于是在黄权、王累谏阻之事发生以前，便"托名郡使"，投奔了刘备。[⑤] 此外，在《三国志平话》里，也无此三臣连续谏阻之叙述。于此我们看到，《演义》作者有意识地将李恢扮演的角色予以改变，让他加入诤臣的行列，从而形成又一个以"三"为特征的叙事单元。至于小说设置刘备死后，孔明率师北伐曹魏一段时，虚构了"六出祁山"的情节，并在姜维继承孔明遗志，讨伐中原之叙述中，设置了"九犯中原"之系列，均于《三国志》中无载。这里所用的数字"六"与"九"，均可视为以"三"为基础的倍数延伸。这些以"三"为单元的事件，在《演义》中具有相对完整与独立的性质。在叙述效果上，它们的意义在于：通过性质相同事件的重复叙述，来强化一种意义或一个主题。这一点，与《诗经》中很多作品重章叠唱的方式相吻合，亦与此一民间文学传统一脉相承。

---

① 《三国志通俗演义》，卷十二，第 84 页。
② 同上。
③ 同上书，第 85 页。
④ 《三国志》，卷三十一，第 868 页。
⑤ 同上书，卷四十三，第 1045 页。

五 "鸿门宴"母题的再现

"鸿门宴"是《史记》里项羽与刘邦争夺天下之叙述中，最激动人心的一个场景。西汉元年十月，刘邦赶在其他诸侯前面，率先攻入咸阳。项羽担心刘邦"欲王关中"，率四十万大军屯于新丰鸿门，要与刘邦决一胜负。刘邦当时拥兵仅十万，不敌项羽，遂在双方谋臣张良、项伯斡旋下与项羽讲和。刘邦亲自到鸿门向项羽道歉，项羽亦招待刘邦饮酒。席间，项羽谋臣范增数次暗示项羽杀了刘邦，项羽均未应允。于是，范增命项庄以舞剑祝寿为名，企图杀了刘邦；项羽的季父项伯亦随之出来与项庄对舞，暗中保护刘邦。张良见情势危急，将武士樊哙招至帐内保护刘邦。以下是《史记·项羽本纪》对这一场景的叙述：

> 范增起，出召项庄，谓曰："君王为人不忍，若入前为寿，寿毕，请以剑舞，因击沛公于坐，杀之。不者，若属皆且为所虏。"庄则入为寿。寿毕，曰："君王与沛公饮，军中无以为乐，请以剑舞。"项王曰："诺。"项庄拔剑起舞，项伯亦拔剑起舞，常以身翼蔽沛公，庄不得击。于是张良至军门，见樊哙。樊哙曰："今日之事何如？"良曰："甚急。今者项庄拔剑舞，其意常在沛公也。"哙曰："此迫矣，臣请入，与之同命。"哙即带剑拥盾入军门。交戟之卫士欲止不内，樊哙侧其盾以撞，卫士仆地，哙遂入，披帷西向立，瞋目视项王，头发上指，目眦尽裂。项王按剑而跽曰："客何为者？"张良曰："沛公之参乘樊哙者也。"项王曰："壮士！赐之卮酒。"则与斗卮酒。哙拜谢，起，立而饮之。项王曰："赐之彘肩。"则与一生彘肩。樊哙覆其盾于地，加彘肩上，拔剑切而啖之。项王曰："壮士，能复饮乎？"樊

哙曰："臣死且不避，卮酒安足辞！夫秦王有虎狼之心，杀人如不能举，刑人如恐不胜，天下皆叛之。怀王与诸将约曰：'先破秦入咸阳者王之。'今沛公先破秦入咸阳，豪毛不敢有所近，封闭宫室，还军霸上，以待大王来。故遣将守关者，备他盗出入与非常也。劳苦而功高如此，未有封侯之赏，而听细说，欲诛有功之人。此亡秦之续耳，窃为大王不取也。"项王未有以应，曰："坐。"樊哙从良坐。①

以上这段叙述至少有两点值得注意。一是"项庄舞剑，意在沛公"。此一叙述蕴涵的意义是：本为冲突的双方，却被和谐的礼尚往来所笼罩；相互间的生死搏斗，却是以舞剑助兴的宴饮方式来进行。二是"樊哙救主"。此叙述的意义在于，它体现了一个勇猛武将对人主的忠诚。这一点深为司马迁所激赏，因此他使用了小说家的夸张笔法，生动地描述樊哙的言行。《史记》用"项庄舞剑，意在沛公"与"樊哙救主"两个事件，构成了"鸿门宴"的叙述模式。司马迁一方面在"项庄舞剑，意在沛公"的叙述中，嘲讽了范增一类文人笑里藏刀、暗箭伤人的行为方式；另一方面又通过对"樊哙救主"的叙述，表达出他对于一介武夫正直与光明磊落行为的赞赏。正是这两方面的意义，构成了"鸿门宴"的叙述母题。

《史记》中这样的母题对于《演义》作者无疑发生过重要的启发作用，因为在《演义》的叙述中，我们看到"鸿门宴"之叙述模式及其母题的一再呈现。首先是《演义》卷五"青梅煮酒论英雄"一则，叙曹操于后园设酒，请刘备赴饮。席间曹操论及他与刘备二人乃当今天下英雄，吓得刘备手中匙箸尽落于地。其后，关羽、张飞担心曹操谋害刘备，遂持剑闯入后园，救

---

① 《史记》，卷七，第312—313页。

护刘备。以下这段场景描写，便是"鸿门宴"的再现：

> 大雨方住，见两人撞入后园，手提宝剑，突入亭前，左右皆当不住。操视之，乃关、张也。……曹操问二人何来，云长答曰："听知丞相和兄饮酒，特来舞剑，以助一笑。"操知其意，笑曰："此非鸿门会，安用项庄、项伯乎？"玄德亦笑。操命取酒，与二"樊哙"压惊，关、张拜谢。①

在这段叙述中，曹操与刘备的后园饮酒，令人联想到项羽与刘邦的鸿门饮酒；关羽、张飞的持剑撞园，亦带有樊哙持剑拥盾闯入军门的影子（毛氏父子于改编本《三国演义》中，亦评此一叙述"与鸿门会樊哙排盾而入，一样声势"②）；关羽"舞剑助笑"的回答，显然带有"项庄舞剑，意在沛公"的暗示；而关羽、张飞撞园救刘备的行为，亦是樊哙救刘邦行为的再现。至于曹操将关羽、张飞行为与项庄、项伯相关联，叙述人直以樊哙比喻关、张，皆明确显示出，《演义》作者在建构这段叙述时，从叙述模式到叙述母题两方面，都巧妙地将"鸿门宴"转换成"青梅煮酒"，从而使我们在《演义》中读到《史记》之相关叙述，并由此看到两个文本间的交互指涉。

"青梅煮酒"叙述中对"鸿门宴"的呈现，并不见载于《三国志》及《三国志平话》。《三国志·先主传》仅提及"曹公从容谓先主曰：'今天下英雄，唯使君与操耳。本初之徒，不足数也。'先主方食，失匕箸"。③裴松之注引《华阳国志》，将刘备失箸与雷震相结合："于时正当雷震，备因谓操曰：'圣人云：

---

① 《三国志通俗演义》，卷五，第6—7页。
② 《古本三国志·四大奇书第一种》，卷十一，第8页。
③ 陈寿：《三国志》，卷三十二，第875页。

迅雷风烈必变,良有以也。一震之威,乃可至于此也!'"① 《三国志平话》卷中亦仅叙道:"曹相请玄德筵会,名曰'论英会',唬得皇叔堕其筋骨。"陈翔华注称:"原本'筋',疑当作'筯'。"② 从这些记载可见,"刘备失箸"之叙述早已有之,"鸿门宴"之叙述,却是《演义》中所见。罗贯中显然引入了《史记》中"鸿门宴"之叙述模式及叙述母题,来建构"青梅煮酒论英雄"这段故事。

《鸿门宴》叙述被引入《演义》之事例,还见于《演义》卷九"周瑜三江战曹操"一则。此则叙述周瑜屯兵三江口,准备迎击北来的曹军。其间,周瑜请刘备过江会面,并事先埋伏刀斧手五十人于壁衣中,企图于饮酒席间杀害刘备。小说对此场景有如下一段叙述:

> 周瑜起身把盏,猛见云长在背后,忙问曰:"此何人也?"玄德曰:"乃吾弟关云长也。"瑜曰:"莫非向日斩颜良、文丑者乎?"玄德曰:"是也。"周瑜汗流满臂,就与把盏。③

此段叙述并不见于《三国志》,也为《平话》所无。周瑜起身把盏,其名为向刘备敬酒,其意则想"执盏为号",④ 引出壁衣中的刀斧手杀害刘备,此亦是"项庄舞剑,意在沛公"之改头换面;关羽于刘备身后"按剑而立",活化出"樊哙救主"形象。刘备终于因为关羽的护卫,避免了周瑜的谋害,这样的结果也呼应了刘邦因为樊哙的护卫,避免了范增的谋害。由此我们看到,

① 《三国志》,卷三十二,第875页。
② 《三国志平话》,卷中,第27页。
③ 《三国志通俗演义》,卷九,第72—73页。
④ 同上书,第71页。

"鸿门宴"叙述于《演义》中的再次呈现。

在《演义》卷十三"赵云截江夺幼主"一则中，"鸿门宴"之叙述模式被第三次用到，可见作者对于此一模式的极大兴趣。我们在此回中看到，建安十七年，刘备与益州牧刘璋宴会于涪陵城中，庞统与法正劝刘备以"掷杯为号"，[①] 试图于筵间杀掉刘璋。刘备与刘璋涪城相会之事，《三国志·先主传》是这样记载的："至涪，璋出迎接，相见甚欢。张松令法正白先主，及谋臣庞统进说，便可于会所袭璋。先主曰：'此大事也，不可仓卒。'"[②] 此一记载并无"鸿门宴"那样的叙述模式。再看《三国志平话》卷下对此事的叙述："茶饭间，庞统又执盏目视黄忠。忠拔剑，有意杀刘璋。玄德怒曰：'不得无礼！'黄忠不敢下手。众官皆闹，宴罢。"[③] 这段叙述提及黄忠拔剑杀刘璋，却并无"项庄舞剑，意在沛公"之模式；而且，席间是黄忠拔剑而非魏延舞剑。然而，在小说《演义》中，我们再次见到"项庄舞剑"那样的场景：

> 酒至半酣，庞统与法正商议曰："事在掌握之中，由不得主公了。"便教魏延舞剑，暗嘱付下手。延拔剑曰："筵间无乐，愿舞剑为戏。"庞统便呼众武士入，到于堂中，只待魏延下手。刘璋手下诸将见魏延舞剑，刘璋更见阶前武士手按刀靶，直视堂上。从事张任掣剑亦舞，曰："舞剑必须有对，某愿伴之。"二人对舞，张任目视玄德。统用目回顾刘封，封拔剑亦舞入。刘璝、冷苞、邓贤各掣剑出，曰："我等当群舞，以助一笑。"玄德大惊，掣左右所佩之剑，立于席上曰："吾弟兄乃汉室宗亲，相逢痛饮，并无疑忌，

---

① 《三国志通俗演义》，卷十二，第 87 页。
② 陈寿：《三国志》，卷三十二，第 881 页。
③ 《三国志平话》，卷下，第 60 页。

又非鸿门会上，何用舞剑而为乱乎？不弃剑者立斩之！"刘
璋亦叱之曰："兄弟相聚，何必带刀？"尽命去之。众皆纷
然下堂。①

在以上这段引文中，刘备一方的魏延与刘璋一方的张任二人持剑
对舞，显然是项庄与项伯两人持剑对舞的移置；舞剑名为助兴，
其意实在刘璋，此即"意在沛公"模式之转换；刘璋属将刘璝、
冷苞、邓贤等人各掣剑出，亦扮演了"樊哙救主"的角色。或
许是为了避免与前面"青梅煮酒"、"周瑜把盏"两次"鸿门宴"
叙述在细节上的完全重复，小说此处以刘璝、冷苞、邓贤三人群
起而出，代替了樊哙一人独出，惟其"救主"之寓意，两者皆
同。通过以上的对读，不难看到《演义》作者是如何在引入
《史记》"鸿门宴"叙述母题时，对其语言作进一步转换与发挥，
以实现自己的书写意图。另一方面，从"青梅煮酒"、"周瑜把
盏"、"魏延舞剑"这三场"鸿门宴"的相互呼应中，我们再次
看到在《演义》同一作品内，不同人物与事件之间仍然具有交
互指涉的关联。

六　青蛇与白蛇的呼应

不难设想，《演义》于开篇之始，便有意地参考了《史记》
的叙事，来构成事件的叙述。在作品卷一"祭天地桃园结义"
一则，我们看到东汉大乱前夕，朝廷发生的一件异事：

建宁二年四月十五日，帝会群臣于温德殿中。方欲升
座，殿角狂风大作。见一条青蛇，从梁上飞下来，约二十余

---

① 《三国志通俗演义》，卷十三，第1—2页。

丈长，蟠于椅上。帝惊倒，武士急慌救出，文武互相推拥，倒于丹墀者无数。须臾不见。片时大雷大雨，降以冰雹，到半夜方住。①

以上这段叙述并不见于《三国志》与《三国志平话》，它在《演义》里被用来作为东汉灭亡的预示。作者用了"青蛇蟠椅"这一意象式组合，来隐喻新的朝代将取代汉朝。汉朝是刘邦当年创立的，在《史记·高祖本纪》中，同样有关于刘邦兴兵崛起前的一段预示性叙述：

> 高祖被酒，夜径泽中，令一人行前。行前者还报曰："前有大蛇当径，愿还。"高祖醉，曰："壮士行，何畏！"乃前，拔剑击斩蛇。蛇遂分为两，径开。行数里，醉，因卧。后人来至蛇所，有一老妪夜哭。人问何哭，妪曰："人杀吾子，故哭之。"人曰："妪子何为见杀？"妪曰："吾子，白帝子也，化为蛇，当道，今为赤帝子斩之，故哭。"人乃以妪为不诚，欲告之，妪因忽不见。②

裴骃《集解》曾引应劭之说，来解释这段叙述："秦襄公自以居西戎，主少昊之神，作西畤，祠白帝。至献公时栎阳雨金，以为瑞，又作畦畤，祠白帝。少昊，金德也，赤帝尧后，谓汉也。杀之者，明汉当灭秦也。"③ 根据应劭的解释，白帝喻秦，赤帝喻汉；白蛇当径，比喻刘邦追求霸业，面对秦王朝的阻挡。然而，《史记》里白蛇为刘邦所杀，其生命的终结预示秦朝的灭亡；《演义》中青蛇蟠踞皇帝宝座，其生命的活力则预示新王朝的兴

---

① 《三国志通俗演义》，卷一，第1页。
② 《史记》，卷八，第347页。
③ 同上书，第348页。

起。司马迁用白蛇比喻秦王朝,显然启发了罗贯中。罗贯中对此一比喻予以转换,转换成用青蛇比喻取代汉朝的新王朝。《演义》这段叙述,实与《史记》对刘邦的叙述暗暗关合。当我们将以上两段引文作一对读时,则可看到白蛇与青蛇的相互呼应关系:两者指涉的是同一对象——汉朝,前者预示汉朝之兴,后者预示汉朝之亡。白蛇与青蛇在两部作品中先后出现,并在其交互指涉中,完整地预示了汉朝的兴起与衰亡。毛氏父子在评点《演义》这段叙述时,显然也注意到其与《史记·高祖本纪》之间的相互关联。他说:"白蛇斩而汉兴,青蛇见而汉危,青蛇、白蛇遥遥相对。"①

如果仅仅阅读《演义》这段叙述,读者或许只能领会其中蕴涵的"天人感应"之观念。若将《史记·高祖本纪》与《演义》两部作品作这样的对读,则可从中领悟到更为丰富的意义,例如《演义》作者对于"天下三分"这段历史的认知。《演义》虽为讲史,作者似乎想要重现那段历史。然而,在新历史主义批评论者看来,历史并不可能再现或重构。即便如司马迁《史记》那样以"实录"著称,其对人物与事件的叙述组合,及其组合背后蕴涵的作者寓意,还有那令人关注的"太史公曰"一类评语,都让我们感受到作者强烈的叙事立场与道德倾向性。作为讲史的小说《演义》,作者从中显示的叙事立场与意识形态来得更为强烈。从青蛇与白蛇的呼应中我们看到,《演义》从一开始,便通过设置此种呼应,暗示出作者对于"三分天下"那段历史的一种认知,一种历史循环论性质的认知。毛氏父子也认同罗贯中的这种历史循环论。他在改编的《演义》篇首,便醒目地加上了这样一句引言:"话说天下大势:分久必合,合久必分。"② 这样开篇明义的议论,进一

---

① 《古本三国志·四大奇书第一种》,卷一,第3页。
② 同上书,第2页。

步强化了对"天下三分"历史的循环性认知。

七　预示性叙述

预示性叙述在《演义》中例子很多，前面讨论的"青蛇蟠椅"与"路斩白蛇"，亦为其例。这里再从文本互涉角度，讨论刘备早年的"帝王之志"与《史记》中项羽与刘邦早年具有"帝王之志"的关联，然后讨论其意义。

首先，在《演义》卷一"祭天地桃园结义"一则中，我们看到刘备自幼年时，便有帝王志向：

> 舍东南角上有一桑树，高五丈余，遥望童童如小车盖，往来者皆言此树非凡。相者李定云："此家必出贵人。"玄德年幼时，与乡中小儿戏于树下，曰："我为天子，当乘此羽葆车盖。"叔父责曰："汝无妄言！灭吾门也！"①

对刘备作这样的叙述并非始于罗贯中的《演义》。在《三国志平话》卷上，我们已见到相似的叙述：

> 舍东南角篱上，有一桑树，生高五丈余，进望见重重如小车盖，往来者皆怪此树非凡，必出贵人。玄德少时，与家中诸小儿戏于树下："吾为天子，此长朝殿也。"其叔父刘德然见玄德发此语，曰："汝勿语戏，灭吾门。"②

《演义》与《平话》这两段叙述，其意在于说明刘备年幼时即有

---

① 《三国志通俗演义》，卷一，第6—7页。
② 《三国志平话》，卷上，第7页。

帝王志向。在叙述功能上，它具有"预示性"的作用，因为它预示了刘备后来的崛起及其"中原逐鹿"的功业。然而，若将《演义》与《平话》这段叙述与司马迁《史记》中相关叙述作一对读，则可见到，《演义》与《平话》作者受到司马迁的启发，并对其叙述作了风格性模仿。《史记·项羽本纪》叙道："秦始皇帝游会稽，渡浙江，梁与籍俱观。籍曰：'彼可取而代也。'梁掩其口，曰：'毋妄言，族矣！'"① 相似的叙述还见于《史记·高祖本纪》："高祖常繇咸阳，纵观，观秦皇帝，喟然太息曰：'嗟乎，大丈夫当如此也！'"② 司马迁这两段叙述意在说明，项羽与刘邦未发迹时，便有将秦始皇"取而代之"的志向。

　　《史记》此一叙述，被《演义》与《平话》作者以改头换面的方式，引入对刘备的叙述之中。在这里，项羽与刘邦早年的帝王志向，被转换成刘备幼年的帝王志向；项羽叔父项梁对项羽的警告，被改为刘备叔父对刘备的警告；其警告的语意，两者亦相同。而在整个叙述文本中，项羽"取而代之"的"狂言"与刘邦"大丈夫当如此"的感叹，在《史记》中所起的预示性作用，亦被《演义》与《平话》引进文本，转换为刘备崛起西蜀的预示性叙述。《演义》与《平话》这样一段叙述的意义在于，它试图说明，刘备所以能建立帝王大业，是因为他幼年便有此雄心壮志；换言之，能够成就超凡功业的人，其早年便有超凡的志向，这一点恰巧亦是司马迁叙述项羽、刘邦时，试图传达的一种寓意。其实，对于帝王乃至英雄早年非凡志向的类似叙述，无论在正史或野史中，并不罕见。在今天的读者看来，这样的叙述似乎显得有些荒谬，可在传统的叙事作品中，它却显示了叙述人及其作者对于帝王所以成为帝王的一种解释。

---

① 《史记》，卷七，第 296 页。
② 《史记》，卷八，第 344 页。

第四章

"众声喧哗":《三国志通俗演义》的 "多重对话"特质及其意义

本章旨在讨论罗贯中于《三国志通俗演义》中,如何通过诸种人物及事件的互动,来建构不同意识形态之间的相互对峙、相互对话,由此呈现出这部小说中多重意义彼此互动的开放式叙述结构。

一部叙事文学作品含有多种意识之间的对话,此一现象已为不少文学批评论者所关注。20世纪初期,俄国的巴赫金已提出"对话"与"复调"的理论。他认为:"在一部作品中能够并行不悖地使用各种不同类型的语言,各自都得到鲜明的表现而绝不划一,这一点是小说、散文最为重要的特点之一。"① 这种不同类型的语言包括作者语言、叙述人语言、作品中不同人物的语言,等等,例如小说家以其叙述观点,一方面再现作品人物的语言,一方面又将它看做是和作者自己的语言有所区别,因而与这个人物的语言保持某种距离。② 巴赫金认为,对话特质并非单纯

---

① 巴赫金著,白春仁、顾亚铃译:《巴赫金全集》,石家庄:河北教育出版社 1998年版,第5卷,第266页。

② 参见 The Dialogic Imagination: Four Essays by M. M. Bakhtin, ed. Michael Holquist, trans. Caryl Emerson and Michael Holquist (Austin: University of Texas Press, 1981), p. 46.

表现为作品中人物的对话，而是指作品"有着众多的各自独立而互不相融合的声音和意识，由具有充分价值的不同声音组成真正的复调"。① 巴赫金还将这种众多的、各自独立而互不融合的声音和意识称作"复调"或"多声部"（或"众声喧哗"）。②

巴赫金的这一理论，在后来的解构批评论者那里得到进一步发挥。美国学者保罗·德曼指出："当美国的批评一再改进其诠释时，它并未发现单一的含义，而是诸种含义的并陈（a plurality of significations），此诸种意义可以在根本上彼此对立。"③ 另一位美国学者莫瑞·克里格（Murray Krieger，1923—2000）认为："文学在文本中允许并平等对待任何具有意识型态主张的相反意见。"④ 法国学者罗兰·巴特在《本文的愉悦》（The Pleasure of The Text）一书中，也主张一种多元意义观和"结构消融论"。⑤

受到这样一些论点的启发，本章将对《三国志通俗演义》中不同人物之间的互动关系、叙述人与小说人物间的互动关系展开讨论，从中看出不同意识之间的相互对峙与相互对话，以及小说由此显示的开放式叙述结构。

本书的绪论部分已提及，以往学者对于《演义》的作品产生年代、作者、版本演变、故事源流、思想寓意、人物形象特征

---

① 《巴赫金全集》，第 5 卷，第 4—5 页。

② 同上书，第 24—25 页。

③ Paul de Man, *Blindness and Insight*：*Essays in the Rhetoric of contemporary Criticism.* p. 28.

④ Murray Krieger, *The Ideological Imperative*：*Repression and Resistance in Recent American Theory*（Taipei：The Institute of European and American Studies, Academia sinica, 1993），p. 52. 本处中文翻译引自单德兴译《西方理论中的反意识型态倾向》一文，中外文学月刊社编：《中外文学》第 23 卷，第 3 期（1994 年 8 月，台北），第 146 页。

⑤ 参见杨大春《解构理论》一书对罗兰·巴特理论的概述。见该书，第 50 页。

等方面的讨论，成果丰硕。① 近二十余年来，对其叙述结构的讨论，也始见成果。② 然而也有不足，如在小说主题的诠释方面，往往注意作品某方面的单一主题，例如或视为"拥刘反曹"，或认为"歌颂正统"，或强调"仁政"、"忠义"，等等，③ 忽略其意义呈现的多层面性与歧义性。在小说的叙事结构方面，把作品视作单一系统化的研究对象，而忽视其多层面性与歧义性。也有学者注意到《演义》中的佛、道宗教倾向，然而却认为这些叙述显示出作者"鄙夷儒术，推崇佛、道"的态度。④ 若从其立论的角度观之，这些看法固然有一定道理。然而，从"多元对话"之视点观之，则可见《演义》作者及小说中的叙述人，更为注重儒、道、佛等多种意识形态之间的相互对话。作为一部叙述内容丰富的长篇小说，巴赫金等人关注的多元意义并存现象，在《演义》中仍能充分看到。而且，在此多元意义相互对话过程中，作者及其叙述人并未明确表现出倾向于其中任何一方的立场，而是尽量保持与小说人物之间的距离，从而强化了小说叙述的客观性质。本章将重点讨论于吉与孙策、左慈与曹操两组人物间的对话关系及其意义、《演义》中的大型对话及其具有的"复调"小说特征，以及叙述人的立场与小说人物对话的客观性。通过这些讨论，试图突破前人关于《演义》单一主题、单一意义或系统化叙述结构之成说，致力于探讨《演义》具有的多重

---

① 参见本书第 1 页注①。

② 参见 Andrew H. Plaks, *The Four Masterworks of the Ming Novel*（Princeton：Princeton University Press，1987）。郑铁生：《三国演义叙事艺术》，北京：新华出版社 2000 年版。

③ 参见沈伯俊《建国以来〈三国演义〉研究综述》，见氏著《三国演义新探》，第 385—397 页；胡邦炜：《从"合久必分"到"分久必合"——〈三国演义〉主题辩》，《社会科学研究丛刊》编辑部、四川社会科学院文学研究所编：《三国演义研究集》（1983），第 60—61 页；郭瑞林：《〈三国演义〉的文化解读》，上海：上海古籍出版社 2006 年版，第 12—50 页。

④ 郭瑞林：《〈三国演义〉的文化解读》，第 94—96 页。

意义、多种意识形态之间的对峙与对话。

一　孙策与于吉的对话

《演义》中的多元意义并存，首先体现在小说中不同人物之间的对话方面，其中较具代表性的例证如于吉与孙策、左慈与曹操两组人物间的对话。毛纶、毛宗岗父子在改编的《三国演义》第六十八回回评里，便已注意到这两组人物之间的相互关联："曹操之遇左慈，与孙策之遇于吉仿佛相似，而实有大不同。"① 若从两组人物的互动来看其建构的对话关系，则对于我们理解整部小说所呈现之不同意识形态之相互关系，有着重要意义。

首先讨论孙策与于吉的对话关系。在《演义》第六卷"孙策怒斩于神仙"一则中，我们看到孙策称霸江东后，"誓取许昌，以迎汉帝"，"势取中原，以彰英雄"。② 就在叙及孙策立此雄心壮志之时，小说安排了他与道士于吉（时人呼为"神仙"）之间的一场颇具戏剧性的冲突。这场冲突并不见于陈寿《三国志·吴书·孙破虏讨逆传》，该传仅言及孙策杀吴郡太守许贡，许贡之子与家客遂亡匿江边，候孙策单骑出游而击之，孙策伤重而卒。③ 可是，裴松之注引《江表传》、《志林》、《搜神记》等书，对于吉与孙策之冲突则记载详细，而互有不同。④ 罗贯中《演义》大致引入裴松之注中的引文，并作了进一步改编及敷演：

---

① 《古本三国志·四大奇书第一种》，卷三十四，第 18 页。
② 《三国志通俗演义》，卷六，第 54 页。
③ 《三国志》，卷四十六，第 1109 页。
④ 同上书，第 1110—1111 页。

正饮酒之间，忽见诸将互相耳语，纷纷下楼。策怪而问之，左右答曰："有神仙于吉，从楼下经过，诸将皆往拜之。"策起身凭栏观望，见一道人，约身长有八尺，须发苍白，面似桃花，身披飞云鹤氅，手执过头藜杖，立于当道。上至孙策部下诸将，下至城中百姓男女，皆焚香伏道而拜之。策大怒曰："此妖人也，与吾擒来！"左右告曰："此人寓居东方，往来吴会，有道院在城外。每夜静坐，日则焚香讲道，普施符水，救人万病，无不有验，当世呼为神仙，乃江东之福神也，当致敬之。"策怒曰："汝等敢违吾令！"便欲掣剑。左右不得已，走下楼去，推于吉上楼。①

小说这段文字及往后一段叙述，其中一个用意，显然是想说明孙策之死因：此前，孙策因为绞杀吴郡太守许贡，被其家客报复，以毒箭射伤面额。医者告诫他："可将息一百日，勿得妄动。若怒气冲激，其疮难治。"② 可是，孙策不听从医者的告诫，妄发怒气，致使"金疮进裂，昏绝而死"。③

从字面意义看，小说这段叙述旨在说明妄发怒气是对于一个英雄的致命伤害。这一寓意在《演义》中多有显示，例如有关刘备、关羽、张飞等人的叙述。然而，我们从以上冲突中看到两种不同的，甚至对立的意识之间的对峙、对话与冲突。如前所述，孙策"势取中原，以彰英雄"。在小说里，他被作为一个积极入世的、富有功名进取心的儒家式"英雄"④ 来描述。他之所以不容于吉，是因为在他看来，于吉所为，是"以妖术惑众人

---

① 《三国志通俗演义》，卷六，第55页。

② 同上书，第54页。

③ 同上书，第61页。

④ 参见《大不列颠新百科全书》"英雄"的定义："在才能、力量和勇敢诸方面均超越凡人，以战争及冒险活动为自己的事业。"其英文原文见 *The New Encyclopædia Britannica*（Chicago：Encyclopaedia Britannica，1985），vol. 5, p. 878。

之心,遂使诸将不复相顾君臣之礼"。① 他对众部下一再为于吉乞保,并对于吉"事之如父母"的现象感到震惊与愤怒,斥之道:"汝皆读书之人,何不达礼!"② 我们于此看到,孙策与于吉分别代表着两种不同的意符,前者孙策为儒家与法家间杂的意符,并以建功立业为特征。孙策强调"读书"为了"达礼",这种"礼"乃是"君臣之礼"。孙策以此为己任,并以此约束属下群臣。他试图通过争霸天下,结束汉末灵帝以来宦官、诸侯乱政的政治局面,重新恢复"君臣之礼"。当他杀害于吉,为于吉精魂骚扰而几近死亡时,他依然感叹自己"当何复建功立事乎"。③

与孙策相反,后者于吉则代表道教意符,他以"焚香讲道,普施符水"为特征,宣称自己是"代天宣化,普救万人"。④ 孙策与于吉的言语及行为,分别代表着两种不同的意识:儒家的"读书""达礼"与道教的"焚香讲道"。此两种意识各自独立、不相融合,各自体现出自己的价值观。视于吉所为为"妖术",表现出孙策从一个儒家英雄的立场,对不同意识形态的否定。当孙策斥责于吉为"妖人""煽惑人心",并要杀之;于吉则通过作法祈雨,嘲弄了孙策对他的挑战。两个人物语言及行为的彼此针锋相对,显示两种声音和意识形成对峙,也造成小说叙述的张力。这一点,犹如巴赫金所言:"思想是在两个或几个意识相遇的对话点上演出的生动的事件。"⑤ 而这一点被巴赫金称为对话的本质:"思想就其本质来说是对话性的。"⑥ 人物对话体现的是意识的对话,即思想的对话性。孙策与于吉的冲突体现了儒与道两种不同意识之间的对话性质。

---

① 《三国志通俗演义》,卷六,第 56 页。
② 同上书,第 55—56 页。
③ 同上书,第 61 页。
④ 同上书,第 56 页。
⑤ 《陀思妥耶夫斯基诗学问题》,《巴赫金全集》,第 5 卷,第 114—115 页。
⑥ 同上书,第 115 页。

　　巴赫金所言思想的对话本质还有一个特征，即思想对话的"未完成性"，意即两种意识在对话中，并未发生一方与另一方的融合，或是按照作者的安排，一种意识战胜或消解了另一种意识。巴赫金认为，用话语来表现思想的对话本质，"唯一贴切的形式就是未完成的对话"。① 所谓"未完成的对话"，指的是对话双方或诸方在思想上的对峙与争论，最终并未如黑格尔（Georg Wilhelm Friedrich Hegel，1770—1831）所言那样，通过"正、反、合"的辩证过程得到消解，② 或是一方被另一方消解，而是始终保持各自的独立，互不融合。

　　这样的意识对话之"未完成性"，同样见于孙策与于吉的结局处理：当孙策命手下武士，将于吉"一刀砍头落地，只见一道青气，投东北去了"，③ 这里显然暗示了于吉精魂不死。颇具嘲讽意味的是，孙策虽然"怒斩"于吉，却终究未能"斩"之；相反，自己却夭折性命：于吉精魂不断骚扰孙策，导致孙策金疮迸裂，昏绝而死。④ 此叙述背后隐含的意义是耐人寻味的：于吉虽然身体被孙策所杀，却并不等于孙策的胜利，因为孙策也因他而死；在肉体上，两人都归于毁灭；然而，两人所代表的意识形态，终究是各自独立，其中一方意识并未按照另一方意识的要求而被消解，恰如巴赫金所言，使两人代表的意识不具有理论上的完成性（即只限于满足一种意识的需要），却变成一种有力量的思想及其表达，从而强化了小说所呈现的意识的复杂性和生气勃

---

　　① 《关于陀思妥耶夫斯基一书的修订》，《巴赫金全集》，第 5 卷，第 387 页。
　　② 黑格尔认为，思想永远遵照这一模式：一开始提出肯定的命题，然后，立即用反命题否定它，随后，更深的思想产生综合。见《不列颠百科全书》中文版（*Encyclopæ dia Britannica International*，*Chinese Edition*），北京：中国大百科全书出版社 1999 年版，第 7 册，第 532 页。
　　③ 《三国志通俗演义》，卷六，第 58 页。
　　④ 同上书，第 61—63 页。

勃的多面性。① 人物的意识具有"不能完结、无法完成、永无结果的特性",② 冲突的双方最终没有谁战胜谁,谁消融谁。小说这样的结局设置颇有意义,它由此为读者呈现出一种开放式的叙述结构,叙述人及其背后的作者,在此冲突中并未按照自己的价值观,偏袒其中任何一方,而仅仅为读者呈现出两种意识形态在冲突中没有结局的结局,没有答案的答案。这一点,亦如巴赫金所言:"主人公不能与作者融合,不能成为作者声音的传声筒。因此还要有个条件,即主人公自我意识的种种内容要真正地客观化,而作品中主人公与作者之间要有一定距离。"③ 巴赫金曾一再强调作者与小说人物之间的距离,是作品具备上述对话特质的关键。④

二 左慈与曹操的对话

两种意识之对话,同样见于《演义》卷十四"魏王宫左慈掷杯"一则。其中叙及建安二十一年曹操受封魏王,建成魏王宫,传令吴侯孙权,要往温州取柑子。孙权正尊让魏王,便令人于本城选了大柑子四十余担,星夜送往邺郡。⑤ 可是,"操亲剖之,但只空壳,内并无肉"。⑥ 原来,送柑人途中被道士左慈作法,变作空壳。当左慈来到邺郡,拜见曹操,"取柑剖之,皆有肉,其味甚甜。但操自剖者,皆空壳"。⑦ 左慈遂面劝曹操:"王

---

① 《关于陀思妥耶夫斯基作品中的思想》,《巴赫金全集》,第 5 卷,第 116 页。
② 《陀思妥耶夫斯基诗学问题》,《巴赫金全集》,第 5 卷,第 69 页。
③ 同上书,第 67 页。
④ 相关论述见《巴赫金全集》,第 5 卷,第 4—5、67、74、84、110、130 页。
⑤ 《三国志通俗演义》,卷十四,第 44 页。
⑥ 同上书,第 45 页。
⑦ 同上。

上位极人臣，何不退步，跟贫道往峨嵋山中修行。"① 曹操拒绝了左慈的劝告，并对他用尽酷刑，必欲置之死地。左慈非但丝毫无损，而且数施法术，捉弄曹操。曹操因而成疾，服药无愈。

　　笔者曾讨论过左慈"空柑"一段叙述背后隐含的寓意，认为此一事件用"金玉其表"的空壳比喻曹操"位极人臣"的盛势，对其功业之心寓有强烈的嘲讽意味；同时，毛氏父子在改编《演义》时，将此一事件与他于第一回开篇增加的杨慎【临江仙】词中"是非成败转头空"之句，与改写的末回结语之《古风》中"鼎足三分已成梦，后人凭吊空牢骚"一句，在意蕴上的相互呼应，从而强化了三国鼎立、逐鹿中原这些"是非成败"所具有的虚无性质。② 在这里，我将从两者间的对话性质及其意义展开讨论。

　　左慈与曹操的冲突既不见于《三国志平话》，亦不见于正史记载。《后汉书·方术列传》载左慈少有神道，尝在曹操处坐。亦作法，于空盘中钓出鲈鱼，于瞬间罗致千里之外的蜀中生姜，等等。③《三国志·魏书·武帝纪》裴松之注引张华《博物志》称，曹操招引方术之士，其中有左慈、华佗等人。④《三国志·魏书·方技传》裴松之注引东阿王（曹植）《辩道论》，提及左慈"善修房内之术"。⑤ 又有《搜神记》卷一叙左慈事，与《后汉书·方术列传》所叙大同小异。⑥ 然而，这些文献并未叙及左慈以空柑警示曹操、劝其急流勇退等事件，而且重要的是，《演

----

　　① 《三国志通俗演义》，卷十四，第45页。

　　② 周建渝：《〈三国演义〉的平行性叙述结构》，香港中文大学《中国文化研究所学报》第46期（2006），第309—310页。此文作为"外一章"收录于本书中。

　　③ （南朝·宋）范晔撰、（唐）李贤等注：《后汉书》，北京：中华书局1982年版，第2747页。

　　④ 《三国志》，第54页。相似记载亦见《三国志·魏书·方技传》，见该书第805页。

　　⑤ 同上。

　　⑥ （晋）干宝：《搜神记》，北京：中华书局1985年版，第9—10页。

义》改变了《三国志》中曹操已将左慈罗致门下之叙述，从一开始，便设置"空柑"事件，将两人置于对峙的地位，从而为双方之对话提供了前提条件。

首先，左慈与曹操之互动关系亦代表着两种意识的对话。曹操封魏王，可算其一生建功立业之鼎盛，犹如他自己所称："孤平生游历普天之下四十余年，自天子以至于庶人，无不惧孤。"①曹操对自己的功业成就颇为得意，他认为自己功成名就，并自喻为历史上的周文王。② 然而，曹操一生所追求的功名及其价值却受到左慈的质疑与挑战。如前所述，在左慈眼中，这些所谓的功成名就，不过是"金玉其表"的空壳！左慈所主张的人生追求，是如他所实践的那样，"于西川嘉陵峨嵋山中学道"，③ 修得"天遁"、"地遁"、"人遁"之法，④ 左慈与曹操所代表的，是两种截然不同的意识。曹操与前述的孙策一脉相承，其所代表的意识，以追求功名利禄为人生最大目标，并视功业成就为自我价值的实现；左慈则相似于于吉，用柑之空壳为比喻，否定了曹操追求功成名就的意识及其价值，同时也试图以此来警醒曹操那样的名利中人。他奉劝曹操抛弃功名权位，跟随他往峨嵋山中修行。左慈与曹操围绕着要不要放弃功名、入山修行的争论，其意义并不仅仅关乎曹操自身的命运，它显示出两种不同的意识形态间的对话，此对话亦因此具有普遍性质，代表着天下纷争的三国时期两种思想潮流的交锋，一如巴赫金所言："这个思想本身，是不属

---

① 《三国志通俗演义》，卷十六，第35页。
② 同上书，第40页。
③ 同上书，第45页。
④ 左慈自称"得天书三卷，名曰《遁甲天书》。上卷名'天遁'，中卷名'地遁'，下卷名'人遁'。'天遁'能腾云跨风，飞升太虚；'地遁'能穿山透石；'人遁'能云游四海，飞剑掷刀，取人首级，藏形变身"。见《三国志通俗演义》，卷十四，第46页。

于任何人的。主人公不过是这个以自己为目的的思想的载体而已。"①

　　值得注意的是，这场不同意识间的对话，是通过一系列隐喻性的叙述来呈现的。首先，曹操不但拒绝了左慈的劝告，还对左慈施以酷刑，因为他怀疑左慈"是刘备之细作"。② 可是，曹操对左慈的酷刑似乎毫无作用和力量：曹操"令十数狱卒拷之，但见皮肉粉碎，左慈齁齁熟睡，全无痛楚"，"并无痕伤"。③ 在这里，左慈作为暴力的承受者，并未因此而处于劣势。虽然他"皮肉粉碎"，却能"并无痕伤"。这样一种似乎矛盾的叙述，其背后隐含了一种寓意：左慈与曹操所代表的两种意识，在相互对峙中，其力量对比是平等的，不分胜负强弱。只有在双方力量处于平等的情况下，这种对话才可能持续。

　　其次，小说通过数个隐喻性叙述，进一步推进这场对话：其一，叙述曹操大宴群臣，要左慈取龙肝作羹。左慈"取黑笔于粉墙上画一条龙，以袍袖一拂，龙腹自开。左慈于龙腹中提出龙肝一副，鲜血尚流"。④ 其二，在草木枯亡的天寒时节，曹操索要牡丹花。左慈遂"令取大花盆放筵前，以水噀之，顷刻发得牡丹一株，开放双花"。⑤ 其三，左慈能将千里之外的松江鲈鱼信手钓至宴会堂前，并佐以紫芽姜。其四，左慈空手招来《孟德新书》，"操取观之，一字不错"。⑥ 此书据称是曹操"酌古准今，体《孙子十三篇》所作"的"秘藏之书"，可是却被张松指为"蜀中小儿暗诵如流"的古传之书。⑦ 其五，当曹操命部将许

---

① 《陀思妥耶夫斯基诗学问题》，《巴赫金全集》，第5卷，第103页。
② 《三国志通俗演义》，卷十四，第46页。
③ 同上。
④ 同上书，第47页。
⑤ 同上。
⑥ 同上书，第48页。
⑦ 《三国志通俗演义》，卷十二，第69—70页。

褚杀尽群羊，企图杀害"走入羊群"的左慈，可是左慈能将死羊复活。其六，曹操"画影图形"，各处追拿"眇一目、跛一足、白藤冠、青懒衣、穿木履"的左慈；可是却遇见"三四百个"左慈，"都一般模样"；而当曹操将其"尽皆斩之"时，却见这些"左慈""人人各起一道青气，到半天聚成一处，化作左慈，招白鹤一只，骑举云内"。①

以上"剖龙取肝"与"牡丹开花"等意象，在道教文化中具有意义。南宋道士白玉蟾（1194—1229）有《快乐歌》云："饥时爱吃黑龙肝，渴时贪吸青龙脑。绛宫新发牡丹花，灵台初生蕙茝草。"② 按"龙肝"一词，未见诸种《道教大辞典》收作专有名词。惟"伏龙肝"一词，被释作道教之外丹名词，一名釜脐下墨，指灶中对釜月下黄土。③ "龙脑"，盖为道士修炼所用药材。④ "绛宫"，葛洪《抱朴子·地真》称作中丹田，⑤ 据说位于心下、两乳之间。⑥ "灵台"，谓心。《庄子·庚桑楚》云："不可内于灵台。"郭象注："灵台者，心也，清畅，故忧患不能

---

① 《三国志通俗演义》，卷十四，第48—49页。

② 白玉蟾著：《上清集》，卷三十九，新文丰出版公司编：《正统道藏》，台北：新文丰出版公司1988年版，第7册，第653页。

③ 按《抱朴子内篇·黄白》："故方有用后宫游女，僻侧之胶，封君泥丸，木鬼子，金商芝，飞君根，伏龙肝，白马汗……"王明释"后宫游女是萤火虫"，"伏龙肝一名釜脐下墨。陶宏景云：'此灶中对釜月下黄土也。'"见（晋）葛洪著、王明校释《抱朴子内篇校释》，北京：中华书局1985年版，第295页。

④ 按《混元八景真经》卷之五《夺三十日积闰大功章》云："乳汁每升，管白沙蜜二斤，麝香半两，朱砂一两，乳香半两，龙脑半两，已上共细研为散，入瓷瓮子中。取白米净淘浴，用面拌匀，入甑中药瓮子内蒸熟为度。从下功日，每日十二时，每时食一匙，至五日后，逐日加半匙，至十日后加两匙，至十五日加至两匙半，至二十日加至三匙，已后不加。二十六日已后，真性离身，现本形，能谈论。到此时，大功显验也。"《道书集成》编辑委员会编：《道书集成》，北京：九洲图书出版社1999年版，卷三，第109页。

⑤ 《抱朴子内篇·地真》："或在心下绛宫、金阙，中丹田也。"《抱朴子内篇校释》，第323页。

⑥ 胡孚琛编：《中华道教大辞典》，北京：中国社会科学出版社1995年版，第1178页。

入。"陆德明《释文》："谓心有灵智能住持也。"① 有学者认为，白玉蟾所言"黑龙肝"、"青龙脑"均是譬喻，暗指内丹修炼所获得的特异效果。② 左慈是道士，其与曹操的对峙中表现出的道教特征，是十分自然的。可是，当罗贯中将之用于小说的叙述中，或许有着更为丰富的寓意。

首先是"剖龙取肝"。就字面意义而言，此乃曹操要挟左慈做一件不可能的事，可是左慈将此不可能的事变成了现实。然而，毛氏父子在改编的《三国演义》中，对此事件却有这样的评点："假龙真肝，是假是真。"③ 此评中"是假是真"一句可以有两种解释：一是前两字"是假"指涉"假龙"，后两字"是真"指涉"真肝"；二是以传统文字学之互文性观点释之，无论"假龙"或是"真肝"，皆既是"真"又是"假"。我们倾向于后一种解释，因为龙体与龙肝实乃一体中不可分离之两物。然而更重要的是："假作真时真亦假。"当小说将墙上假龙与手中真肝组合一起时，实已暗示这种"真"与"假"的不确定性，或者说已否定了"真"与"假"之间的界限。

其次是"牡丹开花"。若据白玉蟾《快乐歌》"绛宫新发牡丹花"之意，则指道士之内丹修炼。小说将其外化为空盆开花，同样是将不可能之事变为现实。然而更重要的是，这一意象组合同样暗示了"真"与"假"的不确定性。花盆为真，牡丹为假，一真一假如此组合，其含义亦在于消解"真"与"假"的界限。毛氏父子释之为"空中有花，花即是空"。④ 其含义亦可相通。

同样的寓意亦见于左慈钓得千里之外的松江鲈鱼，以及空盆

---

① （清）郭庆藩：《庄子集释》，北京：中华书局1982年版，第4册，第793—794页。

② 詹石窗：《诗成造化寂无声——武夷散人白玉蟾诗歌与艮背修行观略论》，《宗教学研究》1997年第3期，第26页。

③ 《古本三国志·四大奇书第一种》，卷三十四，第29页。

④ 同上。

出现《孟德新书》两个隐喻。松江鲈鱼本在千里之外,却能瞬间钓得,此叙述乃涉及空间之不确定性。《孟德新书》本为曹操所作,却在张松口中变成"古传之书",亦隐含了时间的不确定性。死羊群的复活,消弭了生与死(乃至于人与畜)之间的界限;一个左慈与三四百个左慈的互变,则模糊了个体与众体间的界限。总而言之,以上种种隐喻,分别从真与假、实与空、远与近、昔与今、生与死、一与众等不同角度,一次又一次彰显着一个共同的观念,并且一次又一次地强化着这一观念:事物的性质是不确定的,事物之间的界限是可以消解的。这一相对主义的观念,通过左慈的种种行为呈现出来,从而使他与曹操的冲突颇具意义。因为如前所述,曹操此时功成名就,亦位极人臣。他的成就,代表着视功名为人生追求的观念,此种观念反过来又肯定功名的价值。与之相对立的是,左慈在与曹操的这场对话中,之所以施展以上种种所谓"幻术",① 是为了在企图"警醒"曹操这个"名利中人"的过程中,彰显自己所持的观念。这种观念强调了包括功名利禄在内的种种事物之不确定性(一如龙肝、牡丹、鲈鱼等等)和表象性(一如"金玉其表"、"内实空无"的柑子),由此否定曹操代表的意识及其价值。应当说,曹操与左慈之间的这些对话,各自具有其充分的价值,并在相互对峙中,代表着各自的意识,强化着各自的立场。这一特征被巴赫金称作"复调"。巴赫金认为:"复调的实质恰恰在于:不同的声音在这里仍保持各自的独立,作为独立的声音结合在一个统一体中,这已是比单声结构高出一层的统一体。"由于这样的"复调"叙述,使《演义》呈现的意义具有丰富性与复杂性,也避免了巴赫金所说的单声结构。

---

① 例如小说卷十四"曹操试神卜管辂"一则,在叙述左慈与曹操之冲突后,又通过神卜管辂之口,解释了前面的左慈所为:"此幻术耳,何必为忧。"

如同于吉与孙策的对话，左慈与曹操的对话仍是"不能完结、无法完成、永无结果的"。[1] 对于这场对话的结局，叙述人用了这样的诗句来予以描述："左慈施设神仙术，点悟曹瞒不转头。"[2] 这样的描述显示，左慈与曹操的对话并未走向两种意识趋同的方向，相反，是各自分道扬镳，互不相融。曹操欲将左慈置之死地，却终于未能如愿。曹操与左慈谁也说服不了谁。两人所代表的意识，在相互交锋中，保持了各自的独立性。就其意义而言，这种对话的"未完成性"造成了小说在叙事上的开放式结构。同时在意义的呈现上，两者亦非走向和谐与一致，而是形成意义的不稳定状态与不可决定性。正是这样的歧异性和不可决定性，造成了小说叙事的张力。左慈与曹操之冲突犹如于吉与孙策之冲突，在整部小说中，是作者浓墨重彩之笔，也是颇能激动读者的叙述。

三 两组对话之关系及其意义

若将左慈与曹操的对话，与于吉与孙策的对话联系起来，则不难看出，两组对话在性质及意义上，有着诸多相似之处。例如两组对话所代表的意识皆具有充分的价值与意义，对话双方所持有的价值观皆有对等之关系，双方在相互作用中始终坚持各自的立场，其中任何一方并未被另一方所战胜，所消解。

然而，当两组对话的性质及意义多具相同性时，如何避免叙述上的重复或雷同之效果，作者对此有过仔细考虑，并对两组人物的叙述详略不同、各有侧重。首先，孙策与曹操，于对话中代表追求功业一方，两者之形象却不全然雷同。孙策被描

---

① 《陀思妥耶夫斯基诗学问题》，《巴赫金全集》，第 5 卷，第 69 页。
② 《三国志通俗演义》，卷十四，第 50 页。

述为鲁莽急躁的主动挑战者。他不顾众人劝说，要置于吉于死地，小说在他身上施予的叙述节奏亦较为急迫。相比之下，小说对于曹操的叙述，节奏较为疏缓，例如细写了曹操如何耐心地与左慈周旋，检视左慈的种种法术。其次，于吉与左慈同为道士，两个形象亦不相互重复。于吉比左慈要被动一些，他在孙策面前作法仅有祈风祷雨一次。与于吉相较，左慈则更具挑战性。他一出场便作法"空柑"，令曹操"大惊"，① 此后又多次作法，戏弄曹操。其次，于吉的法术更多地从他人口中叙出，他本人却出言不多；左慈的本领则主要由他自己讲出。再次，小说前面安排给孙策的语言明显多于于吉，后面则安排左慈的语言多于曹操，以此避免了雷同的叙述方式。左慈对曹操"急流勇退"的告诫，承续了于吉与孙策的对峙。然而，左慈作法"空柑"的叙述，不仅涉及道教意涵，而且还指涉了佛教的"色空"观念。因此，左慈与曹操的对峙，强化了从佛、道二教的立场出发，对儒家功业心等价值观的质疑与挑战。两组人物在对话上的前后相互平衡中，呈现出不同意识形态的交锋。

毛氏父子在改编的《三国演义》第六十八回里，亦从不同角度，对这两组人物作了如下比较："曹操之遇左慈，与孙策之遇于吉仿佛相似，而实有大不同者：于吉非来谒孙策，左慈特来谒曹操，是于吉无意，而左慈有心；于吉不敢犯孙策，左慈敢于侮曹操，是于吉没趣而左慈有胆；于吉索命，左慈不索命，是于吉死而左慈不死；孙策杀一于吉，便处处见有于吉，曹操杀了无数左慈，却不见有一个左慈，是于吉不能空而左慈能空。于吉未得为仙，若左慈之仙，则真仙耳。"②

---

① 《三国志通俗演义》，卷十四，第45页。
② 《古本三国志·四大奇书第一种》，卷三十四，第18页。

如前所论，于吉与孙策、左慈与曹操，分别代表着不同的思想意识。他们之间的相互作用，不仅是宗教场景的表现而已，而是关涉到不同意识形态之意义呈现，体现出两种意识之间的对话。小说这样的组合，实以双重对峙的方式，否定了单线式的叙述结构。而且，这样的组合深具意义，其一，使我们感受到两种不同的意识形态之间的张力。其二，我们看到孙策、曹操的"悲剧"所在：他们在认知上的盲点，使得他们无法坦然面对两个道士的劝告，也无法对所遭遇的意识挑战释然于怀。这个盲点即是，当其执著于功业与权谋时，便不能用平衡的态度来对待自己所处的世界。执著于功业与权谋，便不能承认于吉、左慈所代表的立场。然而他们最终免不了要面对这种立场的挑战，以及要面对自己功业走向完结这样的结局。从这两例人物组合中，我们看到两种符号系统同时存在又相互抵触、相互解构的语境，同时又是多重合奏的情境。两个社会性不同的话语合成为一个话语，此亦为小说中多重对话之一大特征。

俄国学者李福清在其《三国演义与民间文学传统》一书中提出，《演义》主要基于儒家"君子"之道，用儒家伦理造就人物的道德质量。[1] 这样的说法当然没错，例如体现在刘备身上的"仁恕"，孔明身上的"忠君"，关羽身上的"信义"，徐庶身上的"孝道"，等等，传统儒家伦理观念在这些不同人物身上，得到不同方面的彰显。然而，若仔细考察小说文本，则发现情况并非如此简单。确切地讲，小说并非仅仅在宣扬儒家的一套伦理道德意识形态，也不是李福清所说的那样："是带有某些道、佛思想因素的儒家观念"，[2] 而是兼采儒、佛、道

---

① 李福清：《三国演义与民间文学传统》，第183页。
② 同上。

诸家观念，让它们在同一部作品里各自呈现自己的声音，并在互动中产生对话关系。一如本文前面讨论的那样，于吉、左慈与孙策、曹操的针锋相对，绝非儒家观念所能概括的。两组人物在冲突中，各自代表不同的意识形态，不论是孙策、曹操对功名价值的追求或是于吉、左慈对此价值的否定，他们均代表了具充分意义的各自的意识形态：儒家与佛、道的意识形态。而且，作为冲突的结局，他们中一方的意识并未消融于另一方所代表的意识之中，这就更能说明，《演义》呈现的，不是单一的儒家伦理观念，而是儒、佛、道及其他意识形态之间的互动和对话，这些不同意识形态通过自己的代言人，在小说中各自发出不同声音，并在彼此相互对话中形成众声喧哗的场面。

四 大型对话与"复调"小说特征

思想的对话性体现在作品结构上，就是"大型对话"。① 此对话充分表现在长篇小说中，巴赫金称之为"复调小说"。② 巴赫金认为，陀思妥耶夫斯基的长篇小说，便是这类复调小说。他用了大量篇幅，讨论陀思妥耶夫斯基长篇小说中"复调"的基本特征。③ 然而，巴赫金将陀思妥耶夫斯基视为复调小说的首创者，④ 并认为复调小说只有在资本主义时代才能出现。⑤ 巴赫金这样的论点，是在将复调小说视作"一种全新的小说体裁"的语境或前提下提出的。我们今天用此视角讨论《演义》，其意并

---

① 《陀思妥耶夫斯基诗学问题》，《巴赫金全集》，第5卷，第56页。
② 同上书，第2—5、360—361页。
③ 同上。
④ 同上书，第5页。
⑤ 同上书，第24页。

非证明《演义》是一部巴赫金眼中那种"全新"意义上的复调小说，而是试图说明，《演义》在一定程度上，具有复调小说的上述特征。下面，将从围绕吴、蜀联盟议题而产生的"众声喧哗"以及蜀、吴、魏三个集团相互对话中的多义呈现两个方面，讨论《演义》中这样的特征。

（一）关于吴、蜀联盟的"众声喧哗"

复调小说的一大特征，在于它并不表现作者的统一意识，而是表现矛盾的、相互对话的思想。这一点，在《演义》中随处可见，因为小说充满了人物与人物之间、集团与集团之间的对话、呼应或交锋。对话的各方以各自的语言，表达着不同的观点。

《演义》卷九"诸葛亮舌战群儒"与"诸葛亮智激孙权"两则，开启了吴、蜀、魏三个集团的相互对话：曹操寄书予孙权，欲约孙权"猎于江夏，共伐刘备"。[①] 与此同时，诸葛亮代表刘备来访东吴，劝说孙权联蜀抗魏。所谓"诸葛亮舌战群儒"，围绕的主要议题是，东吴在魏、蜀冲突中所持何种立场，究竟该跟随曹操讨伐刘备，还是与刘备联手对抗曹操？孙权朝中诸臣，张昭等人主张降曹，鲁肃等人主张抗曹。这些不同的观点由不相融合的声音说出，在相互呼应中，进行思想的对峙与交锋。在此交锋中，出现了孔明、鲁肃、张昭及一帮东吴朝臣的多重声音。首先，张昭责备孔明以管仲、乐毅自许，为何刘备得孔明后，却"弃新野，走樊城，败当阳，奔夏口"，[②] 连吃败仗。孔明与张昭的对话焦点在于：何为能臣？张昭认为：能臣当胜，并以此讥讽孔明非能臣。孔明则以"胜负乃常事也，焉有必胜

① 《三国志通俗演义》，卷九，第36页。
② 同上书，第40页。

之理"① 的论点，来消解张昭的观点。其后，吴臣虞翻与孔明展开对话与交锋，其焦点在于：何为勇将？虞翻称蜀军兵败技穷，犹言不惧曹操，是"掩耳盗铃"；② 孔明则辩称蜀军虽弱，犹坚持抗曹；相比之下，东吴"兵精粮足，又有长江之险，犹欲使其主屈膝降贼，何其太懦也"。③ 此后，吴臣步骘与孔明的对话，其焦点乃在何为辩才。步骘讥讽孔明"效苏秦、张仪三寸不烂之舌，游说江东"，④ 孔明辩称苏秦、张仪乃豪杰之辈，并反唇相讥步骘等人"闻曹操虚发诈伪之词，犹豫不决"，⑤ 远不如苏秦、张仪。其后，吴臣薛综、陆绩、严峻、程秉等人相继诘问孔明，其辩论焦点分别在于：曹操何人？刘备何能？孔明治何经典？以及"君子之儒"与"小人之儒"之辩。这些论辩焦点，可被视为一个个次主题，围绕着大主题（即东吴在魏、蜀冲突中应持何种立场）而展开，并从不同角度服务于孔明与吴侯孙权的对话。顺从曹操，还是联蜀抗曹，两种立场和主张在"舌战群儒"与"智激孙权"两节中得到充分的展现。数重声音，相互对话，其间充满着疑惑、提问、反驳、倾听、震惊，各种形式的对话在东吴朝廷上融为一体，犹如巴赫金所称的"狂欢式"的空间。

　　与这场对话相关联的，是东吴朝臣中主战派与主降派之间思想与立场之间的交锋，此在卷九"诸葛亮智说周瑜"一则中有生动的叙述。朝廷文官张昭、顾雍、张纮、步骘等人对周瑜的劝说，代表了主降派的意识；东吴战将程普、黄盖、韩当等人也来见周瑜，陈述自己主战的立场。一时间，"武将有要战的，文官

---

① 《三国志通俗演义》，卷九，第 41 页。
② 同上书，第 42 页。
③ 同上。
④ 同上。
⑤ 同上书，第 42—43 页。

有要降的，纷纷议论不一"。① 人物之间的对话显示出思想意识间的交锋，各种不同的考虑和观点，在此间的人物对话中，形成众声喧哗的场面，此亦为"复调小说"之一大特征。孔明与吴臣的对话，体现了不同的观点、思想和语言的交锋，分别由几个不相融合的声音说出，并在每个声音里听起来都有不同。这些代表不同思想的、互相呼应和对立的声音，犹如复音音乐的对位旋律，以"不同的声音用不同的调子唱同一个题目"。② 这同一个题目，便是东吴在魏、蜀抗争中应持怎样的立场。另一方面，东吴朝廷内部降曹与联蜀的不同声音，在后面的小说叙述中此伏彼起，影响了三个政权的相互消长，并由此构成整部小说的大型对话。

孔明与东吴朝臣的对话充满激烈的交锋，一次又一次交锋虽然使得吴臣被唬住而不能对答，吴臣却并未因此而接受孔明的论点，这一点，亦说明对话的一个特征：对话的其中任何一方并未说服另一方，另一方并未因此而放弃自己的观点。尽管周瑜被孔明以《铜雀台赋》所激，决意主战，③ 孙权以剑斫奏案，压制主降声音，④ 东吴朝廷众臣主战与主降的不同意识之间的冲突，却并未因此而消解。这种不相融合的多种声音的对话，一直延续到小说后半部的叙述中，在卷十三"刘玄德平定益州"及卷十四"关云长单刀赴会"两则中，我们看到曾经被压抑的张昭等人的声音重新响起：当孙权得知刘备并吞了西川，遂依约向刘备索还荆州，却遭到刘备婉拒。于此之时，张昭等当时舌战孔明的吴臣，对刘蜀集团的挑战再度兴起。接着有鲁肃向孙权献计，导演了"单刀会"。孙吴与刘蜀两个集团之间虽有过短暂的联盟（如

---

① 《三国志通俗演义》，卷九，第53页。
② 《陀思妥耶夫斯基诗学问题》，《巴赫金全集》，第5卷，第58页。
③ 《三国志通俗演义》，卷九，第58—60页。
④ 同上书，第63页。

赤壁之战），却实为利益驱动。而且，双方当时维持的，是貌合神离的关系。直至后来，双方在索还荆州导火线上引发的互不兼容，导致两败俱伤。从东吴与西蜀两大集团之间开始于"诸葛亮舌战群儒"的两种意识之间的对话，直到最后，仍未达致其中一方消融于另一方的结局。孔明"舌战群儒"并未取得最后成功，东吴朝臣与刘蜀集团相对立的观念并未因为孔明的"舌战"而改变。这一点，亦如巴赫金所称之复调小说的特征。复调小说在结构上并不暗示读者应怎样看待作品，如何解释主题，而是把作品主题的种种解释，甚至是相互对立的观点，公开地摆在读者的面前，由读者自己去判断。①

　　一些学者认为，"赤壁之战"标志着吴蜀联盟、抗击曹操的成功。从小说的局部叙述而言，此论自有其道理。然而，若从小说整体叙述而言，"赤壁之战"仅仅是一暂时的过渡性插曲，从孔明"舌战群儒"、"智激孙权"开始的吴蜀联盟之战略建构开始，往后的过程中，两种或数种不同的声音此伏彼起，却始终没有止息。即便在孔明刚开始与东吴合作，酝酿"赤壁之战"之时，周瑜已经在算计刘备集团。首先，当周瑜初回东吴朝廷，从孔明口中得知，孔明已对吴侯孙权所虑了如指掌（即孙权担心曹操军力强盛，吴兵寡不敌众，因而其联蜀抗曹之主意未决），周瑜因此感受到孔明对自己和对东吴的威胁，遂表示"（孔明）久必为江东之患，不如杀之"。② 其后，他通过吴臣诸葛瑾，以骨肉亲情劝说弟弟孔明离弃刘备，归顺东吴，以此削弱刘备的力量。诸葛瑾劝说不成功，周瑜便再次发誓在心："吾必杀之。"③ 其后，当他安排孔明带兵往聚铁山断曹操粮道，试图以此借曹操

　　① 张杰：《复调小说的作者意识与对话关系》，中国社会科学院外国文学研究所编：《外国文学评论》1989 年第 4 期，第 43—44 页。

　　② 《三国志通俗演义》，卷九，第 64 页。

　　③ 同上书，第 67 页。

之手加害孔明，却被孔明识破之时，他亦表示："今日不除之，日后吾必被他算矣。"① 不仅如此，在三江口屯兵等待迎击曹操之时，周瑜还叫糜竺传话，约屯兵樊口的刘备来周瑜营中会面，并事先埋伏刀斧手，准备杀害刘备。② 其后，周瑜命令孔明"三日之内，要造十万只箭。如无箭数，按军法施行"。③ 其意亦在以此为借口，加害孔明。而当孔明作法七星坛，借来东南风时，周瑜再次表示："若欲留之，乃东吴之祸根，周瑜之大患也！必杀之，免生他日之忧。"④ 并派校尉丁奉、徐盛，带兵二路，水陆包抄，要"拿住诸葛亮，碎尸万段，将那颗头来请功"。⑤ 当孔明机智地逃脱周瑜的谋害时，周瑜"遂有和曹害刘之心"。⑥值得注意的是，此时才是火烧曹营战役正面打响的前夕，周瑜已有此意，可见东吴朝臣对于孔明吴蜀联盟战略大计的不同声音，并未止息。

另一方面，对于周瑜的谋害，孔明以"三气周瑜"作为回报，终将周瑜气死，这是紧接小说卷十赤壁大战之后，从卷十一开始的叙述，由此持续了两种不同思想与立场之间的对峙与交锋。"三气周瑜"均涉及吴、蜀双方对于领土的争夺。"一气周瑜"涉及夺取曹军占据的南郡、荆州、襄阳。当周瑜费尽心力与南郡守将曹仁大战之时，孔明已派赵云、张飞、关羽，轻而易举地分别夺取了此三处城池。⑦"二气周瑜"涉及吴、蜀争夺荆州。周瑜索讨荆州不成，便设计假允刘备娶孙权之妹，待刘备前往东吴，将他扣为人质，以换回荆州，结果假戏真做，东吴赔了

---

① 《三国志通俗演义》，卷九，第 70 页。
② 同上书，第 70—73 页。
③ 同上书，卷十，第 3 页。
④ 同上书，第 41 页。
⑤ 同上。
⑥ 同上书，第 44 页。
⑦ 同上书，卷十一，第 1—14 页。

夫人又折兵。"三气周瑜"亦为双方争夺荆州。周瑜出兵，假称收取西川，实为夺回荆州。此"假途灭虢"之计被孔明识破。由此可见，吴、蜀双方围绕联合抗曹战略的不同意图之间的相互交锋，从始至终没有中断过。

周瑜对孔明的不满与加害，绝不能仅仅看作两个个人之间心胸与肚量的较量，而应将之置于吴、蜀两个集团之间相互对话的语境下来考察。周瑜与孔明的相互智斗，其背后都是基于吴、蜀两个集团利益之间的冲突。这样的冲突，体现出吴蜀相和或是吴蜀相争这两种不同意识之间的对话。这场对话涵盖了小说的主要叙事部分，因此我们将之称作具有结构性意义的大型对话。

这场大型对话以孔明提出"三分天下"的"隆中对策"为起因，开始于孔明"舌战群儒"、"智激孙权"、"智说周瑜"，吴、蜀双方达致貌合神离的短暂的"联合"，继之以表现为吴、蜀双方争夺荆州等地的对峙与冲突，终结于东吴杀害关羽，夺回荆州，刘备举兵伐吴，吴、蜀自相残杀，北方魏晋集团"渔翁得利"，相继灭掉西蜀与东吴，"鼎足三分"构架消解。在此过程中，不同集团人物的语言不相融合，并且对话式地相互对立。

《演义》之叙述，从字面上看，始于刘、关、张桃园三结义，终于晋灭吴。然而，围绕着魏、吴、蜀三个集团的相互关系展开的叙述，则为小说叙述的核心结构。从刘备"三顾茅庐"、孔明提出"三分天下"的"隆中对策"，① 到孔明"舌战群儒"、"智激孙权"、"智说周瑜"，联合东吴，"火烧赤壁"击退曹操，从而奠定"三分天下、鼎足而立"的政治构架，再到关羽死于东吴手中，刘备举兵伐吴，吴、蜀反目为仇，西蜀与东吴相继为晋所灭，达致"鼎足三分"构架的消解，此"对话"的"未完

---

① 叙述人于小说卷八"定三分亮出茅庐"一则中已明言："这一席话，乃孔明未出茅庐，已知三分天下。"见《三国志通俗演义》，卷八，第35页。

成性"又一次得到证实。这样的结构虽然不一定能涵盖"隆中对策"之前的叙述，却可将此前的叙述部分视为"鼎足三分"构架形成的前因或语境。

从"隆中对策"孔明提出"三分天下、鼎足而立"的战略计划，到后面"三国归晋"、"鼎足"消解，历史的真实演变作如是说，是一回事。可是，选择这样的角度来叙述历史，则可见作者的用心。当初乘乱世而兴起的三个集团，最终谁也没有战胜谁，"三国相争"的结局，并不是三者中任何一方所期待的局面。"三国归晋"的历史结局嘲讽了鼎足三方当初各自立下的野心，也颠覆了三者中任何一方预设的政治蓝图。小说于开始部分，叙述三者都试图统一天下，却在后面的叙述中，一步一步地解构了三者的宏图构想。这就是《三国志通俗演义》中深具结构性意义的大型对话。

（二）"仁"、"术"、"智"的多义呈现及其相互对话

魏、吴、蜀三个集团种种不同的君臣关系，是《演义》叙述中极为着力的一个部分。小说在这些复杂关系的叙述中呈现出不同的意义，并让这些意义相互交织与相互指涉，从而构成小说大型对话的另一方面特色。本节拟就其中"仁"、"术"、"智"三种意义之相互对话作一讨论。由于学界对此议题已有论及，本节仅作一简要的补充性探讨。

首先，对于"仁"这一意义的呈现，是《演义》着力的一个焦点。作者对此意义的建构，较多地是通过对刘备集团的叙述来实现的。尽管本书第二章从解构批评的角度，论及《演义》于呈现刘备"仁慈"特征的同时，亦抹杀或消解了这一特征；然而，仅从建构角度而言，相较吴、魏二方，小说确实赋予刘备集团较多的"仁"之特征。显著的例子可见《演义》卷九"刘玄德败走江陵"一则，我们看到刘备被曹操率大军讨伐，逃离

樊城，沿途十余万百姓跟随，致使行军缓慢，遭曹操追兵逼近。孔明劝刘备离弃百姓，加快行军。刘备坚持不离不弃，百姓亦为之感动。① 这样的情节，并不见于小说对曹操集团或孙权集团的叙述。

另一个例子已为很多学者注意到，即是《演义》对"怒鞭督邮"事件的处理。在《三国志·先主传》的记载中，"怒鞭督邮"本是刘备所为："先主率其属从校尉邹靖讨黄巾贼有功，除安喜尉。督邮以公事到县，先主求谒，不通，直入缚督邮，杖二百，解绶系其颈着马柳，弃官亡命。"② 刘备怒鞭督邮一事到了《三国志平话》里，已被改写为张飞怒鞭督邮："张飞鞭督邮边胸，打了一百大棒，身死。"③ 罗贯中《演义》对这一事件的叙述，基本上引入了《三国志平话》的语言，设置了张飞怒鞭督邮而非刘备怒鞭督邮。不仅于此，《演义》还增加了这样的细节："玄德是仁慈的人，急喝张飞住手。"④ 罗贯中的书写策略是，将《三国志》中刘备怒鞭督邮改写为张飞怒鞭督邮，可避免刘备仁慈的形象受到抹黑；增加"玄德是仁慈的人"这一说明，亦旨在强调刘备的仁慈，由此我们亦看到罗贯中的书写意图。当《三国志》的叙述与罗贯中的书写意图发生冲突时，罗贯中可以将陈寿的叙述压制下去，将历史"变形"，让它符合自己意识形态的需要。

其次，《演义》对"术"这一意义的呈现，则是较多地通过曹操集团的叙述来实现的。所谓"术"，这里指的是"术治"，乃战国时法家的一种主张，由申不害提出，为韩非所发展。这是

---

① 叙述人于小说卷八"定三分亮出茅庐"一则中已明言："这一席话，乃孔明未出茅庐，已知三分天下。"见《三国志通俗演义》，卷九，第3—6页。

② 《三国志》，卷三十二，第872页。

③ 《三国志评话》卷上，第14页。

④ 《三国志通俗演义》，卷一，第25页。

君主管理群臣的统治术，如《韩非子·定法》所称："术者，因任而授官，循名而责实，操杀生之柄，课群臣之能者也，此人主之所执也。"① 相对而言，《演义》对于曹操集团君臣关系的叙述，较侧重曹操如何善于以"术"治人，如何因任授官，循名责实。由于曹操善于以才用人，臣子亦竭诚为其所用。在本书第三章，我们曾列举曹操于官渡之战前，"跣足出迎"许攸，并采用许攸计策大败袁绍的事例，亦可说明曹操的善用贤能。在小说卷十五"庞德抬榇战关公"及"关云长水淹七军"两则中，我们看到曹操重用原马超属将庞德为征南都先锋，讨伐襄阳守将关羽，却不因马超此时为刘备"五虎上将"，而怀疑庞德有异心。对于曹操的信任，庞德终以宁死不降关羽作为回报。②

再次，《演义》对于"智"的意义，则通过三个集团的相互智斗呈现出来。这样的"智斗"在小说里多有所见。较为突出的事件如小说卷九中的孔明舌战东吴群臣，智激孙权、周瑜，卷十一、十二的孔明"三气周瑜"，卷十八的"七擒孟获"，以及卷十九至二十一孔明"六出祁山"期间与司马懿的智斗，等等。同时值得注意的是，小说用了较多的笔墨来显示：滥用智谋却因小失大，是东吴集团的一大特征。首先，是孙坚私藏玉玺而惹祸丧命，③ 其后，是周瑜以聪明才智自负，一再算计刘备集团（包括前已论及的数次企图谋害孔明与刘备），其结果却被孔明"三气"而亡，等等。所有这些叙述都显示出"三分天下"的政治角逐中，智慧的巨大能量及其局限。

在魏、吴、蜀三个集团的相互争斗中，我们常常看到上述"仁"、"术"、"智"多种意义的相互交织，并在交织中产生相互

---

① （清）王先慎集解、钟哲点校：《韩非子集解》，北京：中华书局1998年版，卷十七，第397页。

② 《三国志通俗演义》，卷十五，第50—63页。

③ 同上书，卷二，第8—28页。

间的对话，由此形成多元意义的"众声喧哗"。一如巴赫金所言："长篇小说通过杂语把思想真正地合奏出来，"①《演义》正是让这些不同的思想交互呈现，从而构成小说在寓意方面的多义性与歧义性。这些多义性与歧义性恰好说明，《演义》文本的结构并非单独的存在，而是多重意义彼此互动地存在。

以上我们从两方面讨论了围绕吴、蜀、魏关系而展开的不同意识之间的对话、对峙与交锋，此为《演义》中大型对话的主要话语。如果换一角度，我们还能看到小说整体叙述中透露出的"入世"与"出世"两种不同意义。"三国归晋"之结局，不仅体现出传统文人"历史循环"的观念，而且还通过三个集团的兴与亡，指涉了"无中生有，有归于无"的观念，从而使整个大叙述又笼罩着佛、道色彩。这也是佛、道意识形态与儒家意识形态之间的对话，前面关于于吉与孙策、左慈与曹操对话的讨论，亦可帮助说明这一对话特征。《演义》中各种人物的说话声音并不是由一个统一的旋律来支配，即不是由作者的统一意识来控制的。小说中主人公亦并非在表现作者的统一意识。作者并非为表达自己的某一思想来设置情节、刻画人物性格、揭示人物命运，而是有意识地表现有同等价值的各种独立的意识形态。这一点，亦符合巴赫金所言"复调"小说之特征。另一方面，如前所述，《演义》中有关肯定功名与否定功名之不同意识间的对话，其结局亦符合复调小说所具有的根本上的不可完成性。

五　叙述人的立场与小说人物对话的客观性

如前所论，既然《演义》具有"复调"小说"多声部"的特征，是诸种不同意识之间的多方面对话，那么，小说中各种人

---

① 《长篇小说的话语》，《巴赫金全集》，第3卷，第160页。

物的说话声音不可能都与小说叙述人的声音相一致。小说人物并非在表现叙述人的一贯性立场，叙述人亦并非为表达自己的某一思想来设置情节、人物与事件。因此，作为作者的代言者，叙述人的意识便与作品中人物的意识之间产生距离。由于这样的距离，叙述人与小说中的人物之间就存在着对话关系。这种对话关系的前提与特征之一是，叙述人所持的意识及立场，与作品中人物的意识及立场并不相同，就如巴赫金所言，作品人物的意识"不是作者本人的思想立场的表现"，而是"另一个人的意识，即他人的意识；可同时它却并不对象化……不变成作者意识的单纯客体"。① 例如于吉与孙策、左慈与曹操，每个人都拥有各自的思想和立场，有着自己对生活的一套看法。其讲述自己与议论他人的声音，与叙述人平起平坐。叙述人有时作为对话的参与者介入其中，表达自己不同于这些作品人物的看法，并与这些人物各自的看法相互对话，形成不同思想与议论"众声喧哗"的局面。有时候，叙述人甚至隐退，让这些人物出面呈现各自的看法。对于于吉与孙策、左慈与曹操这两组人物，叙述人并不明显地表现出自己的立场和倾向，亦未通过设置谁消解谁的结局，来表明自己的立场与倾向。这样的处理，有效地强化了小说人物之间对话的客观性。

　　小说作为叙事性文体，其叙述方式主要由四部分构成：场景（即故事的时空环境）、概述（即小说人物的行为过程）、评论、描写。其中场景与概述均是对人物行动的模仿，评论通常表现为叙述人于文中插入的评论、解释、诗词等。从四者间的关系看，《演义》是以场景与概述为主，评论和描写服从场景与概述。其中的评论与描写，多用诗词、赞论，且多从前人作品引用而来。然而，恰恰在很多这样的评论与描写中，直接或委婉地表现出叙

---

　　① 《陀思妥耶夫斯基诗学问题》，《巴赫金全集》，第5卷，第5页。

述人及其背后的作者对于所叙人物及事件的立场和态度，我们因此能从其中发现叙述人及其作者的思想意识。当叙述人引入他人评语时，不管转述得多么准确，意义上总要发生一定变化，这一点，是由《演义》本身的语境所决定的。

无可否认，《演义》的叙述人通过小说中的某些评论，表现出他对某一人物或事件的倾向性。例如《演义》卷二"王允授计诛董卓"一则，在叙述董卓被义子吕布杀害后，叙述人连续引述署名"史官"、"邵康节"的四首诗、一首论、一首赞来评论董卓被诛。这些评语表现出的立场是一致的，均视董卓为一负面角色，其被诛戮是"天意无私曲"、"造恶终须报"。① 叙述人于此引述后，并未加入任何自己的评语，由此显示出他用这些引述的评语，表达出自己对于董卓之死的立场与看法。可是另一方面，叙述人在对于整个"说三分"这段历史的理解上，却表现出不同于小说人物的意识。当小说中的人物与人物之间展开对话与交锋时，叙述人尽量保持旁观者的角色，不轻易参与小说人物间的对话。叙述人及其背后的作者所扮演的角色，是"对话的组织者和参加者"，其"并不保留作出最后结论的权利"，② 从而使人物与人物之间的意识呈现保持了客观性质。另一方面，在某些人物对话的关键处，或是人物逝世时，叙述人常常引入他人的诗词论赞，对小说人物进行评论或描写。这些评论与描写，往往代表着叙述人及其作者对于人物及事件的看法。这些看法，则与小说中人物的看法有着明显的不同，从而拉开了叙述人及其作者与小说人物在意识呈现上的距离。下面将从《演义》中微型与大型两类对话中，择其要例，予以论证。

---

① 《三国志通俗演义》，卷二，第51页。
② 《陀思妥耶夫斯基诗学问题》，《巴赫金全集》，第5卷，第96页。

（一）"轻佻果躁，陨身致败"

在本文前面讨论于吉与孙策对话部分，曾提及小说试图说明孙策死因，是妄发怒气所致。这种说明其实是来自叙述人（及其背后的作者）的立场与观点，此立场观点与前面所论孙策与左慈所代表的意识是不同的。首先，在孙策与于吉对话之初，叙述人便告诉我们："孙策为人，平生性如烈火。"① 由此已向读者暗示，对于后面发生的孙策、于吉对峙的关注点，在于人物性格与人物命运的关联。往后，在叙述孙策与于吉冲突之过程中，叙述人不断地由此关注点出发，凸显孙策的"怒"。在这段叙述中，叙述人至少七次用了"怒"、"大怒"这样的词，来描述孙策的行为。② 而在这场冲突以于吉被杀、孙策为于吉精魂作祟致死而告终时，叙述人又用如下对孙策的评论，来结束这场对话："英气杰济，猛锐冠世；览奇取异，志陵中夏。然皆轻佻果躁，陨身致败。"③ 在孙策与于吉的对话中，孙策坚持的观念是恢复"君臣之礼"，于吉坚持的观念是"焚香讲道"，而叙述人坚持的观念则是"轻佻果躁，陨身致败"。"轻佻果躁，陨身致败"之评所蕴涵的人物性格决定人物命运的寓意，就是叙述人在这场对话中所持有的立场与意识。我们从中看到，三者所关注的焦点各自独立，三者所代表的意识，亦不为对面任何一方所融合，所消解。

（二）"眇一目、跛一足"

同孙策与于吉的对话相比，在左慈与曹操对话的过程中，叙述人的意识则表现得较为隐晦，因为他从始至终几乎退隐在人物

---

① 《三国志通俗演义》，卷六，第54页。
② 同上书，第55—61页。
③ 同上书，第63页。

背后，仅由人物的相互作用来构成作品的叙述。其间叙述人所扮演的角色，更多的是对话的组织者而非参加者。然而，其中关于左慈形象的建构，仍能使我们窥探到叙述人及其作者对于这场对话持有的立场与意识。左慈的形象被描述为"眇一目、跛一足、白藤冠、青懒衣、穿木履"，[①] 这样的描述既不见于《后汉书》、《三国志》、《搜神记》，又不见于《三国志平话》。所谓"眇一目、跛一足"，从外貌上予人残缺不全之印象。可是如前所论，他却能够超越真与假、虚与实的界限，亦能超越时间与空间、生与死的界限。一个外貌残缺的人，有着"深不可测"的智慧与法术。换言之，一个"深不可测"的智者，被赋予残缺不全的肢体，或是蓬头垢面的外貌，这在传统中国小说中并不少见，[②] 其源或可追溯至《庄子·德充符》关于"形缺神全"的寓言。[③]《演义》作者以此方式来建构人物形象，亦旨在强调表象与实质不相一致之含义。叙述人及其作者所持的这一意识，显然不同于曹操与左慈在对话中持有的意识，因为曹操看重的，是功成名就之观念；左慈则强调功名的虚无性与不确定性，并由此否定功名的价值。

表象与实质不相一致的例子，还见于《演义》对庞统的叙述。我们在作品卷十二"耒阳张飞荐凤雏"一则中看到，东吴周瑜被孔明气死后，鲁肃向孙权举荐庞统。可是，孙权以貌取人，"见其人浓眉厥鼻，面黑短髯，形容古怪，权便不喜"，[④] 终于不用庞统。在孙权与庞统的对话中，庞统自负其才，孙权嫌其

① 《三国志通俗演义》，卷十四，第49页。
② 例如《红楼梦》中对一僧一道的描述："那僧则癞头跣脚，那道则跛足蓬头，疯疯癫癫。"见《红楼梦》，台北：文渊出版社1959年版，第1回，第11页。按"跌"疑"跣"之误。人民文学出版社据程伟元乾隆壬子活字本整理的《红楼梦》，亦作"跣"。见该书（北京：人民文学出版社1964年版），第6页。
③ 详见郭庆藩集释《庄子集释》，第187—222页。
④ 《三国志通俗演义》，卷十二，第25页。

相貌丑陋，小说叙述人对此的看法，则通过引用署名"宋贤"
的一首诗表达出来：

> 君臣道合是前缘，不遇教人意惨然。
> 堪叹凤雏何命薄，功名未遂丧西川。①

叙述人很惋惜孙权居然以貌取人，与庞统没有君臣遇合的缘分，
否则，庞统或许能为孙权大作贡献，而不至于后来命丧西川。在
这里我们看到，叙述人对于这种以貌取人而导致君臣不遇的感
慨，是不同于孙权、庞统当时的想法的。

（三）"悔向辕门射戟时"

　　叙述人与小说人物在意识上保持距离或与之不同的情况，在
《演义》的其他卷则中仍然可见。在《演义》卷四"吕奉先辕门
射戟"一则中我们看到，袁术派大将纪灵进攻驻扎在小沛的刘
备。刘备当时"粮寡兵微"，②难以抵抗，遂向吕布求援。吕布
不想得罪袁术与刘备任何一方，遂邀双方赴席，从中调解。当双
方争执不休时，吕布以辕门射戟为约，阻止两家纷争。当他射戟
成功，纪灵表示"将军之言，不敢不听"，③刘备因此拜谢吕布
助他于危难之中，吕布亦实现其作为调解人的意愿。小说于此段
叙事后，引述史官及诗人四首诗来表达叙述人及其作者对于此事
的看法。首先，四首引诗均赞扬了吕布所为。其次，第三首诗中
有"早知大耳全无信，悔向辕门射戟时"④一联。此联中上句所
言，显然嘲讽了刘备后来于白门楼上对吕布的出卖，下句则以一

---

① 《三国志通俗演义》，卷十二，第 25 页。
② 同上书，卷四，第 2 页。
③ 同上书，第 7 页。
④ 同上书，第 6 页。

"悔"字，显示出叙述人及其作者对吕布此时仗义救刘备、后来却被刘备出卖以致被害一事的惋惜与感叹。显而易见，这是叙述人及其作者在"辕门射戟"这一事件上，表现出不同于小说中人物的看法。这一看法与纪灵、刘备与吕布当时看法相互作用，由此形成一对话关系。在此对话中，我们看到了纪灵（及其所代表的袁术）的错失良机，刘备的虚伪，吕布的短视与浅见，以及叙述人的惋惜与感叹。

（四）"谁似忠心映日红"

《演义》中叙述人与小说人物的意识保持距离，并由此显示出自己不同于小说人物的观念，其较为突出的例子，还可见于叙述人对君臣关系的看法。叙述人对此种种君臣关系发表意见，显示出他对此种关系的关注。因为在叙述人及其作者看来，君臣关系的怎样维持，直接与其政治集团的命运攸关，此为在《演义》整个叙述过程中，不断涉及的一个重要主题。

在《演义》中我们常常看到这样的叙述：某个集团在某场战役中打了败仗，往往是人主事前没有接纳臣属的建议所致。小说叙述人往往在此场合中，发表自己对于人物和事件的评论。在小说卷四"吕布败走下邳城"与"白门曹操斩吕布"二则中，我们看到吕布误中陈珪、陈登父子计，丢了徐州，败走下邳城中。曹操乘势率兵攻打下邳。吕布手下臣子陈宫向吕布建议："今操兵方来，可乘寨栅未定，以逸击劳。"[1] 吕布非但不听，反而欲杀陈宫。此后，陈宫再次建议吕布，趁曹操粮草未到，及早击之。吕布却受妻妾左右，不肯出兵。叙述人详细叙述这样的事件，旨在说明，吕布之所以失败被杀，是由于他拒绝了陈宫的一次次谏言。在吕布与陈宫双双被曹操杀害时，叙述人连续用了两

---

[1] 《三国志通俗演义》，卷四，第59页。

首诗，表达自己对此事的看法：

> 亚父忠言逢霸主，子胥刳目遇夫差。
> 白门楼下公台死，至令今人发叹嗟。

> 不识游鱼不识龙，要诛玄德拒曹公。
> 虽然背却苍天意，谁似忠心映日红？①

以上两首诗中，前一首诗将陈宫比作历史上的两个忠臣：西楚霸王项羽的属臣范增，吴王夫差的臣子伍子胥。项羽当年不听范增于鸿门宴杀掉刘邦的劝告，后来遂被刘邦所灭；夫差不听伍子胥乘胜灭除越国的谏言，后来遂被越国所灭。两个历史典故用在此处，显示出叙述人对于陈宫的赞赏之情。至于后一首诗，在赞颂陈宫"忠心"的同时，表达出叙述人对陈宫"不识人"的感叹。

叙述人的看法还见于小说卷十三"曹操兴兵下江南"一则。我们在此则中看到，曹操属下长史董昭建议封曹操为魏公，加以"九锡"，遭侍中荀彧反对。曹操因此记恨荀彧，逼之服毒而亡。叙述人对于荀彧之死，表现出极大的同情。他用了署名"史官"的两篇赞辞及一篇论辞，来赞赏荀彧之死是"杀身以成仁"，②感叹"忠心怀恨死，天下尽悲哀"，③并在论辞中进一步发挥了他对君臣关系的看法。他认为像荀彧那样的臣子，其"措言立策"是为了"崇明王略，以急国艰"，"诚仁为己任，期纾民于仓卒也"。④在小说卷十二"庞统献策取西川"一则中我们还看

---

① 《三国志通俗演义》，卷四，第 70 页。按陈宫，字公台。见《三国志》卷七，第 229 页，注①。
② 同上书，卷十三，第 13 页。
③ 同上书，第 12 页。
④ 同上。

到，益州牧刘璋请刘备派兵入川，帮助剿灭张鲁。其属下从事王累以绳索倒吊于城门之上，以死相谏。叙述人对王累死谏的看法用了一首诗表达出来：

> 自古忠臣多丧亡，堪嗟王累谏刘璋。
> 城门倒吊披肝胆，身死犹存姓字香。①

很显然，叙述人在赞扬王累"身死犹存"的同时，抒发了自己对"自古忠臣多丧亡"的感叹。惋惜之情，溢于言表。像这样的叙述人对于种种君臣关系的评论，在小说中多处可见，亦最能见出叙述人及其作者对此种关系的见解与立场。他们通过吕布与陈宫、曹操与荀彧、刘璋与王累的叙述表明了自己的观点：为人之主者若不采纳臣属的谏议，将会招致失败。

（五）"三顾频烦"与"两朝开济"

以上所论的几个事例，代表了小说中围绕君臣关系这一主题展开的一个又一个微型对话，以及叙述人对此微型对话所持的不同于小说人物的思想和立场。与之相关联，并且相呼应的，是小说围绕此主题所进行的大型对话，这就是刘备与诸葛亮之间的对话。关于刘备与诸葛亮之间的互动关系，在细节上早已为学者所注意到，这里不再赘述，而仅就其整体言之。刘备"三顾茅庐"请出诸葛亮，对之委以重任，寄予厚望。作为回报，诸葛亮辅佐刘备父子两朝，鞠躬尽瘁，死而后已。《演义》所引杜甫《蜀相》一诗，曾对此事有精练的概括："三顾频烦天下计，两朝开济老臣心。"从刘备"三顾频烦"到诸葛亮"两朝开济"，成为小说叙述的一个核心部分，也是君臣关

---

① 《三国志通俗演义》，卷十二，第86页。

系主题叙述之核心部分。"三顾频烦"重在强调刘备作为"明君"的特征，"两朝开济"则在强调诸葛亮作为"贤臣"的特征。在刘备"三顾频烦"与诸葛亮"两朝开济"之间构成的大型对话中，读者所看到的，是叙述人及其身后的作者，对于"明君贤臣"之理想的提倡。刘备与诸葛亮在此一主题叙述中，似乎被叙述人及其作者作为"明君贤臣"的典范来予以建构的。由于此一叙述涵盖了小说叙事的主要部分，我们将之称作大型对话。刘备与诸葛亮之大型对话又与前面所述吕布与陈宫、曹操与荀彧之微型对话相互呼应，由此构成两者间的对话关系。从这些大型对话与微型对话的相互呼应、相互指涉中，我们进一步看到叙述人及其作者对于君臣关系的认知和立场。小说关于刘备与诸葛亮相互信任、相互器重的叙述，从正面显示出叙述人及其作者对于"明君贤臣"政治理想的肯定；小说对于吕布与陈宫、曹操与荀彧、刘璋与王累之关系的叙述，则从反面强化了此一政治理想的重要性。

（六）"曹操虽奸雄，又被玄德瞒过"

　　叙述人通过与小说中的人物事件保持距离，来构成他与小说人物的对话，并且显示出他的价值观与小说人物的价值观之间的差异。这样的例子还见于《演义》卷五"青梅煮酒论英雄"一则。我们在其中看到曹操邀刘备饮酒品梅，其间论及如今谁人堪称英雄。曹操对刘备言："方今天下，惟使君与操耳。"惊得刘备"手中匙箸尽落于地"。曹操问刘备"为何失箸"，刘备借口"自幼惧雷声"所致，以此瞒过曹操，躲避了一场杀身之祸。[①]在这场对话中，刘备庆幸自己急中生智，以"韬晦之计"避开

---

　　① 《三国志通俗演义》，第5卷，第5—6页。

了曹操对自己的加害。曹操果真视刘备"为无用之人"。[①] 作为第三者的小说叙述人，对此事则有如此评论："曹操虽奸雄，又被玄德瞒过。"[②] 这句评语表明了叙述人对曹操与刘备此场对话的洞察：他一方面指出刘备此时所言，实为谎言；另一方面又感叹曹操虽为奸雄，却被刘备欺骗。叙述人对于刘备谎言的揭露，既不同于曹操此时对刘备的认知；他对曹操为假象所蒙蔽的感叹，亦有别于刘备此时的庆幸心理。由此，我们再次看到，叙述人对于事件的叙述立场与意识，与小说人物的意识有着明显区别。

"青梅煮酒论英雄"这一事件，对于小说"三分天下"的整体结构深具意义，因为这场对话实为"三分天下"的开始。紧接此场对话之后，刘备便借口截击袁术，离开曹操，从此开始了与曹操的正面抗衡，以及魏、吴、蜀三个集团"鼎足而立"的政治局面。这一事件，与小说卷二十二"司马懿谋杀曹爽"一则叙司马懿装疯卖傻，瞒过曹爽派来"探病"的李胜之事件相互呼应。司马懿紧接此"探病"之后，发动"浮桥之变"，杀了曹爽兄弟，夺回朝中要权，从而开启了"三国归晋"的统一进程。从"青梅煮酒论英雄"到"司马懿谋杀曹爽"，两个事件以前"分"后"合"相互呼应的方式，建构了《演义》"说三分"的核心叙事结构。

（七）"天数茫茫"与"三分成梦"

叙述人与小说人物表现各自不同的意识，以及这些意识相互间构成对话，此种情况在小说末回结尾处犹显突出。作者在此用了一首古风，首先概述整个故事由"三分天下"到"三

---

① 《三国志通俗演义》，卷五，第 6 页。
② 同上。

国归晋"的过程，然后用了末句两联，表达了他对于此段故事
的看法：

> 纷纷世事无穷尽，天数茫茫不可逃；
> 鼎足三分已成梦，一统乾坤归晋朝。①

此四句中，首句显示出叙述人对于所叙人事纠纷的感慨万千。他
虽然在整首古风中回顾了从刘邦开创汉家基业，直至司马氏统一
天下这段历史，却似乎又难以解释这段"纷纷世事"背后的种
种复杂动因。将"世事"的纷乱难以解释，与"天数"的茫茫
不可知组合在一起，显示出叙述人及其作者对于此段历史的关
注，以及对之无法理解而产生的历史焦虑感。叙述人及其作者试
图通过对历史的叙述，达致其对历史的认知与理解，可是到叙述
的结束，却仍未能确信自己真的达到了这种认知与理解。"不可
逃"一词的引入，将叙述人及其作者对于魏、吴、蜀"逐鹿中
原"的努力及其价值进行了颠覆与解构。当他不能理解这些人
为的"角逐"为何消融于"三国归晋"，便对此"角逐"的作
用及意义发生怀疑。在小说人物与事件的叙述中，我们不断看到
刘备、孙权、曹操等人对于"建功立业"的追求、对于"天数"
的抗衡；可是站在叙述人的立场上看，这些追求与抗衡相对于
"天数"而言，则显得渺小而毫无意义。后两句中，叙述人用一
"梦"字，进一步消解了"逐鹿中原"的价值和意义，表达他从
对历史认知的缺乏信心而产生焦虑，演化成对历史认知的虚无
感。"鼎足三分"是难以解释的"纷纷世事"，可是"一统乾坤
归晋朝"，却又显得那样地轻而易举。所有这些沧桑之变，在叙
述人及其作者看来，似乎是难以言说清楚的，尽管他们试图通过

---

① 《三国志通俗演义》，卷二十四，第73页。

叙述来言说之。

叙述人于古风中表现出对于"三分天下"、"逐鹿中原"的立场与意识,既与小说中三个集团领袖的立场与思想保持了明显距离,又与这些小说人物在观念上形成一有意义的对话。从小说人物的对话中我们看到,刘蜀集团曾致力于联合东吴,对抗曹魏,却因荆州之争,与东吴关系破裂而导致失败;东吴曾与刘蜀联盟抗曹,却在曹魏的挑拨离间中,与刘蜀集团反目为仇;曹魏恃其强盛,在吴、蜀分裂之时,先后灭掉蜀、吴,可是内部因司马氏夺权,为晋取代。三个政治集团领袖人物均想吞并另外两方,统一中国;而叙述人则对这些小说人物回应道:你们所有的政治企图,都会堕入"空""茫"!叙述人及其作者与小说人物之间这样的对话,为小说的意义不可避免地带上了一种双重性:一方面张扬了儒家"经世治国"之价值观,另一方面又凸显了这种"经世治国"本身就是一个乱世的标志。作品一方面叙述了众人的建功立业,另一方面又强调了这种功业之虚幻或虚无。然而,从《演义》的整体叙述来看,它并不暗示读者应该怎样看待这部小说,应该如何解释小说的主题,而是把这部作品主题的种种解释,甚至是相互对立的观点,公开地摆在读者的面前,由读者自己去判断,这一点,亦是复调小说的重要特征。①

作为本章的结论,从孙策与于吉、左慈与曹操的冲突中,我们看到《演义》所呈现的不同意识,在相互对峙和对话中,造就了《演义》多元化的意义呈现。围绕吴、蜀联盟的"众声喧哗"所构成的大型对话,使我们看到《演义》具有"复调"小说之特征。不同意识之间的互不相融或互不消解对方,有效地促

① 张杰:《复调小说的作者意识与对话关系》,中国社会科学院外国文学研究所编《外国文学评论》1989 年第 4 期,第 43—44 页。

成《演义》的开放式叙述结构。叙述人及其作者的意识与作品人物意识之间保持的距离及差异性，更为《演义》多重意义的呈现，提供了更为丰富的内涵。

第五章

读者反应批评：毛氏父子对
《三国志通俗演义》文本意义的建构

    现在，我们将讨论集中到毛纶、毛宗岗父子对于《演义》的评点上来，"把分析的注意力从作为客体的作品转移到作品所引起的反应，以及作品所产生的经验上去"。[①]《演义》的作品效果在很大程度上，取决于毛氏父子的改编及评语。他们对作品广泛而又深入的阐释，为《演义》的流传和影响起到很大作用。目前诸种版本中，唯毛氏评点本最为通行、最受读者重视，这一事实恰是有力的证明。

    一如本书首章介绍的那样，读者反应批评论者认为，对于文本的解释并不是要逐字逐句去分析释义，相反，解释作为一种艺术，意味着重新去构建意义。[②] 生活于明末清初的毛纶（生卒年不详）、毛宗岗（1632—?）父子也是如此，他们对于《演义》的评点，在在体现出他们对于《演义》之意义的建构。毛氏父子既是《三国志通俗演义》的改编者，又是其评论者。作为这样一种特殊身份的读者，他们怎样在个人的改编与评点过程中，与小说文本进行互动与交流？又怎

---

    ① ［美］斯坦利·费什著、文楚安译：《读者反应批评：理论与实践》，第170页。

    ② 同上书，第52页。

样阅读《演义》文本？这种阅读的效益何在？它对此后《演义》的意义诠释发生过怎样的影响？这些都是我们有兴趣讨论的问题。

《演义》作为"讲史"一类小说，叙述的人物与事件，具有时间先后顺序和连贯式特征。然而，毛氏父子对《演义》的阅读与理解过程，却并非只是按其线性的方式进行，也非一次性完成。在他们的视野里，《演义》文本的意义并不仅仅是由前向后的句子成分所组成。毛氏父子本人的文学鉴赏与批评能力，使得他们愈是往后阅读，就愈发将后面的叙述与前面读过的部分进行相互呼应与关联，并在此基础上，建构出《演义》文本的整体意义。这种整体意义的建构，是由他们所具有的各种生活经验与价值观念（包括社会的、伦理道德的），以及他们的文学批评能力所控制和组织的。因此，他们对于《演义》意义的建构，完全打破了《演义》文本原有的字面顺序，而是按照他们的阅读与理解，呈现出的一套意义系统。《演义》文本原有叙述的时间顺序被打破，代之以具空间性质的意义建构。这种意义的建构，不可能像客观论者和还原论者主张的那样，完全回到《演义》文本的原始状态。就此意义而言，《演义》的意义存在于毛氏的头脑中。

毛氏父子建构的这一套意义系统，主要呈现在置于小说文本之前的《读三国志法》，以及后面各章回中的回评与夹批中。究其两者关系，《读三国志法》当在回评与夹批的基础上总结而出。本部分讨论，主要以毛氏所著《读三国志法》，以及散见于各回中的回评与夹批为对象，从中看到毛氏建构出来的《演义》文本的意义。

开始此一讨论之前，简要介绍一下本章讨论所用毛评《演义》之版本情况。从罗贯中原作《三国志通俗演义》开始广泛流传，到毛氏父子据之改编成书的《三国演义》，其间的版本流传及其相互关系,学界已有很多讨论。① 本书讨论所依据的明代"嘉靖本"［即卷首附有"庸愚子"弘治甲寅年（1494）所作序文,及"修髯子"嘉靖元年（1522）所作引言的二十四卷刻本《三国志通俗演义》］,是迄今所见最早版本。然而,日本学者中川谕推测,其后出现的"周曰校本"［万历十九年（1591）十二卷本《新刻校正古本大字音释三国志传通俗演义》]、"吴观明本"（《李卓吾先生批评三国志》一百二十回）,以及"余象斗本"（福建建安二十卷本《三国志传》）,当与"嘉靖本"出自同一祖本,甚至可能比"嘉靖本"更接近原作。② 清代康熙年间,有醉畊堂刻本《四大奇书第一种》问世,据称是现存最早的毛评《三国演义》刻本。全书分六十卷一百二十回,卷首有署名"李渔"作于康熙己未年十二月之序文。康熙己未乃康熙十八年（1679）,据此知其书刻于康熙年间。而且,此本卷五十四首页版心、卷五十五首页版心等处,镌有"醉畊堂"三字,是知为醉畊堂刻本。此本今为北京国家图书馆善本书室所藏。③本章讨论所用毛氏评本《三国演义》,将以此本为据。

毛氏评本不但为《演义》提供了大量回评与夹批,而且对罗贯中原本作了多处增删和修改,这一点,毛氏在其评改本《凡例》中,作有十点说明,可谓详尽。④ 然而,关于毛氏父子于《三国演义》改编及评点方面各自所起的作用,目前难以完

---

① 参见陈翔华《毛宗岗的生平与〈三国志演义〉:毛评本的金圣叹序问题》、金文京:《〈三国志演义〉版本试探——以建安诸本为中心》、［日］上田望:《〈三国志演义〉版本试论——关于通俗小说版本演变的考察》、［日］中川谕:《〈三国志演义〉版本研究——毛宗岗的成书过程》,诸文载于周兆新编《三国演义丛考》,第1—127 页。

② ［日］中川谕:《〈三国志演义〉版本研究——毛宗岗的成书过程》,《三国演义丛考》,第103—125 页。

③ 陈翔华:《毛宗岗的生平与〈三国志演义〉:毛评本的金圣叹序问题》,《三国演义丛考》,第14 页。

④ 《古本三国志·四大奇书第一种》,第1—3 页。

全理清。首先，康熙五年（1666）刊行的毛纶评点本《琵琶记》，其中毛纶所作《总论》称，他曾对《通俗三国志》作过"校正"及"条分节解"的工作，并在"每卷之前，又各缀以总评数段"。至于其子毛宗岗所为，《总论》提及"儿辈亦得参附末论，共（其）赞其成"，①是知毛氏父子二人皆参与过本书之改评，并有各自的分工。然而，毛宗岗参附的"末论"究竟涉及哪些部分，我们并不清楚。其次，毛纶于《总论》中指出，其完成《通俗三国志》改评后，本"将取以付梓，不意忽遭背师之徒欲窃冒此书为己有，遂致刻书中阁"，此事发生于康熙五年刊行毛纶评点《琵琶记》（改名为《第七才字书》）之前。其后十余年，当毛评本《三国演义》刊行问世时，作为最后修订本，父与子又分别做了哪些改评工作，我们亦不得而知。再次，毛纶于康熙四年（1665）因病而双目失明，此后《琵琶记》（改名为《第七才字书》）之评点，亦由毛宗岗代为执笔。既然如此，毛宗岗是否亦参与过毛纶改评《通俗三国志》之"代笔"？在此"代笔"过程中，毛宗岗仅是"笔录"，还是加入了自己的修改意见？这也无法确证。因此，父子二人在《三国演义》改评过程中各自所作的贡献，难以截然划分。学界一般认为，毛纶是其首创者，毛宗岗是完成者，毛评本是二人合作的产物。②亦有学者将此简明地概括为："康熙初，毛纶校读罗贯中'原本'《通俗三国志》，每卷前各加总评，由其子宗岗'共赞其成'。这

---

① 高明撰、毛声山原评：《绣像第七才子书》，右文堂［雍正乙卯（1735）序］刻本，卷一，第34页。按"声山"乃毛纶表字。"共赞其成"句，右文堂本与经纶堂本《绣像第七才子书》均作"其赞其成"，疑为"共赞其成"之误。刘世德为醉耕堂本《三国志演义》新版重排本所写《前言》，所引此文亦作"共赞其成"，惟不详所引版本。见刘世德、郑铭点校《醉耕堂本四大奇书第一种三国志演义》，北京：中华书局1995年版，第34页。

② 参见刘世德为醉耕堂本《三国志演义》新版重排本所写《前言》，《醉耕堂本四大奇书第一种三国志演义》，第33—36页。

个父子合作的毛纶评本,因遭人'窃冒'而未行世。其后,毛
宗岗在此基础上,又加重新整理与修改成书。"① 有鉴于此,在
讨论毛评本时,我们概用"毛氏父子"或"毛氏"之称泛指毛
纶、毛宗岗二人的相关评语,而不区分何者为毛纶之语、何者为
毛宗岗之说。

一　《读三国志法》对《三国志通俗演义》意义的建构

阅读至少有两种,一种是仅仅求取知识的阅读,一种是带有
文学批评视野的阅读,毛氏父子对于《演义》的阅读属于后一
种。当一般读者醉心于《演义》"叙述了些什么"的时候,毛氏
则通过其《读三国志法》,指出了《演义》于叙述上的"总起总
结","六起六结","首尾大照应,中间大关锁",以及十四种叙
事之"妙"。② 所有这些评论关注的重点,乃在《演义》的书写
策略及叙述建构。然而,正是通过这样的解释,毛氏父子建构了
《演义》作为叙事文学作品的价值与意义。

所谓"总起总结",涉及毛氏父子对《演义》全书叙事之概
括:始于天下三分,终于三国归晋。本来,这也是罗贯中《演
义》文本的原有面貌。可是,当毛氏父子改编时,特别在卷首
与卷尾两处,增加了两段用叙述人口吻发出的议论,以此来强化
其对于《演义》叙述的总结。先是于第一回正文开端,毛评本
增加了这样的议论:"话说天下大势,分久必合,合久必分。"③
此处以"分"结句,引入了后面"天下三分"之叙述。然后于
第一百二十回结语处,毛评本加入"此所谓'天下大势,合久

---

① 陈翔华:《毛宗岗的生平与〈三国志演义〉:毛评本的金圣叹序问题》,《三
国演义丛考》,第 24 页,注⑮。

② 《读三国志法》,《古本三国志·四大奇书第一种》,第 8—24 页。

③ 《古本三国志·四大奇书第一种》,卷一,第 2 页。

必分，分久必合’者也”。① 这里用“合”结句，与首回以“分”结句相互呼应。这两处议论皆为罗贯中原本所无，毛氏通过这样的增加，强调了他对《演义》全书的“总起总结”。

所谓“六起六结”，若用今天的批评观视之，实为从历时与共时两个角度，概括《演义》的叙述结构。首先是历时的概括：毛氏从一百二十回繁杂众多的叙述单元中，提纲挈领地归纳出小说中的六项主题性叙述，包括“汉献帝叙述”、“西蜀叙述”、“刘、关、张叙述”、“诸葛亮叙述”、“曹魏叙述”、“孙吴叙述”。毛氏特别注意到，六项主题性叙述中，每一段叙述都很完整，都按照时间的纵向过程发展，有起始，亦有终结：

> 其叙献帝，则以董卓废立为一起，以曹丕篡夺为一结。其叙西蜀，则以成都称帝为一起，而以绵竹出降为一结。其叙刘、关、张三人，则以桃园结义为一起，而以白帝托孤为一结。其叙诸葛亮，则以三顾草庐为一起，而以六出祁山为一结。其叙魏国，则以黄初改元为一起，而以司马受禅为一结。其叙东吴，则以孙坚匿玺为一起，而以孙皓衔璧为一结。②

另一方面，此六项主题性叙述同时又是相互交织、相互关联。即使在起于最早的“汉献帝叙述”（即起于董卓废立，结于曹丕篡夺）中，就已含有其他五种主题性叙述；即使在终于最晚的“孙吴叙述”里，也同样蕴涵了其他五种叙述。正是这样的相辅相成及交互指涉，构成了六种叙述共时同生的横向关系。毛氏对《演义》作出这样的归纳，显示了他不同于一般读者的独到的批

---

① 《古本三国志·四大奇书第一种》，卷六十，第 36 页。
② 同上书，《读三国志法》，第 8 页。

评眼光。他将文学批评的视野,引入对小说的阅读中,因此能读出文本中六种叙述既各自独立又相互依存的结构关系。

在概括《演义》"总起总结"与"六起六结"整体结构的同时,毛氏还注意到这部一百二十回长篇小说于起始、中间及结语三处之间的相互照应关系。因此,毛氏提出·"《三国》一书,有首尾大照应,中间大关锁处"。① 在毛氏看来,这种卷首与卷尾之间的照应及其与卷中的关锁,主要表现在两方面。一是宦官专权,二是巫术祸国。所谓宦官专权,指的是首卷以"十常侍"专权为开端,中间用伏完托黄门寄书与孙亮察黄门盗密两件事来关合前后,末卷又以蜀后主刘禅宠信宦官黄皓、吴主孙皓宠信中常侍岑昏为结束;所谓巫术祸国,指的是首卷以黄巾妖术为起始,中间用李傕喜女巫、张鲁用左道来关合前后,末卷再以刘禅误信师婆、孙皓误信术士作结局。在毛氏看来,小说在首尾两处设置这样性质相同的人物与事件,便构成了叙述的前后呼应。它既有助于实现《演义》叙述的完整,又增强了作品结构的紧凑性与一致性。至于在作品中间设置性质相似的人物、事件来与卷首、卷尾前后两处相关合,毛氏认为,《演义》若不作这样的设置,"则不成章法"。②

对于《演义》较为微观的叙述结构、叙述方式及其特征,毛氏从作品中归纳出十四种叙事之"妙",显示了他从多种角度对文本的切入及分析。这十四种叙事之"妙",很多是毛氏借用对自然现象或音乐绘画的描述来作比喻的。由于毛氏解释每种叙事之"妙"时,从《演义》文本中广引例证,这里仅择其主要论点,予以分析说明:

1. 追本穷源之妙:③ 毛氏认为,《演义》虽叙"天下三分"

---

① 《古本三国志·四大奇书第一种》,《读三国志法》,第 23 页。
② 同上。
③ 同上书,第 8 页。

这段历史故事，其卷首却从此前时期的东汉桓、灵二帝叙起，例如"桓帝禁锢善类，崇信宦官"，[①]灵帝时期，宦官曹节等"十常侍"专权，"以致天下人心思乱，盗贼蜂起"。[②]毛氏认为这种"追本穷源"的叙述方式，使得《演义》在叙述"天下三分"历史故事之前，先为读者提供了关于"天下三分"祸起原因的解释。

2. 巧收幻结之妙：[③]此评涉及对《演义》故事结局安排的肯定。毛氏认为，《演义》若以蜀灭魏作为小说结局，则符合读者的阅读期待；若以魏灭蜀为结局，则会引起读者心中大不平；至于东吴，亦与魏同为汉贼，也不能安排其统一天下。因此，《演义》安排"三国归晋"的结局，虽然出乎读者意料，却不违反读者情理，可收到"幻既出人意外，巧复在人意中"[④]之效果。

3. 以宾衬主之妙：[⑤]此一论点显示，毛氏试图从《演义》里众多的人物或事件中整理出他们相互之间的关系。毛氏首先运用对应式的美学观念，将各种人物与事件按其相似性或相异性进行分类，然后按照人物或事件在小说中扮演的不同角色，来确定人物或事件的性质何者为"主"何者为"宾"，最后，再用"以宾衬主"的观点，将这些人物与事件相互关联起来。例如，他将刘、关、张结义三兄弟与黄巾三兄弟（张角、张宝、张梁）联系起来，认为小说"将叙桃园兄弟三人，先叙黄巾兄弟三人。桃园其主也，黄巾其宾也"。[⑥]毛氏还将诸葛亮与司马徽、崔州平等人相关联，认为小说叙述"刘备将遇诸葛亮而先遇司马徽、

①　《古本三国志·四大奇书第一种》，《读三国志法》，卷一，第3页。
②　同上书，第4页。
③　同上书，《读三国志法》，第9页。
④　同上书，《读三国志法》，第10页。
⑤　同上。
⑥　同上。

崔州平、石广元、孟公威等诸人。诸葛亮其主也，司马徽诸人其宾也"。[①]

同样的模拟与主次划分亦适用于对事件与事件相互关联的认识上。毛氏特别列举了许田打围一事，认为"将叙曹操射鹿，先叙玄德射兔。鹿其主也，兔其宾也";[②]"赤壁鏖兵，将叙孔明借风，先叙孔明借箭。风其主也，箭其宾也"。[③] 用今日的眼光看，毛氏对人物与事件作这样的划分与关联，实已涉及小说之叙述结构，因为小说的结构，通常通过人物之间的结构关系呈现出来。对小说人物与事件作这样的解析，显示出毛氏对于《演义》中纷繁复杂的人物与事件的关系，有一个条分缕析的把握，同时亦对小说的人物结构，有深一层的理解。

4. 同树异枝、同枝异叶、同叶异花、同花异果之妙:[④] 毛氏注意到，《演义》常常叙述很多相似的人物与相似的事件，可是却有本领写得互不重复。譬如"纪宫掖"，前后叙及太后、皇后、贵妃、夫人等至少十余人;叙权臣，先后不下十人;叙兄弟不睦，前后不下三对;叙婚姻之事，重要者亦不下五次。所有这些人物与事件的叙述都各有特色，互不雷同。毛氏将此种叙法称作"犯之而后必避之"，并用"同树异枝、同枝异叶、同叶异花、同花异果"来比喻其相互间的关联。这一评语，使我们联想到金圣叹评《水浒》时，赞扬作者善用"正犯法"与"略犯法"，[⑤] 两者极有相似处。

5. 星移斗转、雨覆风翻之妙:[⑥] 这是借用自然现象之变异来

---

① 《古本三国志·四大奇书第一种》，《读三国志法》，第 10 页。
② 同上书，《读三国志法》，第 11 页。
③ 同上。
④ 同上书，《读三国志法》，第 12 页。
⑤ 陈曦钟、宋祥瑞、鲁玉川辑校:《水浒传会评本》，北京:北京大学出版社 1998 年版，上册，第 21 页。
⑥ 《古本三国志·四大奇书第一种》，《读三国志法》，第 14 页。

比喻《演义》叙事情节上出人意料的变化。毛氏从《演义》中列举多达四十余个类似事例，其中第二、第三两回，叙"本是何进谋诛宦官，却弄出宦官杀何进"，[①] 又如第三回："本是吕布助丁原，却弄出吕布杀丁原。"[②] 事件的后来发展颠覆了人物及其读者早前对事件的预期，从而导致前后呼应上的出奇变化。毛氏认为，这样的叙述方式，印证了"世事之不可测"此一生活现实，也促成了《演义》行文之"幻"。

6. 横云断岭、横桥锁溪之妙：[③] 毛氏用此自然现象来比喻《演义》所用的连续性叙述与非连续性叙述两种方式。其中前一种方式，指的是《演义》采用连续数回不间断的方式，来完成某个叙述单元，例如关羽"五关斩将"、刘备"三顾茅庐"、孔明"七擒孟获"，等等；后一种方式则与前一种方式相反，采用非连续性方式来完成某个叙述单元，也就是说在此单元的叙述过程中，插入其他叙述单元，例如"三气周瑜"、"六出祁山"、"九伐中原"，等等。在毛氏看来，连续性叙述方式，适用于较为短小的叙事单元；非连续性叙述方式，则适用于较长的叙述单元。毛氏认为，《演义》的特色之一，在其善于将此两种方式灵活运用，使以上诸叙述单元呈现出各自不同的场面。

7. 将雪见霰、将雨闻雷之妙：[④] 按照毛氏的解释，这是指《演义》在叙述一段"正文"之前，先设置一段"闲文"作为导引，例如"将叙曹操濮阳之火，先写糜竺家中之火一段闲文以启之"；[⑤] 或者在叙述一段"大文"之前，先安排一段"小文"作为开端，例如"将叙赤壁纵火一段大文，先写博望、新

---

① 《古本三国志·四大奇书第一种》，《读三国志法》，第 14 页。
② 同上。
③ 同上书，《读三国志法》，第 16 页。
④ 同上。
⑤ 同上书，《读三国志法》，第 17 页。

野两段小文以启之"。① 在我们看来，这种所谓"正文"与"闲文"的关系、"大文"与"小文"的关系，在很多情况下，相似于毛氏前面提及之"以宾衬主"的关系，或可将两者合而观之。

8. 浪后波纹、雨后霹霖之妙:② 按照毛氏的解释:"凡文之奇者，文前必有先声，文后亦必有余势。"③ 对于这里所谓的"余势"，毛氏列举了"昭烈三顾草庐之后，又有刘琦三请诸葛一段文字以映带之"④ 作为说明。毛氏甚至认为，此为《演义》独有之叙法，其他书中所未有。⑤ 至于"先声"，毛氏虽未举例，我们可将"徐庶走马荐诸葛"与"司马徽两荐名士"视为刘备"三顾草庐"之前的先声。此与毛氏前面所言"以宾衬主"、"将雪见霰、将雨闻雷"之叙述方式可归为一类，皆涉及情节设计的技巧。

9. 寒冰破热、凉风扫尘之妙:⑥ 这里用"寒"与"热"两种不同的自然现象，来比喻舒缓与急骤两种不同节奏的叙述文字。毛氏认为，《演义》在叙述一段紧锣密鼓式的激烈冲突事件之后，往往接以一段舒缓的场景叙述，例如毛评本第三十四回叙刘备跃马过檀溪后，忽有水镜庄上遇司马徽一段文字。又如第八十四回，叙陆逊于夷陵大败刘备途中，忽有遇孔明岳父黄承彦一段文字。这种以舒缓叙述承续前面急促叙述的方法，被毛氏喻为"热"与"寒"的交替。

10. 笙箫夹鼓、琴瑟间钟之妙:⑦ 这是用音乐表演中不同乐器搭配使用的现象，来比喻《演义》在叙述一件事时，有时会

---

① 《古本三国志·四大奇书第一种》，《读三国志法》，第 17 页。

② 同上。

③ 同上。

④ 同上。

⑤ 同上。

⑥ 同上。

⑦ 同上书，《读三国志法》，第 18 页。

插入叙述另一件事。例如毛氏提及小说第四十八回，"正叙赤壁
鏖兵，忽有曹操欲取二乔一段文字"，① 又提及第五十四回，"正
叙昭烈争荆州，忽有孙权亲妹洞房花烛一段文字"。② 毛氏对于
自己能够发现《演义》的这一特征引以为豪，认为一般读者但
知《演义》叙龙争虎斗，却未必能够像他那样，"于干戈队里时
见红裙，旌旗影中常睹粉黛"。③ 毛氏的这一论点，揭示了《演
义》于叙事上丰富多彩的特点。

　　11. 隔年下种、先时伏着之妙：④ 此一描述被毛氏用来比喻
《演义》使用的伏笔。前面埋下伏笔，数回或数十回之后再续
之，如毛评本第一百零三回，叙孔明于上方谷放火，欲烧死司马
懿父子三人。无奈天降大雨，浇灭大火，司马氏父子得以逃脱。
孔明对此感叹道："谋事在人，成事在天，不可强也！"⑤ 毛氏指
出：孔明这种感叹，早在数十回前，已通过司马徽、崔州平之议
论表现出来。在毛评本第三十二回中我们看到，早在孔明出山
前，小说已曾叙及司马徽感叹"卧龙虽得其主，不得其时，惜
哉！"⑥ 此后，崔州平亦对欲请孔明出山的刘备说道："岂不闻
'顺天者逸，逆天者劳，''数之所在，理不得而夺之；命之所
定，人不得而强之'乎？"⑦ 《演义》于此时引入司马徽、崔州
平两段议论，实已预示了后面孔明与司马懿交锋时，遭受天意的
挫败。在毛氏看来，这便是《演义》使用的"伏笔"，或喻为
"隔年下种"。

---

①　《古本三国志·四大奇书第一种》，《读三国志法》，第 18 页。

②　同上。

③　同上书，《读三国志法》，第 19 页。

④　同上。

⑤　同上书，第一百零三回，第 12 页。

⑥　同上书，第三十七回，第 7 页。

⑦　《古本三国志·四大奇书第一种》，《读三国志法》，第 10 页。

12. 添丝补锦、移针匀绣之妙:① 毛氏对此比喻的解释是:"此篇所阙者补之于彼篇,上卷所多者匀之于下卷。"② 其上句所言,类似于我们今日所说"补叙";其下句所指,涉及前后叙述部分之间的平衡与呼应。这样的例子可见于毛评本第二十一回曹操邀刘备"煮酒论英雄",其间通过曹操的口述回忆,补叙去年征讨张绣途中,以"望梅止渴"激励将士之事。毛氏对《演义》中这样的补叙特色评价甚高,称之为"史家妙品",③ "不但使前文不沓拖,而亦使后文不寂寞;不但使前事无遗漏,而又使后事增渲染"。④

13. 近山浓抹、远树轻描之妙:⑤ 此说借用传统的绘画之法,来比喻《演义》对于人物事件叙述详略不同的处理方式。这种方式,毛氏有时亦称作"实写"与"虚写"。在毛氏看来,叙事同于作画,"于山与树之近者,则浓之重之;于山与树之远者,则轻之淡之"。⑥ 例如毛评本第八十四、第八十五两回,叙曹丕趁刘备兴兵伐吴之际,派遣曹仁、曹休、曹真分兵三路,暗击东吴,结果三路皆败。小说对此三路兵的叙述,作了详略不同的处理。其中仅正面叙述了曹仁兵败一事,而对曹真、曹休两军,则分别用探马的一句报告予以了结。至于他们如何与东吴交战及其兵败的情况,全然不予提及。这就是毛氏所言,详叙(或"实写")曹仁,略叙(或"虚写")曹真、曹休,以此省却笔墨,避免重复叙事。

14. 奇峰对插、锦屏对峙之妙:⑦ 毛氏用此语比喻《演义》

① 《古本三国志·四大奇书第一种》,《读三国志法》,第20页。
② 同上。
③ 同上。
④ 同上。
⑤ 同上书,《读三国志法》,第21页。
⑥ 同上。
⑦ 同上。

中不同人物与人物、事件与事件之间的对应式叙述，包括基于相似性质的类比式叙述，或基于相反性质的对比式叙述；近至同一卷中不同人物与事件之间的对应，远至相隔数十卷之不同人物或事件之间的对应。关于这类例子，毛氏列举了"议温明是董卓无君"与"杀丁原是吕布无父"① 此一类比式对应，以及"张飞则一味性急"与"何进则一味性慢"② 此一对比式对应来作说明。毛氏认为这些皆为一回之中自为对者，至于数回或数十回之间遥为对者，毛氏列举了关羽义释曹操与张飞义释严颜之类比式对应，以及孔明不杀孟获显示"仁者之宽"与司马懿必杀公孙渊显示"奸雄之刻"两件事的对比式对应，来加以说明。

　　若将上述"读法"作一归纳，则毛氏对于《演义》意义的建构，确实强化了《演义》作为叙事小说名著的价值与意义。首先，是对于作品叙述结构的提示。毛氏关于"总起总结"与"六起六结"之说，使我们看到小说叙述的整体结构形态，以及其中诸个次结构相互间的密切呼应关系。在对作品整体结构作出这种宏观把握的框架下，毛氏特别强调了《演义》中不同人物与不同事件之间的相互联系，此为小说结构之较为微观的一层。例如毛氏关于"奇峰对插、锦屏对峙之妙"的比喻，说明小说中很多人物与人物、事件与事件之间的叙述，具有相互对应的关系。这种对应关系有时表现为"以宾衬主"的特征，即对应双方之间可能具有的主次关系。与此同时，毛氏关于"同树异枝、同枝异叶、同叶异花、同花异果之妙"之比喻，则从另一角度说明，《演义》叙述众多相似人物与事件，却互不重复这一特点。

　　其次，如果说以上对《演义》结构不同层次的阐释，表现

---

① 《古本三国志·四大奇书第一种》，《读三国志法》，第22页。
② 同上书，《读三国志法》，第21—22页。

为空间的共时性特征，那么，毛氏对于《演义》叙述情节的说明，则带有时间的历时性特征。毛氏运用"星移斗转、雨覆风翻之妙"之比喻，强调《演义》于叙事情节上常有出人意料的变化；又用"横云断岭、横桥锁溪之妙"之喻，说明小说善于交错使用连续性叙述与非连续性叙述，来构成小说情节。毛氏还用"将雪见霰、将雨闻雷之妙"之比喻，形象地说明"闲文"与"正文"或"小文"与"大文"的前后相续关系；同时又以"浪后波纹、雨后霡霂之妙"作喻，指出小说叙述某一重要人物或事件之前有"先声"、其后有"余势"。对于小说开端与结束两部分叙述，毛氏也给予充分肯定。所谓"追本穷源之妙"，在于提醒读者注意，小说为"天下三分"提供了祸起之原因；所谓"巧收幻结之妙"，则肯定了小说结局设计上出人意料的效果。

再次，对于《演义》叙述的节奏，毛氏亦予以关注。他们用"寒冰破热、凉风扫尘之妙"，比喻小说中交错出现的舒缓与急骤两种不同的叙述文字；又用"近山浓抹、远树轻描之妙"，比喻小说叙述详略搭配得当或"实写"与"虚写"交错使用妥帖。

此外，当读者留心于《演义》讲史所遵循的依时顺叙时，毛氏特别提醒读者，要注意其中富于变化的时间性叙述笔法。毛氏用"笙箫夹鼓、琴瑟间钟之妙"，比喻《演义》叙述事件过程中对他事的插叙；用"添丝补锦、移针匀绣之妙"，比喻作品里的"补叙"；又用"隔年下种、先时伏着之妙"，比喻叙述中的伏笔。

总而言之，从小说的叙事结构、叙述情节、叙述节奏及叙述笔法诸方面，毛氏都提醒读者，《演义》是一部杰出的叙事作品。以上的"读法"，显示出毛氏能从阅读中，归纳出对于《演义》叙述及其意义的、相对完整的一套看法。从文学批评的角度看，毛氏对《演义》的阅读是对文本的重新建构，因而也是一种创造。这种重构与创造，超越了文本的字面结构，所呈现的意义，是毛氏阅读出来的意义；所作的描述，是对毛氏阅读的描述。正如前面所举之例，毛氏能从一般读者读到的龙争虎斗的叙述中，读出干戈队里的红裙、旌旗影的粉黛，这就是毛氏父子而非他人所读出的文本及其意义。如前所论，这种重构与创造，不可能像客观论者和还原论者主张的那样，完全回到《演义》文本的原始状态之中。

二　回评与夹批对《三国志通俗演义》人物与事件意义的延伸性建构

　　本章上一节讨论的《读三国志法》，代表了毛氏对于《演义》叙事价值及其意义的建构；现在讨论出现于小说各章回中的回评与夹批，因为它们体现出毛氏在对作品具体人物与事件的评点中，所建构的不同层面的意义。在《演义》中，这些回评被分别置于各回之前，夹批则散见于正文行文间。回评与夹批显示出毛氏对小说叙事的关注，主要表现在几个方面：怎样看待某个人物或某一件事，此人或此事的性质是怎样的，他们在文本结构中起到怎样的作用，或者他们与其他人物及事件的关联何在，等等。

　　众多的回评与夹批表明，毛氏对于《演义》中几乎每一个重要人物、每一项重要事件，均提出过自己的评论。通过这些评论，毛氏与《演义》之间构成互动与对话。在此互动与对话过程中，毛氏扮演着双重角色：一方面，他们作为专业性读者（即有文学鉴赏与批评能力的读者），用评点的方式将这场对话记录下来，以此显示出他们对文本叙述的接受程度；另一方面，他们又是转述文本意义的中介人或传播者，在《演义》与其他读者之间，起着桥梁与沟通作用。在这一方面，毛氏喋喋不休地、不厌其烦地对包括我们在内的众多读者进行着说教。

不可否认，在很多回评与夹批中，我们看到毛氏侧重于对《演义》叙述的故事作阐释性说明，或者用他们自己的语言来概括或归纳小说中的人物及事件。就其意义层面而言，这些评语仅限于对文本字面意义的复述，未能于此基础上作进一步的意义延伸，或者引申出新的意义。但是，在另外的一些评语中我们则看到，毛氏通过回评与夹批，对小说文本字面意义作了很大程度的意义延伸，并在此延伸中推出新的意义。

毛氏于评点中，常常在作品字面意义的基础上借题发挥，引申出他们对于人物或事件的看法。这些看法在性质上与小说字面意义相似，却又超越了小说的字面意义。其中关于曹操身边谋臣许攸的相关叙述，就可说明这一点。在毛评本第三十回，许攸本是袁绍身边谋士，因为受到袁绍误解和冷落，转而投靠故友曹操。在第三十二回，曹操采用许攸献计，用水攻夺得冀州城。在第三十三回，许攸居功自傲，被曹操手下武将许褚杀害。这些是《演义》字面叙述告诉读者的意义。可是，毛氏在第三十三回回评中，却对此事提出不同的看法。毛氏认为"杀许攸者，曹操也，非许褚也"。① 因为在毛氏看来，"许攸数侮曹操，操欲杀攸久矣。欲自杀之，而恐有杀故人、杀功臣之名，特假手于许褚耳"。② 毛氏所谓"许攸数侮曹操"，指的是第三十回许攸揭穿曹操军中有粮之谎言，并以此取笑曹操果然是"奸雄"；③ 第三十三回，曹操用许攸计夺下冀州，许攸曾"以鞭指城门而呼操曰：'阿瞒，汝不得我，安得入此门？'"④ 小说叙述中并未提及曹操

---

① 《古本三国志·四大奇书第一种》，卷十七，第三十三回，第2页。
② 同上。
③ 同上书，卷十五，第三十回，第27页。
④ 同上书，卷十七，第三十三回，第4页。

因此而感到不快，相反，曹操第一次听后"大喜"，因为许攸在揭穿曹操谎言后，马上提出了"使袁绍百万之众不战自破"的良策；第二次曹操听后，再次"大笑"，因为他用许攸之计，成功夺得冀州。后来许攸于冀州城东门遇许褚，对许褚说："汝等无我，安能出入此门乎？"许褚怒而杀之。① 从文本字面看，并无毛氏所谓"操欲杀攸久矣"、"特假手于许褚"的叙述，这是毛氏在上述文字中延伸出来的含义。事实上，毛氏这样的引申含义亦有一建构过程。当许攸投奔曹操，受到曹操礼遇时，毛氏便于夹批中指出："袁绍怒骂之，而曹操敬礼之，许攸安得不堕其术中耶？"② 这样的评语说明，毛氏认为曹操从一开始，便对许攸居心不良。当许攸于冀州城门呼喊"阿瞒，汝不得我，安得入此门"，曹操因此"大笑"时，毛氏夹批又指曹操"奸甚"。③ 而后许攸被许褚所杀时，毛氏夹批又特别指出："攸之当死，不在此时，早在呼'阿瞒'之时矣。"④ 毛氏就是这样，在夹批中一步一步地建构出曹操"杀"许攸的含义，并在此基础上，于回评中提出"杀许攸者，曹操也，非许褚也"的论点。这一意义的建构，在性质上并不违背《演义》关于"许攸被杀"一段的字面意义，然而，从"许褚杀许攸"引申出"曹操杀许攸"的含义，则是毛氏本人对于这段叙述的阐释。

毛氏这种意义延伸，应当是受到《演义》关于"祢衡之死"一段叙述的启发或影响。毛评本第二十三回，叙述祢衡面见曹操，历数曹操众臣之无能，后又当众裸衣，辱骂曹操。曹操未杀祢衡，是因为"此人素有虚名，远近所闻。今日杀之，天下必

---

① 《古本三国志·四大奇书第一种》，卷十七，第三十三回，第5页。

② 同上书，卷十五，第三十回，第27页。

③ 同上书，卷十七，第三十三回，第4页。

④ 同上书，第5页。

谓我不能容物"。① 曹操遂逼令祢衡出使荆州，招降刘表，企图
"借刘表手杀之"，② 刘表亦不想招"害贤之名"，③ 遂派祢衡去
江夏见黄祖，祢衡终为黄祖所杀。④ 毛氏据此于夹批中评道：
"此非黄祖杀之，而刘表杀之；亦非刘表杀之，而曹操杀之
也。"⑤ 毛氏这样的评点，符合《演义》的字面意义，因为曹操、
刘表均说过不杀祢衡的原因，均表示过"嫁祸于人"的企图。
可是《演义》关于许攸被杀的叙述中，却并无这样的文字。毛
氏参照祢衡被杀叙述中曹操的角色，以此类推，于是引申出许攸
被曹操所杀的含义。

　　作为读者，毛氏将其于阅读中发生的疑问，或预期其他读者
可能产生的疑问，在回评中予以提出，然后建构出他对此疑义的
解释。这无疑是对文本中含混不清之处的一种意义建构。例如毛
评本第四十三回，叙述孔明出山后初访东吴，劝说孙权联合刘
备，抗拒曹操百万大军。孔明对孙权说道："今将军诚能与豫州
协力同心，破曹军必矣。"⑥ 毛氏于此处夹批中评道："隐然以荆
州自处，而与吴、魏并列为三。"⑦ 在此回的回评中，毛氏以自
问自答方式对孔明说辞作了进一步解释。首先毛氏设问：

　　　　玄德客寓荆州，又值荡析，脱身南走，未有所归。孙权
　　据有江东，已历三世，而孔明说权之言曰："操军破，必北
　　还，则荆、吴之势强，鼎足之形成矣。"是以荆州自处，而

① 《古本三国志·四大奇书第一种》，卷十二，第二十三回，第 8 页。
② 同上书，第 11 页。
③ 同上书，第 10 页。
④ 同上书，第 11 页。
⑤ 同上。
⑥ 同上书，卷二十二，第四十三回，第 15 页。
⑦ 同上。

分画三国也，不几大言乎？①

此一设问，质疑孔明所言乃夸大其词，或不实之词。可是紧接其后，毛氏便对孔明"大言"作了合理化解释：

> 此固草庐之所以语先主者也。不但荆州未取，而早为其意中所有；即益州未夺，而亦预为其目中所无。且其时刘表虽亡，而刘璋、张鲁、马腾、韩遂尚在，观其"鼎足"一语，竟似未尝有此数人者，岂非英雄识见有所先定与？②

毛氏此评，意在说明孔明之"大言"其实并非"大言"，而是其先见之明。在这里我们看到，毛氏显然是通过其延伸性解释，来建构孔明"大言"的意义。

　　相似的例子还见于毛评本第四十四回：孔明借用曹操《铜雀台赋》中"揽二乔于东南兮，乐朝夕之与共"③ 二句激将周瑜，确立联刘抗曹决心。毛氏于此回回评中首先提出："或疑孔明'二乔'之说，乃《演义》妆点耳，非真有是言也。"④ 这里所质疑的是：曹操此二句的含义是否真如孔明所释？历史中的孔明于此时此地，是否真的如此转述或解释过这样两句？它是否仅为小说作者的虚构之笔，即毛氏所说的"妆点"？紧接其后，毛氏便为之辩解说，孔明"二乔之说"并非就是"《演义》妆点"：

---

① 《古本三国志·四大奇书第一种》，卷二十二，第四十三回，第2页。
② 同上。
③ 同上书，卷二十二，第四十四回，第25页。
④ 同上书，第18页。

然吾读杜少陵诗，有"东风不语①周郎便，铜雀春深锁二乔"之句。则使孔明不借风，周郎不纵火，将二乔之为二乔，其不等于张济之妻、袁熙之妇者几希矣。事既非曹操之所无，说何必非孔明之所有。②

上述杜牧诗句本可作这样的解释：假如没有曹操赤壁之败，东吴将为曹操所占有，包括孙策与周瑜的两位绝色夫人。若从这样的解释来看，杜牧这两句诗与《演义》中孔明"二乔之说"，两者间本无关系。可是，毛氏于回评中认为：曹操《铜雀台赋》两句含义是否真如孔明所说，或孔明当时是否真的作过如此解释，其实并不重要。他进一步用杜牧诗句借题发挥，认为曹操势力强大，既然能扫平张济、袁绍父子势力，将其妻、媳据为己有；③那么，东吴为曹操所灭，"二乔"归曹操所有，亦是大势所趋，鲜有例外。毛氏这一解释，既避免了直接确认孔明"二乔之说"此一特定事件的真实性，又通过强调曹操势力强大这一时人公认的普遍性事实，间接地肯定了孔明说法的合理性。在逻辑上，毛氏虽有偷换概念之嫌，却在承认曹操打败东吴之可能性上，符合当时的史实。这样对于孔明"二乔之说"意义的确认，亦代表了毛氏对于小说字面意义的延伸性解释。

再如毛评本第八十三回，毛氏于回评中为"关公显圣"叙述的辩解。在毛评本中，关羽死后，先后数次显圣。首先是七十七回叙关羽死后，其阴魂附着于吴将吕蒙身上，致使吕蒙大骂孙权"碧眼小儿，紫髯鼠辈"，然后"七窍流血而死"。④其后是

---

①　按："语"当为"与"之误。此诗为杜牧所作，非杜甫所作。

②　《古本三国志·四大奇书第一种》，卷二十二，第四十四回，第18—19页。

③　在毛评本第十六回，张济自关中引兵攻南阳，为流矢射中而死，曹操遂占有其妻邹氏。毛评本第三十三回，曹操抓获袁绍妻刘氏、次子袁熙妻甄氏，并将甄氏许配曹丕。

④　《古本三国志·四大奇书第一种》，卷三十九，第七十七回，第9页。

第八十三回，叙吴将潘璋于山庄投宿，撞见关兴。潘璋试图逃出山庄，却被关羽显灵，挡住出路。潘璋遂被关兴所杀。① 我们知道，吕蒙与潘璋皆与关羽被害有关。在第七十五回我们看到吕蒙诈托病危，率兵三万，白衣渡江，袭取了荆州，从而导致关羽败走麦城；在第七十七回我们亦看到，关羽、关平父子率兵逃离麦城，于临沮山道被潘璋俘获。② 因为这样的缘故，《演义》设置了"关羽显圣"的情节来惩罚二人，由此显示出作者对关羽被害的同情。这两段"显圣"情节显然是说书人或小说作者的虚构，也不见于《三国志》。可是毛氏在第八十三回回评中，却对此作了这样的解释：

> 关公显圣，不一而足，前文既追吕蒙，此卷又擒潘璋。或疑为《演义》妆点，未必其事之果然，而不知无庸疑也。即公之不没于今日，可以信其不没于当年。以为有关公，何处是关公；以为无关公，何处非关公？③

此段引文中，毛氏首先提及人们对"关公显圣"真实性的质疑，紧接着强调此事是不可质疑的。为什么呢？因为毛氏运用庄子相对主义的观点，认为在此问题上，并不存在"有"与"无"或真实与虚构的界限。既然没有这样的区分，那么对于"关公显圣"真实性的质疑，就变得没有意义。毛氏的设问与庄子式的解释，显然以间接的方式，肯定了小说里"关公显圣"的叙述及其意义。从假设质疑到解答质疑，这就是毛氏在《演义》文本叙述的基础上，对其字面意义所作的进一步发挥。

---

① 《古本三国志·四大奇书第一种》，卷四十二，第八十三回，第8页。
② 因此战功，孙权将关羽的青龙刀赐予潘璋。见《古本三国志·四大奇书第一种》，卷四十二，第八十三回，第4页。
③ 同上书，第1页。

毛氏对《演义》文本字面意义作新的意义延伸,在小说其他地方多有所见。除了上述例子外,还可见于毛评本第九回回评以自问自答方式,解释为何"吕布去后貂蝉竟不知下落";① 第十回回评解释马超如此英勇,为何不见于虎牢关;② 第十九回回评解释曹操为何要杀吕布;③ 第三十八回回评解释为何"孔明既云曹操不可与争锋,而又曰中原可图";④ 第一百零三回回评解释孔明禳星祝寿,是因为"武侯非为己请命,而为汉请命耳"⑤,等等,这些皆是毛氏对小说文本意义之延伸性阐释。通过这些延伸性的意义诠释,毛氏有效地建构了《演义》的意义。解释作为一种艺术,意味着重新去建构意义。通过这样的努力,在介绍给读者的"读法"及回评与夹批中,毛氏建构了一个被阅读的客体(故事人物与事件)和一个阅读的主体(拟真的读者)。毛氏这些评语,如同前面讨论的《读三国志法》那样,显示出毛氏父子在建构《演义》之意义方面,所作出的贡献。

三 毛氏父子的批评视野

《演义》的章回设置具有依时顺叙的特征,毛氏回评与夹批亦随章逐回地进行。然而,如果因此认为这些回评与夹批,是毛氏一次性线性思维的结果,那就大错特错了。从回评与夹批(特别是前者)内容中我们注意到,毛氏的评点常常表现出三个重要特征:其一,在评点某一人物与事件时,毛氏常常将此人此事与《演义》前面部分叙述的某人某事加以对应式关联,在此

① 《古本三国志·四大奇书第一种》,卷五,第九回,第2页。
② 同上书,卷五,第十回,第16页。
③ 同上书,卷十,第十九回,第2页。
④ 同上书,卷十九,第三十八回,第18页。
⑤ 同上书,卷五十二,第一百零三回,第3—4页。

联系基础上，揭示此类人物与事件叙述的意义；其二，在评点某一人物与事件时，毛氏往往将此人此事与其他文本中的人物与事件相联系，通过《演义》中此人此事与其他文本中相关人物和事件的对应与比较，来建构《演义》所叙人物及事件的意义。这些情况说明，毛氏在建构特定人物与事件的意义时，其眼光不断地指向前面出现过的种种人物与事件，或者指向《演义》之外其他文本中相关的人物与事件。这是一种横向的、空间性的思维方式与批评视野。在此视野中，毛氏将此处被评点的人物及事件与其他相关的人物与事件组合到一起，并在此基础上，重新评估和建构它们的意义。因此，这些建构起来的意义，既指涉了《演义》中特定的此人此事，同时，这一建构起来的意义又带有普遍性。在评点某一人物与事件时，毛氏常常超越就事论事的层面，其批评眼光建基于毛氏对整部小说的全盘理解。

（一）通过《演义》文本内相关人物事件的对应关联，建构特定人物与事件叙述之意义

在毛氏看来，《演义》叙述的众多人物与事件，都不是孤立的现象。此人此事与彼人彼事常常发生着某种关联。因此，此人此事叙述的意义，需要在与彼人彼事的相互关联与相互印证中来实现。这就是毛氏评点所致力的一项工作。

1. 关注人物与事件之对应与关联

毛氏回评之一大特征，是其论及某人某事时，常常将同一文本中其他相似或相反之事件相关联，进行彼此间的比较，并且通过将一个人物与另一个人物、一个事件与另一个事件联系起来，从中发现彼此间的对应关系，或相似性，或对比性。这种关联的揭示，在很多场合下，有效地强化了人物及事件叙述的意义。这种被建构或强化的意义，主要体现在两个方面：一是对《演义》叙述模式、叙述特征之揭示，二是对《演义》意识形态之建构。

然而在很多场合下，两者总是在相互交织中同时并呈的。

　　《演义》之叙述，始于东汉灵帝即位，止于三国归晋，历时百余年。其间涉及众多人物与事件。在毛氏看来，一方面，《演义》常常将人物与事件置于某种层面的对应关系上，从而使人物与事件具有某种程度的相互联系。正是这种联系，使得《演义》避免了叙述结构的松散。另一方面，《演义》叙述的众多人物与事件，其相互间虽有重复叙述之性质，可是又各具不同特色，毛氏将其称为"不相犯"。正是因为这样，毛氏于回评与夹批中，多次就此作出提示。

　　首先，在人物与事件相互间对应以及由此产生的关联方面，毛氏作了多次提示性评点。在毛评本第四十七回回评中，毛氏将东吴将领黄盖、阚泽二人诈降曹操，与此前一回曹操属将蔡和、蔡中诈降东吴一事相对应，并对两组"诈降"之异同作了比较，指出"一般是降，却有几样降法；一般是诈，却有几样诈法"。[①] 在同一回中论及庞统施连环计困住曹操战船时，毛氏又与小说前面第八回王允用貂蝉行连环计，离间董卓与吕布关系之事相对应与关联，认为王允所为，是"以貂蝉为环，只有一环"；庞统所为，是"以铁环为环，乃有无数连环"，是"前虚后实，前少后多"。[②] 在小说第五十五回，叙刘备娶孙权妹后，成功返回荆州，东吴"陪了夫人又折兵"。毛氏回评将此事与小说第十九回吕布困守下邳城，送女儿予袁术以换取救兵，却未能将女送出之事予以对应和比较，认为："吕布送女，送不过去，为撞着拉亲的曹老瞒；孙权追妹，追不转来，为遇着接亲的诸葛亮。袁术讨不成媳妇，止折了一个媒人；孙权杀不得妹夫，干赔了一个妹子。前后遥遥映射成趣。"[③] 在第一百一十五回回评中，毛氏还将司马

---

① 《古本三国志·四大奇书第一种》，卷二十四，第四十七回，第 2 页。
② 同上书，第 3 页。
③ 同上书，卷二十八，第五十五回，第 2—3 页。

昭入蜀前得西川地图一事，与前面刘备入蜀前得西川地图一事相提并论："先主将入西川，先见孔明画图一幅，又得张松画图一幅；司马昭将取西川，先见邓艾沓中画图一本，又得钟会全蜀画图一本。前后天然相对，若合符节，真奇文奇事。"① 西川向有"蜀道难，难于上青天"之称，"画图"的设置便因此显得重要。刘备得"画图"，标志西蜀建国的开始；司马昭得"画图"，则表示西蜀即将亡国。毛氏将这两件事予以并置，在结构上凸显了两者间的相互呼应。相似的回评还见于第一百一十八回："武侯初死，有杨仪、魏延互相上表一段文字；成都初亡，又有钟会、邓艾互相上表一段文字，遥遥相对。"② 这样的对应式比较，提示读者注意到，《演义》中的很多人物与事件，在叙述模式和特征上，多有着相互间的联系。

2. 于重复叙述中看到"不相犯"

在毛氏看来，由于具有对应关系，《演义》中许多看似重复叙述的人物与事件，其实在细节上并不重复，毛氏将之称为"不相犯"。这一概念，在金圣叹批评《水浒传》时，亦曾用到过。金圣叹用"正犯法"指称施耐庵叙述相似的话题，却有本领写得不重复。③

在《演义》第五十三回回评中，毛氏便将关羽义释黄忠一事，与前面第四十九回赵云不杀徐盛、后面第六十三回张飞义释严颜之事相对应，并指出三件事的叙述虽然相似，却并不重复：

> 此处有云长义释黄忠，后复有翼德义释严颜以对之；此处有黄忠射盔缨不射关公，前却有赵云射篷索不射徐盛以对

---

① 《古本三国志·四大奇书第一种》，卷五十八，第一百一十五回，第2页。
② 同上书，卷五十九，第一百一十八回，第16页。
③ 陈曦钟、宋祥瑞、鲁玉川辑校：《水浒传会评本》，上册，第21页。

之。然关公不杀黄忠,是不便杀,欲留待后杀;翼德不杀严颜,是竟不杀;赵云不杀徐盛,是本当杀姑不杀;黄忠不杀关公,是直不忍杀:四人各有一样肚肠,写来更不相犯。①

此段引文中,毛氏用所谓"各有一样肚肠",说明在同一个"义释"话题之下,三组事件各有特点。也正是由于各有特点,三组事件的叙述并"不相犯"。相似的评点可见于毛评本第八十六回。其回叙述东吴将领徐盛于广陵江边,用火攻之计,大败曹丕三十万大军。毛氏于此回回评中,将这一事件与此前第四十九回赤壁战中周瑜纵火大败曹操,以及第八十四回陆逊猇亭纵火大败刘备二事相互对应与联系。这三件事的叙述有十分相似之处:同是火攻取胜,亦同是东吴将领主其事,然而毛氏却能由此重复叙述中,指出三个事件"无分毫相犯",因为在毛氏看来,徐盛纵火与之前周瑜、陆逊纵火相比较,两者间至少有三点不同之处:

> 赤壁、猇亭之用火甚迟,南徐之用火甚速,其不同者一。曹操、先主之兵烧之而后退,曹丕之兵至于退而后烧;前两番则以火蹑其后,后一番则以火截其前,其不同者二。周郎之兵先小胜而后大胜,陆逊之兵先小败而后大胜,而徐盛则止是一胜,其不同者三。②

不仅如此,毛氏还进一指出,徐盛败曹丕,在其他方面也不同于周瑜败曹操和陆逊败刘备,例如:

> 程普不服周郎,韩当、周泰不服陆逊,是以老成轻量少

---

① 《古本三国志·四大奇书第一种》,卷二十七,第五十三回,第1—2页。
② 同上书,卷四十三,第八十六回,第21页。

年；孙韶不服徐盛，是以少年轻量老成，此则其同而不同者
也。曹操有连环之舟，先主有连营之屯，其连在敌；徐盛有
连城之势，其连在我，此又其同而不同者也。孔明以草为
人，用之大雾之中；徐盛以草为人，见之大雾之后。孔明以
石为兵，御陆逊于既胜；徐盛以木为城，惑曹丕于初来。其
仿佛处皆种种各别。①

这里所说的"其仿佛处皆种种各别"，表明毛氏对于《演义》重
复叙事而"不相犯"之叙述特征所持的正面与肯定的态度。这
种事件相似却"不相犯"的叙述特征在小说末回（第一百二十
回）回评中，得到总结性的强调。本回作为整部小说的结局，
叙述东吴降晋之事。毛氏回评作了这样的评论：

> 前卷晋之篡魏，与魏之篡汉，相对而成篇；此篇炎之取
> 吴，亦与昭之取蜀，相对而成篇。而前卷于不相似之中，偏
> 有特特相类者，见报应之不殊也；此卷于极相似之中，偏有
> 特特相反者，见事变之不一也。如邓艾之拒姜维，悉力攻
> 击；而羊祜之交陆抗，通好馈遗，则大异。钟会之忌邓艾，
> 彼此不合；而杜预之继羊祜，前后一心，则大异。伐蜀之
> 议，决诸终朝；而伐吴之议，迟之又久，则大异。平蜀之
> 役，二将不还；而平吴之役，全师皆返，则大异。"此间乐
> 不思蜀"之刘禅，以懦而称臣；而"设此座以待陛下"之
> 孙皓，以刚而屈首，则又大异。至于取蜀之难，难在事后：
> 邓艾专焉，钟会叛焉，姜维构焉，而邵悌忧之，刘实知之，
> 司马昭亦料之矣；取吴之难，难在事先：羊祜请焉，杜预劝
> 焉，王濬、张华又赞焉，而冯纨沮之，荀勖、贾充沮之，

---

① 《古本三国志·四大奇书第一种》，卷四十三，第八十六回，第21页。

王浑、胡奋亦欲缓之矣。比类而观，更无分寸雷同，丝毫合掌。①

首先，这段引文中所谓"前卷晋之篡魏"，指的是小说第一百一十九回司马炎受禅称晋帝。毛氏将"晋之篡魏"与"魏之篡汉"作对应式关联，由此凸显了两个事件之间的相互呼应关系，这就是毛氏所谓"相对而成篇"。凸显两件事"相对而成篇"的意义在于：它既强调了《演义》在叙述结构上的完整性，同时又在寓意上，表现出毛氏对于晋取代魏与魏取代汉两个历史政治事件之合法性的质疑与否定，因为在毛氏看来，两个事件都具有"篡"的性质。其次，毛氏将本回司马炎灭吴与第一百一十八回司马昭灭蜀两件事作对应，亦提醒读者注意，两个事件具有"相对而成篇"的关联。此一强调让读者看到，司马氏集团在"三国归晋"过程中，所扮演的至关重要的角色。可是，毛氏又特别强调："晋之篡魏"与"魏之篡汉"两个事件是互不相似之中，有"特特相类者"，也就是指其性质相类似，都是不合法的篡夺权位。另一方面，"炎之取吴"与"昭之取蜀"两件事则是"极相似之中，偏有特特相反者"。这种"特特相反"之处亦恰好说明《演义》中两个事件的叙述互不相犯。在引文的后面部分，毛氏将众多的人物与事件作了对应与比较。这些人物与事件之所以能被毛氏进行对应，是因为在毛氏看来，他们相互间有某些相似特征或可比性，此为对应之基础。然而，毛氏同时特别指出，所有这些对应的人与事，"比类而观，更无分寸雷同，丝毫合掌"。这就是毛氏从《演义》种种重复叙述中看到的"不相犯"。

---

① 《古本三国志·四大奇书第一种》，卷六十，第一百二十回，第 18 页。

3. 在揭示叙述模式中建构叙事意义

前面已经论及，毛氏在评点中运用对应式批评视野，强调了《演义》中人物与事件的相互关系，并从诸种人物与事件的重复叙述中，发现其不重复性。这里再来讨论毛氏如何在此基础上，揭示《演义》叙述中的种种意义。这一点，前面两部分虽有所涉及，却并未进一步展开讨论。事实上，毛氏常常提醒读者，《演义》中很多人物与事件并非仅仅停留在叙述模式或叙述特征的相互关联与对应上，而且还常常表现为他们在叙述意义方面的相互关联。因此，毛氏特别注意揭示那些既在叙述模式与特征上相互联系、又在意义上相互呼应的人物与事件。

首先，在对《演义》叙述中有关"真"与"假"、"虚"与"实"等意义的揭示方面，毛氏作了很多说明。前面提及的"诈降"即为一例。在毛评本第三十六回中我们还看到，曹操谋臣程昱模仿徐庶母亲笔迹，诈修家书；徐庶误信为真，遂离开刘备，回到许昌。毛氏于回评中，将此事与小说三十四回蔡瑁假托刘备名题反诗于墙，企图挑起刘表与刘备间的冲突这一事件联系起来，指出："蔡瑁假玄德之诗，而刘表疑之；程昱假徐母之书，而徐庶信之。"① 这两件事的关联在于，当事人均用以假乱真的手段，企图达到某种目的。毛氏或许看到这种相似性，遂将二事予以联系及对应。与此对应事件相似的另一例子还见于第四十五回回评："陈宫在路上拾得玄德与曹操书，妙在千真万真；蒋干在帐中拾得张、蔡与周瑜书，妙在疑真疑假。吕布见书，更无不信；曹操见书，初信后疑。陈宫所拾之书，并非曹操所作；蒋干所拾之书，却是周瑜所为。一样拾法，两样来历。前后又各各入妙。"② 围绕着书信与诗词往来之真与假、虚与实、疑与信

① 《古本三国志·四大奇书第一种》，卷十八，第三十六回，第16页。
② 同上书，卷二十三，第四十五回，第3页。

等种种事件，在《演义》中多有叙述，毛氏以对应式的批评方式，将它们相互联系在一起。

相似的事件还见于毛评本第七十五回。毛氏首先将关羽刮骨疗毒与吕蒙诈病两件事并置于同一回里，然后在回评中解释道："此卷方写关公有病而如无病，便即写吕蒙无病而诈有病；方写华佗医真病，便接写陆逊医假病。华佗知药箭之毒，而去其毒，是以药治药也；陆逊知吕蒙之假病，而又教之以托病，是以病医病也。"① 毛氏回评旨在提醒读者注意：在关羽的"真病"与吕蒙的"假病"之间，具有对比性的联系；华佗的"以药治药"与陆逊的"以病医病"之间，同样具有对应性关联。而在更宏观的层面上，华佗为关羽治疗"真病"又与陆逊教吕蒙伪装"假病"，两个事件之间又表现为相互间的对应。毛氏这一类回评，在小说里多有见到，其旨在强调：《演义》虽表现为众多人物与事件的叙述，他们之间对应式的交互指涉与关联，却使得这部小说结构既紧密，又完整。

毛氏对《演义》叙述中"真""假"意义的揭示，还表现在其于第一百一十六回回评中对"梦"的解释上。此回回目为《钟会分兵汉中道，武侯显圣定军山》，其中叙述魏将邓艾于夺取蜀都前"夜作一梦，梦见登高山，望汉中，忽于脚下迸出一泉，水势上涌"。护卫邵缓占之，称邓艾此行"必然克蜀，但可惜滞蹇不能还"。② 其后，魏将钟会夺取汉中途中，遇已逝的孔明显圣阻挡。钟会祭之，阻挡方除。其夜，孔明托梦钟会，嘱其"入境之后，万勿妄杀生灵"。③ 毛氏将此二事予以对应与关联，并在此基础上建构起他对小说"三分天下"整个叙述意义的认知："人但知艾与会之梦为梦，而不知艾之以梦告卜者亦梦也。

① 《古本三国志·四大奇书第一种》，卷三十八，第七十五回，第1—2页。
② 同上书，卷五十八，第一百一十六回，第16—17页。
③ 同上书，第22页。

会之祭武侯，与武侯之托梦于会亦梦也。不独两人之事业已成梦，即三分之割据皆成梦。先主、孙权、曹操皆梦中之人，西蜀、东吴、北魏尽梦中之境。谁是谁非，谁强谁弱，尽梦中之事。读《三国》者，读此卷述梦之文，凡三国以前、三国以后，总当作如是观。"① 这样的评语至少有两层意义：其一，邓艾所梦与邵缓占梦，孔明托梦与钟会祭武侯，在两组对应事件中，前者为梦而后者非梦，毛氏在回评里却消解了"梦"与"非梦"的区别；其二，由邓艾、钟会个别人物于特定时间、地点所作之梦，延伸至整部小说的"三分割据"的整个过程皆是一场梦；从个别事件延伸出一种普遍性的历史认知，从而对他人的阅读起到提示的作用，这是毛氏评点之一大特征，亦是其一种评点意图。这样的意义建构，在毛氏评点中多有所见。它向读者显示，在评点某一具体人物与事件时，毛氏常常超越就事论事的层面，其批评眼光建基于毛氏对整部小说的全盘理解。

　　其次，儒家关于君臣、父子、兄弟、夫妻之伦理道德观念，亦常常为小说人物与事件的对应与联系，提供了前提或基础。换言之，毛氏在将人物与事件对应和关联的过程中，亦建构起了诸种儒家的道德伦常观念。在毛评本第三十八回叙刘备三顾茅庐，孔明隆中献策时。毛氏于回评中指出："孔明为玄德画策，便有周瑜为孙权画策以配之；孙权为孙坚报仇，便有徐氏为孙翊报仇以配之。又玄德得贤相，孙权亦得良将；孔明欲图荆、益，甘宁亦请图荆、益。凡如此类皆天然成对。"② 此段引文，将刘备与孙权双方作联系与对应，刘备得孔明辅佐，好比孙权得周瑜辅佐；在将相辅佐君王这一意义的相似性上，两组人物被毛氏加以联系。另两组人物的对应关系在此处被提及：孙权为孙坚报仇一

---

① 《古本三国志·四大奇书第一种》，卷五十八，第一百一十六回，第 15 页。
② 同上书，卷十九，第三十八回，第 19 页。

事，是指黄祖曾遣将杀害孙权之父孙坚；本回叙及孙权起兵伐黄
祖，并于次回杀了黄祖。毛氏回评将此一事件与第三十八回徐氏
为夫报仇之事相对应：孙权弟孙翊被吴臣妫览、戴员杀害，其妻
徐氏亦设计杀死妫、戴二人。孙权所为，乃为父报仇；徐氏所
为，乃为夫报仇，两件事在意义上的相似性，是毛氏将之相提并
论的原因。在第三十六回回评中，毛氏将曹操不强留关羽一事，
与同回中刘备不强留徐庶之事相对应，指出曹操不强留关羽，是
为"全其兄弟之义"；刘备不强留徐庶，亦为"全其母子之
恩"。① 在第七十九回回评，叙曹操亡、曹丕继位，逼曹植七步
赋诗。毛氏将此事与刘、关、张结义兄弟作对应与对比："玄德
以异姓之兄，而痛悼其弟之亡；曹丕以同胞之兄，而急欲其弟之
死。"② 正是在这样的关联与对比中，毛氏表示了对两组兄弟关
系或褒或贬的道德倾向："一则痛义弟之死，而不顾其养子之
恩；一则欲亲弟之亡，而不顾其生母之爱。君子于此，有天伦之
感焉！"③ 这些事例说明，毛氏通过评点，不仅指出小说对两组
人物与事件在叙述模式的相似，而且揭示其叙述中蕴涵着道德意
义的联系，前者的兄弟之义与后者的母子之恩均为传统儒家之伦
理道德观念。毛氏显然意识到这样的意义关联，遂将二者作此对
应与比较。

（二）通过与其他文本相关人物与事件的对应关联，建构《演义》文本内人物事件叙述之意义

毛氏通过引用《演义》之外其他文本中的人物及事件，来
印证与建构《演义》人物及事件的意义。这种批评方式所基于
的假设前提是，将《演义》视作中国历史叙述传统与文化观念

---

① 《古本三国志·四大奇书第一种》，卷十八，第三十六回，第16页。
② 同上书，卷四十，第七十九回，第1页。
③ 同上。

之一部分，并且通过评点，将《演义》之叙述与此历史叙述传统与文化观念在交互指涉中融为一体，从而将《演义》叙述的意义强化为普遍性的意识形态。

相关例子可见于毛评本第六、第七回回评，毛氏于其中论及玉玺之得失与皇权之得失两者间的关系，旨在引出民心向背对于皇权的重要意义。此二回叙述董卓将京城从洛阳迁至长安后，孙坚率兵入洛阳，于建章殿井中得一传国玉玺。据说此玉玺代表皇权，先后由秦始皇、子婴、汉高祖、王莽等人拥有。孙坚私藏此玉玺，以图帝位。袁绍得知后强索玉玺，遭到孙坚拒绝；袁绍遂命荆州刺史刘表拦截孙坚，再索玉玺，亦未得逞。孙坚自恃玉玺欲称帝，却在第七回死于讨伐刘表的战事中。在对此事的回评中，毛氏历数上古三代以来史事，认为夏、商、周三代并无玉玺，其天子却能统治天下。秦始皇据位三十六年，虽有玉玺失而复得，可是玉玺却未能挽救他次年之亡。刘备、曹丕、孙权手中亦无玉玺，却先后称帝；孙坚藏匿玉玺，"反因得玺而死"。① 从这些持玉玺者亡、无玉玺者昌的不同历史事件的相互印证中，毛氏引申出他对此事的看法："噫嘻！皇帝不皇帝，岂在玉玺不玉玺哉？"② 在第十五回回评中，毛氏对此意义作了更加明确的发挥："玉玺得而孙坚亡，玉玺失而孙策霸。甚矣，玉玺之无关重轻也！成大业者，以收人才、结民心为宝，而玉玺不与焉。"③孙坚因藏匿玉玺而亡，本是《演义》叙述的一个个案，毛氏则在此个案基础上，历述古今帝王史事，并从中概括出一个具普遍性的意义：一个人能否做帝王，并不取决于其有无玉玺在手，而在于"收人才、结民心"。此一寓意，显然是毛氏在与《演义》之外其他文本相互对读、相互印证的基础上建构出来的。它既是

---

① 《古本三国志·四大奇书第一种》，卷四，第七回，第 1 页。
② 同上书，第 2 页。
③ 同上书，卷八，第十五回，第 1 页。

对于孙坚匿玺一段叙述意义的呈现，同时又是对古往今来帝王大业的一种普遍意义的认知。这种认知旨在强调，决定和成就帝王大业之根本原因在于人才与民心，而非玉玺。这是传统儒家倡导的"民本"观念。在第十七回回评中，毛氏再次强调了同样的观念:"民为邦本，故此卷之中，三致意云。"①

通过不同文本的印证与建构，将《演义》的意义强化为普遍性意识形态的例子，还见于毛评本第二十回:曹操挟持汉献帝田猎于许昌田野，并讨来献帝的宝雕弓、金鈚箭，射中鹿背。毛氏于此回回评中，将曹操射鹿与司马迁《史记·秦始皇本纪》所载"赵高指鹿为马"的叙述相提并论，指出"赵高以指鹿察左右之顺逆，曹操以射鹿验众心之从违"。②毛氏将曹操专权与历史上赵高专权对应起来，并由此对应中强调了传统中国社会关于"奸臣祸国"的普遍性文化观念。与之相对比的，是毛氏对于任用贤臣的强调，这一点特别表现在毛氏对孔明的评论上。在论及孔明时，毛氏常常将他与历史记载中的伊尹、吕望等贤臣相提并论，从而强调"贤臣治国"的寓意。在第八十五回回评里毛氏论道:"伊尹三聘，孔明三顾，孔明一伊尹也;吕望钓鱼，孔明观鱼，孔明一吕望也。"③关于伊尹的故事，《史记·殷本纪》提供了两种叙述，一说伊尹本是成汤妃有莘氏陪嫁的奴隶（媵臣），任庖厨，却能"以滋味说汤，至于王道";另一说称"伊尹本是处士，成汤派人聘迎之，五反然后肯往从汤"，④所谓"成汤三聘"之说，大概是后一种叙述的演变。吕望的故事引自《史记·齐太公世家》，言吕尚年老穷困时，垂钓于渭水之阳。周文王出猎遇之，相谈甚

---

① 《古本三国志·四大奇书第一种》，卷九，第十七回，第2页。
② 同上书，卷十，第二十回，第22页。
③ 同上书，卷四十三，第八十五回，第3页。
④ 《史记》，卷三，第94页。

欢，遂"载与俱归"，委以重任。① 伊尹与吕望二人在《史记》的叙述中，被建构成辅佐君王治理天下的贤臣。毛氏将孔明与此二人对应和联系起来，通过他们之间的相互指涉、相互呼应，来建构孔明作为贤臣的意义，同时也以此说明，孔明与伊尹、吕望形象所代表的意义与价值观，是一脉相承的。在小说第一百零四回回评中，毛氏还将孔明形象与管仲、乐毅、吕尚、文王、伊尹等历史中的贤臣对应与关联，指出"管仲尊周，有拨乱之风；乐毅存燕，有继绝之力。武侯自比管、乐，特以拨乱继绝之意自寓耳。而武侯之才与品，有非管、乐之所能及者；其用兵，则年小之子牙也；其辅主，则异姓之公旦也；至其出处大纲，又与伊尹最相仿佛"。②

以上的讨论说明，作为读者，毛氏自己也是当时社会和文化思想模式的产物，③ 他们在文本基础上重新建构起来的意义，亦带有其生活的那个时代的观念，带有其所处文化传统的意识形态特征。当毛氏将对《演义》中人物与事件意义的建构和其他文本交互指涉时，《演义》的人物或事件叙述中蕴涵的普遍性意义才得以彰显。这些意义涉及了社会的、道德伦理等方面的意识形态。在毛氏评点中，显示出他知道如何识别人物与事件的基本性质和特征，如何辨认小说的叙事模式及特征，如何从观察这些人物事件、叙事模式及特征出发，进而阐释小说的意义，而这些意义又如何带有普遍性。

值得指出的是，在征引他种文本来建构《演义》叙述意义之过程中，毛氏提及较多的，是《左传》与《史记》二书。这些征引与对应关联显示，毛氏一方面将《左传》与《史记》

---

① 《史记》，卷三十二，第 1478 页。

② 《古本三国志·四大奇书第一种》，卷五十二，第一百零四回，第 20 页。

③ 参见［美］斯坦利·费什著、文楚安译：《读者反应批评：理论与实践》，第 57 页。

作为评论《演义》的典范或标准，另一方面，毛氏认为《演义》在叙述模式的采用以及对叙述意义的呈现上，从《左传》、《史记》等书中受到很多启发。首先，毛氏认为《演义》的叙述笔法，多承袭自《左传》与《史记》。在小说第二十八回回评中，毛氏就指出，《演义》采用的详略有致的叙事笔法与《史记》的笔法相同："三面之事，不能并时同叙，故取其事之长者而备载焉，取其事之短者而简括焉。史迁笔法，往往如此。"① 在第六十四回回评中，毛氏指出《演义》所用"夹叙"手法是源自《左传》与《史记》："夫杨阜之与刘璋，风马牛不相及也，而寻原溯委，遂忽然夹叙陇西一段文字，却与五十九回之末遥遥相接。此等叙事，宜求之《左传》、《史记》之中。"② 在九十八回回评中，毛氏还将《演义》"叙一事而旁及他事"的叙事手法与《左传》、《史记》相提并论："每见左丘明叙一国，必旁及他国而事乃详。又见司马迁叙一事，必旁及他事而文乃曲。今观《三国演义》，不减左丘、司马之长。"③

不仅于此，在毛氏看来，《演义》在人物与事件的设置上，与《左传》、《史记》及其他早前文本中的叙述有相似之处，这也是毛氏将两者予以对应与关联的原因。我们在毛评本第三十回回评中看到，毛氏所列举《演义》的三个事件，均与《史记》作对应与比较。其一，袁绍与曹操相拒于官渡，曹操因乏粮而欲归，幸亏听从荀彧劝告未归，终于在官渡之战中大败袁绍。毛氏将此事与项羽和刘邦约割鸿沟以王，刘邦欲归，幸亏听从张良劝阻，终于消灭项羽的历史故事加以对应与关

---

① 《古本三国志·四大奇书第一种》，卷十四，第二十八回，第 19 页。
② 同上书，卷三十二，第六十四回，第 19 页。
③ 同上书，卷四十九，第九十八回，第 17 页。

联；① 其二，曹操披衣跣足迎许攸，毛氏将此事与刘邦踞床洗足见郦食其一事加以联系与比较；② 其三，许攸、张郃初事袁绍，却被袁绍驱之归曹操，毛氏将此事与韩信、陈平初事项羽，却被项羽驱之归刘邦之事加以类比。③ 在小说第三十四回回评，毛氏论及刘备过檀溪所乘之马时，特别联系到汉光武帝过滹沱之马，唐太宗过涧之马，金太祖渡混同江之马，宋高宗渡江之马等历史事件。④ 在第七十二回回评中毛氏亦指出："汉高之破项王，赖有彭越以扰其后；先主之破曹操，亦有马超以扰其后：前后殆如一辙也。"⑤ 在第八十回回评中毛氏还认为："吕雉王产、禄，而刘几化吕；武曌宠三思，而周几代唐。若曹后者，诚过之矣。曹后之骂曹丕，比之王后之骂王莽，庶几相似乎？"⑥ 正是在这样的对应与关联中，毛氏建构了《演义》种种人物与事件叙述的意义。

　　尽管将《演义》之叙事与《史记》、《左传》等书中相关叙事对应与关联，毛氏并不认为《演义》仅仅是对这些文本的简单模仿。与之相反，毛氏认为罗贯中在对人物事件叙述难度的驾驭能力上，胜过了史迁。在《读三国志法》中毛氏便指出："《三国》叙事之佳，直与《史记》仿佛；而其叙事之难，则有倍难于《史记》者。"⑦

---

① 《古本三国志·四大奇书第一种》，卷十五，第三十回，第18页。
② 同上书，第19页。
③ 同上书，第20页。
④ 同上书，卷十七，第三十四回，第18—19页。
⑤ 同上书，卷三十六，第七十二回，第17页。
⑥ 同上书，卷四十，第八十回，第15页。
⑦ 《古本三国志·四大奇书第一种》，《读三国志法》，第24页。

第六章

结　论

　　"阅读是一个永无止尽的自我颠覆的过程。"[①] 当我们运用较新的批评视野，重新阅读《演义》这部古典小说，总能领悟到蕴涵其中的新的意义，并由此更新着我们对这部小说原有的认识。以往学界对这部小说的研究，较为注重作品中的世界与"史实"的关联，如今越来越多的学者则强调作品文本的独立性，以及读者对作品诠释的主导权。过去我们习惯于将文本视作一完成的结构，重视对作品字面叙述的故事进行注解式复述，今天越来越多的人开始将批评的焦点，从作品"讲了什么"转为作品"怎样在讲"，从"故事"转向"书写"。解构批评认为，任何文本都不具有确定的意义，因此，批评的重点，在于揭示文本意义的模糊性与多元性。"文本互涉"的批评视野，使我们注意到一个文本的意义，存在于它与其他文本的相互关联之中。对话理论的提出，让我们注意到作品中各种不同意识之间的相互关系。读者反应批评则强调，读者是作品的主人，阅读是意义的输入，评论也是创作。近二十年来，将后现代批评观念与方法运用

---

① Richard Rorty, "Deconstruction," in *The Cambridge History of Literary Criticism*, vol. 8, p. 196.

于中国古典文学批评的实践，说明中国文化作为世界文化之一部分，与西方文艺思潮的相互关联。本书在综合地参考上述批评观念与方法的基础上，重新阅读和讨论了《演义》这部传统的经典小说。

一

以往学者对《演义》的诠释，倾向于对作品意义的确定。然而，从解构批评的角度看，这些意义并不具有确定性。孔明病逝五丈原的叙述，一方面似乎在强调"天意"具有不可违抗的力量，另一方面又通过孔明祈禳、魏延闯帐等"人为"的叙述，使这种力量变得不确定和相对化。孔明的死亡似乎说明天意之不可违抗；陈寿、杨戏、元稹、白居易等人的诗文论赞，却在强调孔明才能意志的同时，一次又一次消解了"天意"的力量。

《演义》用许劭之语将曹操标签为"奸雄"，却在曹操死后的评论中，通过赞美曹操的讲礼义、知人善任、效法周文王，使许劭的"奸雄"之说变得不能成立。其后，《演义》又用两首诗强调曹操还是"奸雄"，使得前面"讲礼义、知人善任、效法周文王"之评价再一次被解构。小说用意义上相互悖逆、相互冲突的评语，导致对曹操形象的双重解构。曹操的形象特征，因此显得不能确定。无论是将他评为周文王式的明君，或是奸雄，都难以令人信服。这样的解构，导致《演义》对于曹操的评价呈现歧义性。正是由于这样的歧义性，使《演义》为曹操形象，提供了开放式而非封闭式诠释的可能性。

《演义》一方面呈现刘备对其臣子及百姓的仁慈，以及刘备对关羽、张飞的义气；另一方面又通过刘备对吕布、对东吴、对刘璋的种种不仁义的叙述，一步步抹除刘备的"仁义"。这种由意义的建构到意义的消解，暗示出文字呈现意义的不稳定性，亦瓦解了文字表述似乎要导出的某种确定寓意。

《演义》不厌其烦地一再叙述刘备、孔明对魏延的信任与重用，导致此前孔明关于"反骨"的预言显得不可置信。"反骨"说的设置与魏延出生入死、屡建战功的叙述，及其拒绝曹操招降的叙述之间，形成意义上的相互悖逆。这些叙述既瓦解了作品当初预设的"反骨"之说，也使最后魏延与杨仪冲突中的叛逆性质，显得并不那么令人置信。

二

为了建构自己的叙述话语，《演义》引入了前人大量的文本。这种引入，既表现在《演义》借用《战国策》、《史记》等早期文本中的叙述模式来建构"天下三分"的宏观叙述，又表现为《演义》对人物与事件相互关系的设置上，引入了早期文本的叙述方式及叙述特征，同时，在意义的呈现方面，亦显示出对于前人文本的运用。正因如此，我们从《演义》的叙述中读到的，不仅是三国时期种种激动人心的政治军事角逐与演变，而且从中看到早期叙事文本所设立的种种书写策略及其寓意，以及《演义》在此一叙事传统中所扮演的重要角色。

在建构"三国叙事"过程中，《演义》较多地引入了《左传》、《战国策》、《史记》等文本中的相关叙述。其中《战国策》、《史记》关于秦国离间楚、齐两国关系的"合纵连横"之叙述模式，在《演义》中被转换为魏、吴、蜀三方相互间的离合关系。甲方通过离间乙、丙双方的联盟，以达到对付乙方或丙方的目的，此种早见于《战国策》、《史记》的叙述模式，在《演义》中多次被用到。秦国借口割让商、於之地为诱饵所显示的"以利相诱"之叙述特征，在《演义》中被置换为以荆州为焦点的领土之争。其中蕴涵"义利之辨"的叙述意义，亦在

《演义》中得以呈现。此一特征的反复呈现，使我们领悟到叙述人及其作者在诠释"三分天下"那段历史时，对"义利之辨"表现出极大关注。而此一关注，实为《战国策》、《史记》叙述秦、楚、齐三国关系的移置与转换。在"合纵连横"与"义利之辨"等方面，我们看到《演义》与《战国策》、《史记》在叙述模式与主题上的文本互涉。在此文本互涉的批评视野中，我们从《演义》里不仅读到魏、吴、蜀三方的离与合，而且读出了《战国策》与《史记》的叙述模式、叙述特征与叙述意义。当我们阅读三国纷争历史叙述时，仿佛又读到《战国策》、《史记》对于战国纷争历史之叙述，并从其相互指涉中，领悟到文化传统，价值观念的源远流长。

《史记》对于项羽的叙述，启发了《演义》对于吕布与关羽两个英雄的叙述。《演义》在吕布、关羽叙述中呈现出"英雄失意"之母题、"骏马配英雄"之形象组合、"美女配英雄"之叙述模式，以及"不以成败论英雄"之史评眼光，均称得上是对《史记》有关项羽叙述的引入与转换。通过吕布与赤兔马、关羽与赤兔马前后两部分叙述的相互指涉与相互发明，使我们看到《演义》文本内人物与事件之间的相互关联。

司马迁《史记》所强调的人君听从臣子善言劝谏之重要性，作为一种主题性的意义，在《演义》的叙述中不断地重复出现和得到强化。

《演义》中多次用到以"三"为单元的重复叙事模式，通过人物行为的重复三次来完成一个叙事单位。这种传统中国民间文学的手法，可以上溯到《诗经》中很多作品吟唱三遍的模式。刘备"三顾茅庐"的叙述，使我们联想到《战国策》中关于秦昭王三次请求，方得范雎"远交近攻策略"；《史记》中张良三次忍受屈辱，方得圯上老人所赠《太公兵法》。从《战国策》、《史记》延续下来的"三次始见成效"之叙述模式，被引入《演义》文本，通过刘备"三顾茅庐"、刘琦三请避祸之策、孔明"三气周瑜"、"三臣谏刘璋"、鲁肃"三索荆州"、马超归蜀前与张飞三次交锋、庞统死前三次预示等情节安排呈现出来。孔明"六出祁山"、姜维"九犯中原"，则可视为以"三"为基础的倍数延伸。

《史记》用"项庄舞剑，意在沛公"与"樊哙救主"两个事件，构成了"鸿门宴"的叙述模式，并从中呈现出人臣对人主忠诚之寓意。罗贯中显然引入了"鸿门宴"之叙述模式及叙述母题，来建构《演义》文本。从《演义》卷五"青梅煮酒"、卷九"周瑜把盏"、卷十三"魏延舞剑"这三场"鸿门宴"叙述的重复呈现及其相互呼应中，我们看到《演义》作者在引入《史记》的叙述母题时，如何对其语言作进一步转换与发挥，用以实现自己的书写意图。同时亦看到在《演义》同一作品内，不同人物与事件之间仍然具有交互指涉的关联。

《演义》开篇叙青蛇蟠踞皇帝宝座，显然引入了《史记·高祖本纪》用白蛇比喻秦王朝的叙述。罗贯中将刘邦"路斩白蛇"这一比喻转换成"青蛇蟠椅"这一意象式组合，用青蛇比喻取代汉朝的新王朝，实与《史记》对刘邦的叙述暗暗关合。当我们将《演义》中"青蛇蟠椅"这段叙述与《史记》中刘邦斩白蛇之叙述作一对读，则可看到白蛇与青蛇的相互呼应关系：两者指涉的是同一对象——汉朝，前者预示汉朝之兴，后者预示汉朝之亡。白蛇与青蛇在两部作品中先后出现，并在其交互指涉中，完整地预示了汉朝的兴起与衰亡。青蛇与白蛇的呼应还暗示出作者持有的历史循环的观念。毛评本《三国演义》于篇首与篇尾处分别增加"天下大势：分久必合，合久必分"或"天下大势：合久必分，分久必合"两段议论，进一步强化了这种历史循环论的认知。

"青蛇蟠椅"与"路斩白蛇"的交互指涉，还说明《演义》

引入了《史记》的预示性叙述方式。而《演义》关于刘备早年已有"帝王之志"的预示性叙述，亦与《史记》中项羽与刘邦早年已有"帝王之志"的叙述相互关联。《史记》叙述中，项羽与刘邦早年的帝王志向，被转换成刘备幼年的帝王志向；项羽叔父项梁对项羽的警告，被改变为刘备叔父对刘备的警告；其警告的语意，两者亦相同。而在整个叙述文本中，项羽"取而代之"的"狂言"与刘邦"大丈夫当如此"的感叹，在《史记》中所起的预示性作用，亦被《演义》转换为刘备崛起西蜀的预示性叙述。

三

于吉与孙策、左慈与曹操，分别代表着不同的思想意识。他们之间的相互作用，关涉到不同意识形态之意义呈现，体现出两种意识之间的对话。小说这样的组合，实以双重对峙的方式，否定了单线式的叙述结构。从这两例人物组合中，我们看到两种符号系统同时存在又相互抵触、相互解构的语境，同时又是多重合奏的情境。两个社会性不同的话语合成为一个话语，此亦为小说中多重对话之一大特征。于吉、左慈与孙策、曹操的针锋相对，绝非仅仅儒家观念所能概括的。两组人物在冲突中，各自代表不同的意识形态，无论是孙策、曹操对功名价值的追求或是于吉、左慈对此价值的否定，他们均代表了具充分意义的各自的意识形态。作为冲突的结局，他们中任何一方的意识并未消融于另一方所代表的意识之中，由此说明《演义》呈现的，不是单一的儒家伦理观念，而是儒、佛、道及其他意识形态之间的互动和对话。

围绕吴、蜀联盟议题的"众声喧哗"表现为《演义》叙述的"大型对话"，其间充满了人物与人物之间、集团与集团之间的对话、呼应或交锋。对话的各方以各自的语言，表达着不同的观点。这场大型对话以孔明提出"三分天下"的"隆中对策"为起因，开始于孔明"舌战群儒"、"智激孙权"、"智说周瑜"，吴、蜀双方达至貌合神离的短暂的"联合"，继之以表现为吴、蜀双方争夺荆州等地的对峙与冲突，终结于东吴杀害关羽，夺回荆州，刘备举兵伐吴，吴、蜀自相残杀，北方魏晋集团"渔翁得利"，相继灭掉西蜀与东吴，"鼎足三分"构架终于被消解。在此过程中，不同集团人物的语言不相融合，并且对话式地相互对立。"三国归晋"的历史结局既嘲讽了鼎足三方当初各自立下的野心，也颠覆了三者中任何一方预设的政治蓝图。

《演义》的"大型对话"在另一方面，表现为"仁"、"术"、"智"的多义呈现及其相互对话。在魏、吴、蜀三个集团的相互争斗中，"仁"、"术"、"智"多种意义相互交织，并在交织中产生相互间的对话，由此形成多元意义的"众声喧哗"。《演义》正是让这些不同的思想交互呈现，从而构成小说在寓意方面的多义性与歧义性。这些多义性与歧义性恰好说明，《演义》文本的结构并非单一意义的存在，而是多重意义彼此互动地存在。

作为作者的代言者，《演义》叙述人的意识与作品中人物的意识之间持有距离。由于这样的距离，叙述人与小说中的人物之间存在着对话关系。这种对话关系的前提与特征之一是，叙述人持有的意识及立场，与作品中人物的意识及立场并不相同。于吉与孙策、左慈与曹操，每个人都拥有各自的思想和立场，有着自己对生活的一套看法。这些小说人物讲述自己与议论他人的声音，与叙述人平起平坐。叙述人有时作为对话的参与者介入其中，表达自己不同于这些作品人物的看法，并与这些人物各自的看法构成相互对话；有时又自身隐退，让这些人物出面呈现各自的看法。这样的处理，有效地强化了小说人物之间对话的客观性。

《演义》所呈现的不同意识，在相互对峙和对话中造就了多元意义的呈现。围绕吴、蜀联盟议题的"众声喧哗"所构成的大型对话，使我们看到《演义》具有"复调"小说之特征。不同意识之间的互不相融或互不消解对方，有效地促成《演义》开放式的叙述结构。叙述人及其作者的意识与作品人物意识之间保持的距离及差异性，更为《演义》多重意义的呈现，提供了更为丰富的内涵。

四

毛氏父子对于《演义》的评点，体现出他们对于《演义》之意义的建构。这种建构打破了《演义》文本原有的字面顺序与时间顺序，并按照毛氏的阅读与理解，呈现出一套意义系统。

毛氏《读三国志法》强化了《演义》作为叙事小说名著的价值与意义。毛氏关于"总起总结"与"六起六结"之说，使我们看到小说叙述的整体结构形态，以及其中诸个次结构相互间的呼应关系。在对作品整体结构作出这种宏观把握的框架下，毛氏特别强调了《演义》较为微观层面上不同人物与不同事件之间的相互联系。其中关于"奇峰对插、锦屏对峙之妙"的比喻，说明小说中很多人物与人物、事件与事件之间，具有相互对应的关系。这种对应关系有时表现为"以宾衬主"的特征，即对应双方之间可能具有的主次关系。与此同时，毛氏关于"同树异枝、同枝异叶、同叶异花、同花异果之妙"的比喻，则从另一角度说明，《演义》虽然叙述众多相似人物与事件，却互不重复这一特点。

在叙述情节方面，毛氏运用"星移斗转、雨覆风翻之妙"作比喻，强调《演义》于叙事情节上常有出人意料的变化；又用"横云断岭、横桥锁溪之妙"之喻，说明小说善于交错使用连续性叙述与非连续性叙述，来构成小说情节。毛氏关于"将雪见霰、将雨闻雷之妙"之比喻，形象地说明"闲文"与"正文"或"小文"与"大文"的前后相续关系；同时又以"浪后波纹、雨后霹霖之妙"作喻，指出小说叙述某一重要人物或事件之前有"先声"、其后有"余势"。对于小说开端与结束两部分叙述，毛氏也给予充分肯定。所谓"追本穷源之妙"，在于提醒读者注意，小说为"天下三分"提供了祸起之原因；所谓"巧收幻结之妙"，则肯定了小说结局设计上出人意料的效果。

在《演义》的叙述节奏方面，毛氏用"寒冰破热、凉风扫尘之妙"，来比喻小说中交错出现的舒缓与急骤两种不同的叙述；并用"近山浓抹、远树轻描之妙"，比喻小说叙述详略搭配得当或"实写"与"虚写"巧妙的交错使用。

对于《演义》中富于变化的叙述笔法，毛氏用"笙箫夹鼓、琴瑟间钟之妙"，来比喻《演义》叙述事件过程中对他事的插叙；用"添丝补锦、移针匀绣之妙"，比喻作品里的"补叙"；又用"隔年下种、先时伏着之妙"，比喻叙述中的伏笔。

毛氏对《演义》的阅读是对文本的重新建构，因而也是一种创造。这种重构与创造，超越了文本的字面结构所呈现的意义，是毛氏阅读出来的意义；其中所作的描述，是对毛氏阅读的描述。这种重构与创造，不可能像客观论者和还原论者主张的那样，完全回到《演义》文本的原始状态之中。

在回评与夹批部分，毛氏对于《演义》中很多人物与事件，作了延伸性的意义建构。这些看法在性质上与小说字面意义相似，却又超越了小说的字面意义。毛评本第三十回至第三十三回评点中，从"许褚杀许攸"引申出"曹操杀许攸"的含义，第四十三回说明孔明之"大言"并非"大言"，而是先见之明，第四十四回对于孔明"二乔之说"意义的确认，以及第八十三回为"关公显圣"叙述的辩解等等，均是毛氏对于小说字面意义的延伸性解释。通过这些延伸性的意义诠释，毛氏有效地建构了《演义》的意义。

毛氏的回评与夹批常常表现出三个重要特征。其一，在评点某一人物与事件时，常常将此人此事与《演义》前面部分叙述的某人某事加以对应式关联，并在此关联的基础上，揭示此类人物与事件叙述的意义；其二，在评点某一人物与事件时，往往将此人此事与其他文本中的人物与事件相联系，通过《演义》中此人此事与其他文本中相关人物与事件的对应与比较，来建构《演义》所叙人物及事件的意义。这些情况说明，毛氏在建构特定人物与事件的意义时，其眼光不断地指向前面出现过的种种人物与事件，或者指向《演义》之外其他文本中相关的人物与事件。这是一种横向的、空间性的思维方式与批评视野。在此视野中，毛氏将此处被评点的人物及事件与其他相关的人物与事件组合到一起，并在此基础上，重新评估和建构它们的意义。因此，这些建构起来的意义，既表现为毛氏对于《演义》中特定的此人此事意义的建构，同时，这一建构起来的意义，又带有普遍性。在评点某一人物与事件时，毛氏常常超越就事论事的层面，其批评眼光建基于毛氏对整部小说的全盘理解。

目前为止，学界对于这部小说的研究已有丰硕成果。本书所呈现的批评视野与诸种论点，虽然与前人所论或有相异，却并非对前人研究成果的否定。恰恰相反，我们希望本书提供的诠释，有助于"话说三国"之研究朝着丰富与多元方向发展。

外一章

《三国演义》的平行式叙述结构[*]

本章旨在讨论小说《三国演义》^① 是怎样从不同层次上，遵循平行美学的原则，来指导作品的叙事结构，并由此结构讨论其多方面的寓意。

所谓"平行"，指的是两个或三个事物在相似或相反性质的基础上，构成的某种平行（parallel）现象，以及平行双方之间产生的相互对应关系。在传统的中国文学作品中，它表现为两个或三个部分在句法结构或语义等方面构成的平行状态。其中性质相似的平行现象，多具有相互间的类比关系；另一些性质相反的平行现象，则具有相互间的对立关系。然而，无论是类比或是对立，均以其相互间的平行叙述为前提或基础。同时，也正是这种类比的平行或对立的平行，使平行的两者被联系起来，并相互对应（相互呼应与相互说明），犹如一体之两面。

关于平行性（parallelism）的解释以及平行原则在文学作品

* 本章曾发表于香港中文大学《中国文化研究所学报》第四十六期（2006 年），第 301—311 页。

① 本章的讨论，以北京人民文学出版社 1983 年再版的《三国演义》为主要文本。该本据大魁堂藏版的毛宗岗本，参校明嘉靖壬午（1522）序刊本（过去曾称"弘治甲寅序刊本"）修订而成。见书前所附《关于本书的整理情况》一文，第 1—6 页。

中广为运用的现象，早已引起东西方学者的关注。18 世纪英国学者罗伯特·洛斯（Robert Lowth, 1710—1787）在研究《圣经》时认为："当一个陈述被提出时，第二个陈述增补其后，或等列其下，或在意义上与其相同或相反，或在语法构成形式上与其相似；凡此种种，我称之为'平行'，而在相应的句行中彼此呼应的词或词组，则称作'平行词'。"①西方学者对于中国文学中平行性的研究，较早的主要见于其对中国古典诗歌的理解，如 Burton Watson 的《中国抒情体》（*Chinese Lyricism*），James J. Y. Liu 的《中国诗歌艺术》（*The Arts of Chinese Poetry*），②稍后逐渐涉及对于传统中国叙事文学特别是小说的研究，如浦安迪（Andrew H. Plaks）的《中国叙事学》。③

中国文人对于平行性的认识有着更为久远的传统。这种传统起源于他们对宇宙的认识。从《书经》、《易经》、《老子》等书中，可见中国人喜欢将一个事物分成两部分，再分别从两个方面来认知这一事物，将此两方面的认知合成一圆满自足的认识，才是对所认知客体的全面把握。这就说明，对应的观念与人们对于自然、人生的哲学认知是相互联系的。关于这方面的讨论，可见浦安迪《平行线交汇何方：中西文学中的平行性》一文。④

浦安迪在该文中列举了古代诗文中的平行现象，然而我们注意到，这种平行的美学观念在中国古典小说这一更为庞大繁复的

---

①　见 Adele Berlin《圣经对句的力度》一书中的引述。Adele Berlin 并且指出："尽管洛斯不是第一个认识平行性的人，他却在《圣经》研究中，把平行性提升至突出地位。他（对平行性）的解释已成为经典。"见 Adele Berlin, *The Dynamics of Biblical Parallelism*（Bloomington：Indiana University Press, 1985），p. 1。

②　Burton Watson, *Chinese Lyricism*（New York：Columbia University Press, 1971），pp. 16 – 17；James J. Y. Liu, *The Arts of Chinese Poetry*（London：Routledge & Kegan Paul, 1962），pp. 146 – 50。

③　浦安迪：《中国叙事学》，北京：北京大学出版社 1996 年版，第 48—54 页。

④　Andrew H. Plaks, "Where the Lines Meet：Parallelism in Chinese and Western Literatures," *Chinese Literature：Essays, Articles, Reviews*, 10（1988），pp. 43 – 60。

文体中，得到出色的运用，其主要表现为人物与人物、事件与事件之间的平行叙述及其相互对应关系，并由此对应式叙述，使小说无论在叙述结构或是隐含寓意方面，均能达到圆满的整合。另一方面，小说的叙述似乎是在更大规模的结构上，演绎着平行与对应这一美学观念。

俄国汉学家李福清（B. Riftin）在其《〈三国演义〉形象结构中的类比原则》一文中，讨论过《三国演义》中存在的两大类比：一为外部的类比，即作品中的事件等同于较早文献中所描绘的事件，或直接从以往历史中钩取的事件；一为内部的类比，即类比的客体是从作品本身中撷取的，某个形象或场景是按前一个形象或场景的类型构成的。这样的类比主要基于类比双方之间具有的相同或相似性质，例如该文集中讨论的小说中有关"火"的类比，"三重情节"的类比，等等。①

在我看来，《三国演义》中不仅存在许多具相同或相似性质的类比性叙述，同时还有不少具相反性质的人物与事件，在其相互对比中呈现出又一类有意义的平行及对应式叙述。这一点，我将在下面的讨论中予以补充。本章的讨论焦点，将集中于小说在不同层面上所建构的平行对应式叙事结构，并由此结构呈现出的多方面寓意。这种对应的叙述并不仅仅体现在小说文本里所穿插的诗词之中，也不仅仅体现在小说的对偶式回目上，在我看来更重要的，是这种对应叙述体现在众多的人物与人物的关系中、事件与事件的结构中。这些人物和事件被按照对应式的原则加以组合，构成不同层次的相互呼应关系，从而达到至少两方面的重要效果：一是将众多的人物和事件之间的关系联系得十分密切，前后照应十分紧凑，使鸿篇巨制的章回小说避免了叙述上的杂乱与

---

① ［俄］李福清：《〈三国演义〉形象结构中的类比原则》，载李福清：《关公传说与三国演义》，第264—279页。

松散；二是强化了结构上的自圆自足和一致性。本章下面将以
《三国演义》为例，讨论作品是怎样在不同的层面上，运用对应
式美学原则，来构成作品中人物与人物、事件与事件之间的种种
相互平行与相互呼应的关系，并由此关系进一步探求其背后可能
蕴涵的寓意。

由于《三国演义》是一部长篇章回小说，这种平行与对应
关系因此不是表现在一个层面，而是表现在多个层面上。我这里
将其概括为三个主要层面：（一）同一回中人物与人物（或事件
与事件）的对应关系；（二）数回或数十回中人物与人物（或事
件与事件）的对应关系；（三）小说整体结构上表现出的对应关
系。下面依次论述。

一　同一回中人物与人物（或事件与
事件）的平行叙述

这种关系在上述三个层面中属于较为微观的一层，然而，它
却是整部小说平行结构的基础。小说作者从较为细小的层面开
始，就已有意识地注意和运用对应原则，来避免人物与事件的琐
碎松散而影响作品结构的严谨。同一回中人物之间、事件之间的
平行与对应关系在小说中多处可见，如从毛宗岗改写本各回目中
的对句中，即可窥其一斑。其中较好的例子有如第四十六回
《用奇谋孔明借箭，献密计黄盖受刑》、第四十九回《七星坛诸
葛祭风，三江口周瑜纵火》等。然而，回目的对句更多地表现
为句意的对应，所指的两件事之间，实际上不一定具有我们所讨
论的这种对应关系。而且，即使是句意的对应，也并非适用于所
有回目。我们认为更有意义的，是讨论那些不仅在叙述结构上具
平行特征，而且在寓意层面上亦具对应关系的人物组合与事件
组合。

较能说明问题的一例可见于小说第七十四回对曹操两个将领庞德和于禁形象的设置。关羽围困曹魏的樊城，曹仁派人向曹操求救兵。曹操遂派于禁、庞德二将前往相救。这两个角色从始至终都被赋予截然不同的形象特征。首先是于禁向曹操建言，怀疑庞德对曹操的忠诚，因为庞德原是马超部将，其兄仍在西川为官。庞德闻言后，造木榇（棺材）以示他对曹操的忠诚。在读者面前，此时庞德的忠诚受到置疑，与之相对应的，是于禁通过建言，显示出他对曹操的忠诚。随着故事的进展，作者有意识地、一步一步地颠覆着读者先前的认知。首先是庞德于交战中射伤关羽左臂，于禁怕他抢了头功，便鸣金收兵。于禁阴暗自私的心理与庞德坦荡而又勇敢的胸襟恰好形成一对比。然后，于禁不听劝谏，屯军失利，被关羽水淹七军，终与庞德同被关羽所擒。于是，于禁投降而活命，庞德拒降而被斩首。在此回中我们看到，小说对庞德的叙述处处与对于禁的叙述相平行，并用庞德抬榇、与关羽决死战、失败后宁死不屈的行为，与于禁猜忌庞德、阻止庞德立功、失败后投降关羽的行为形成特征相反的对应关系。开始怀疑别人不忠的于禁，后来居然是自己不忠；而被怀疑不忠的庞德，最后以死证明了自己的忠。后面的叙述颠覆了前面的叙述，在这种具反讽意味的人物形象对应叙述中，传达出小说的一种寓意。此寓意与为臣之节操有关，具体表现在臣属对于主子的忠诚方面。在生死关头，是保命而舍弃忠诚，还是为忠诚而舍命？实质上这是舍生取义，还是舍义求生问题的具体延伸。作品通过庞德与于禁两个形象的交织叙述，强化了传统儒家关于舍生取义的道德寓意。叙述人显然不齿于禁的行为。在后面第七十九回中，特地安排于禁回魏国后，被曹丕叫人作壁画，讽刺其投降之举。作品这样的寓意，显然是通过两个道德性质相反的人物间的对比性叙述，在两个形象间相互平行及对应中，得到呈现的。

　　此类具对比性质的平行叙述还见于作品第八十三回，即蜀将黄忠不服老与吴将陆逊不服少之相互对应。事在关羽死后，黄忠随刘备伐吴报仇。刘备感叹"昔日从朕诸将，皆老迈无用"，因此激怒黄忠，遂自带兵与东吴交锋，要以斩杀吴将示其不服老；另一方面，东吴于蜀兵逼境之际起用年轻将领陆逊。陆逊担心朝臣因他年幼望轻而不服，从孙权处请得尚方宝剑。小说作者有意识地将此两件事并置于同一回，从而构成了两者间的对应关系。毛宗岗显然注意到这种关系。他提示道："黄忠不服老，陆逊不服少，正与后文相对。"① 然而，毛宗岗并未注意到，这样的对应叙述背后可能蕴涵着怎样的寓意。换句话说，为什么要在小说此处做这样的平行叙述？在此叙述后面，作品试图传达怎样的信息？就在同回的后面部分，小说叙述黄忠终因年老力衰，交战时中箭而亡；与此相对应，陆逊正"广布守御之策"，准备以奇计对抗伐吴的刘备。② 这个奇计，便是导致蜀国灭亡的致命一击——火烧连营七百里。在我们看来，作品此处叙黄忠年老力衰，中箭而亡，其实暗喻了蜀国之衰。这一衰势，在紧接其后的一回中，借孔明之口点了出来：当接到刘备派马良送来的屯营图后，孔明叹道："汉朝气数休矣。"与此相对应的是，陆逊年少掌大权，风华正茂，暗喻东吴在面对蜀国讨伐时，正呈兴盛之势。这一盛势也在其后一回的火烧连营中得到充分呈现。③ 蜀、吴双方政治与军事实力的此消彼长，正是通过黄忠不服老，陆逊不服少的平行叙述，在相互的对比中呈现出来。这一点，可视为

---

　　① 陈曦钟、宋祥瑞、鲁玉川辑校：《三国演义会评本》，北京：北京大学出版社1998年版，第1005页。

　　② 《三国演义》，第705页。陆逊形象实为周瑜形象的延续。两人多相似，陆逊被作者称为"书生"，却能带兵；周瑜则为"儒将"。

　　③ 又如第八十二回叙刘备率兵伐吴，关兴杀一人（李异）擒一人（谭雄），张苞亦杀一人（谢旌）擒一人（谢旌），两相对应，同在一回叙出。此类平行叙述的事件较多，然缺乏寓意层面的意义，故不予以详论。

此段叙述的寓意所在。

这种对应关系甚至表现在更小的叙事单元上，即同一回里存在着双重的平行叙述。例如第七十一回，其中第一重叙述是蜀方黄忠部将陈式被曹将夏侯渊生擒，与此平行和对应的，是同回里夏侯渊部将夏侯尚被黄忠活捉。两组叙述性质相似，恰好构成一类比性呼应关系。第二重叙述是蜀方法正助黄忠，对应曹方张郃助夏侯渊，构成谋臣助主将的叙述模式。① 然而，这谋臣助主将的两组人物是以相反的特征为基础，从而构成一对比性的对应关系：黄忠每次听从法正之计，因而最终取胜，斩了夏侯渊；而夏侯渊的失败，则在于他数次拒绝采纳张郃的主意。在这样的叙述背后，隐含着叙者对于谋臣与武将关系的考虑。叙者显然强调的是谋臣的重要作用，一如刘备在本回中所说："夏侯渊虽是总帅，乃一勇夫耳，安及张郃？若斩得张郃，胜斩夏侯渊十倍也。"② 这一点，与传统中国社会官场上文臣的势力控制权力中心、武将多被边缘化的历史状况是相一致的，而《演义》的作者通过叙述法正与黄忠、张郃与夏侯渊两组形象的对应关系及其不同特征与结局，显示了他对于这一历史传统的认同。如果我们眼光放宽一点，则不难看到，谋臣助主将甚至谋臣助君主的叙述模式在小说里比比皆是。③

二　数回或数十回中人物与人物
（或事件与事件）的平行叙述

在本文所论三个层面的平行叙述中，表现在回与回之间、数

---

① 张郃本是魏国名将，可是在本回里，他更多地扮演了所谓"谋臣"的角色。
② 《三国演义》，第612页。
③ 例如第三十回，袁绍七十万大军败于曹操七万兵力，原因在于他不能用谋臣田丰、沮授之谋，并赶走谋臣许攸；曹操能用荀彧、许攸之计，因而能够以弱胜强。相似的例子还可见于刘备与孔明的"谋臣与君主"的叙述模式中，此不赘言。

回或数十回间的平行叙述，堪称小说作者最为用力之处。这不仅表现为数量之多，而且叙述也颇为精彩。首先在作品的前半部分，如第十六回叙述袁术先后两次向吕布提亲，均遭吕布拒绝。① 可是在此后的第十九回，小说便设置了吕布背女投袁术的事件以相对应。此回叙吕布送女途中被曹军堵回，吕布终于白门楼被活捉。② 第十六回中吕布两次拒婚，可是第十九回中他背着女儿往外送，都送不出去。小说通过此两个事件的前后呼应，有力地嘲讽了吕布在面对袁术提亲时心无主见（完全受陈宫与陈珪左右），首鼠两端（先是听信陈宫之言，要即日送女予袁术；后又听信陈珪之言，拒绝送女），此为人物的命定性弱点，导致了他的最终败亡。

回与回之间的平行叙述还见于第二十九回孙策之死与第六十八回曹操之死两件事的设计上。两件事的相似性类比特征表现在：（一）两人当时皆位极人臣：孙策霸江东，曹操封魏王。在其后并无大的功业叙述的情况下，小说安排他们迅速死亡。这样的安排是否可以解释为"物盛则衰"观念的图解呢？我认为是可以的。这一点，虽然作品在第二十九回里没有明言，可是在第六十八回中，却借左慈之口道出："大王位极人臣，何不退让，跟贫道往峨嵋山中修行？"（二）在两人临死前，小说都安排道士将他们戏辱一番。孙策临死前，饱受道士于吉的作法戏辱；曹操临死前，遭到左慈的同样戏辱。作品让两个功成名就的人在临死前遭受方外之士如此羞辱，充满了反讽意味。因为孙策与曹操生前所做的一切，以及由此显示出的功业之心，皆与传统的入世文人"三不朽"的观念相关联，而小说通过于吉和左慈对他们

---

① 袁术听信部将纪灵之言，企图聘吕布之女为儿媳，用所谓"疏不间亲"之计，逼吕布杀刘备。吕布听从臣子陈珪的劝阻，拒绝了袁术的提亲。

② 在此回中，吕布于下邳城被曹操围困，求救于袁术。袁术要吕布先送女儿，然后发兵。吕布送女，途中被曹军堵回。

的羞辱，颠覆与嘲讽了这种功业之心及"不朽"观念的价值与意义：孙策不能杀死于吉如同曹操不能杀死左慈，相反，孙权与曹操却不能不朽，这或许就是小说通过此两组人物与事件的平行叙述，试图传达的又一种寓意。

再如第七十六回，叙关羽败走麦城，被吴兵围困，派廖化突围，至上庸蜀国守将孟达、刘封处求救，却遭拒绝。此二人与另一对蜀国叛将傅士仁、糜芳相似，亦相对应。在第七十五回，蜀国派驻公安的守将傅士仁降吴，傅至南郡劝说糜芳，一同降吴。① 孟达与刘封可与傅、糜二人构成一类比性平行叙述，因为这两组人物具有相似的特征：一是两人皆为蜀国叛将，二是两组人物的每一组中，皆有一人为刘备与关羽的亲属——刘封为刘备假子，从刘备与关羽为结义兄弟的角度看，他与关羽有叔侄关系；糜芳乃刘备妻糜夫人的兄弟，仍为关羽亲属，可是两人却在此时背叛了刘备集团。小说作者在叙述两组人物时，显然注意到这种相似性，并有意将他们并置于同一回的叙述里，通过其相互呼应的关系，显示了刘蜀集团众叛亲离的衰败趋势，同时也从另一个方面说明了关羽被杀的原因。不仅于此，同这两组人物的叛离行为相呼应，小说还在后面第七十九回与第八十三回里，安排刘封、糜芳与傅士仁先后回投刘备，被刘备所杀以祭关公；对于降魏的孟达，小说也在第九十四回中安排他欲弃魏回蜀，因为事泄，被司马懿部将所杀。② 这样前后呼应的叙述，旨在表现小说作者对于关羽之死与刘蜀集团之衰的同情。

小说第九十一回叙孔明遣人于邺城贴告示，言司马懿谋反，

---

① 在第七十三回里，叙傅、糜二人饮酒失火，烧尽军器粮草，关羽"叱令斩之"，经求情乃免。其事已为此回二人投降埋下伏线。

② 在第七十九回里，刘封拒绝孟达的降魏之约，返回成都后，被刘备所杀。事见《三国演义》，第674页。在第八十三回里，糜芳与傅士仁离弃吴国，回投刘备。刘备诛杀以祭关公（同上书，第701页）。在第九十四回里，降魏的孟达欲弃魏回蜀，事泄，为司马懿部将所杀（同上书，第802—806页）。

致使魏主曹睿生疑，削去司马懿兵权，遣其回乡。与此相对应的类比式平行叙述发生在小说第一百回：司马懿派蜀降者苟安回成都，散布孔明"有怨上之意，早晚欲称为帝"，致使后主生疑，将四出祁山的孔明急召回朝，此可谓"一报还一报"。在第九十四回里叙孔明乘雪破西羌兵，时在冬季。此与第八十七回至第九十回七擒孟获的叙述相对应处在于：一在冬季，一在夏季；一在西（西羌），一在南（南蛮）；而且两者在叙者眼中，均为异族。又如第一百八回叙司马师闻孙权死，起兵伐吴，三路进兵。① 毛宗岗与此处的夹批称："前曹丕用三路取吴，今司马师亦用三路取吴，正复相似。"②再如第一百九回叙魏帝曹芳写龙凤汗衫血诏，授与皇丈张缉等人，密令诛杀司马师、司马昭兄弟；此事件相仿于汉献帝赐衣带诏与董承，令其杀曹操。所有这些人物与事件均可被看做是小说作者有意设置的平行叙述。它们之间构成的种种类比性或对比性之平行关系，促成了小说各章回间的相互呼应与密切联系，并在此联系中有效地强化了各个层面的不同寓意。

　　然而，小说中平行叙述最成功的一例，当是第二十五回至第二十七回关羽挂印封金、辞曹归刘，与第五十回关羽"义释曹操"两件事的设置。学者通常认为，两件事均旨在说明关羽的"义"。这样的看法当然合理，然而问题不仅于此。在我看来，小说安排此两件事的用意，主要在于替关羽华容道放走曹操的重大过失减轻责任。关羽放走曹操，可算是对刘备集团最大的不忠和不义，也导致蜀国后来的失败，因此，华容道放走曹操，本可能极大地损害关羽形象的道德力量。

　　既然如此，要怎样做才能尽量减轻这种道德力量的损害程度呢？这似乎成了小说作者十分关注的问题，也是他竭尽全力所要

---

① 《三国演义》，第927页。
② 《三国演义会评本》，第1321页。

解决的问题。首先，作者有意识地增强曹操善待关羽的叙述分量。作品用了近三回的篇幅，铺张扬厉地叙述曹操对关羽的种种厚遇：小至赠送锦袍锦囊、赠金赠马，大至任其过五关斩六将，回归到对手刘备一方。这种对别的降将在处理上绝无同例的叙述，很大程度是来自虚构而非历史事实，由此可见小说作者必定有意为之。① 通过这样详尽的叙述，作品加重了关羽这个本身重视义气的人对曹操厚遇负有知恩必报的责任，从而相对地冲淡了他在华容道上本应有的对于刘备集团的政治责任感。其次，小说于赤壁之战前，通过孔明的预测，一来强调曹操命不该亡，此乃天意；二来说明关羽放走曹操，是孔明有意让关羽做顺水人情。这两点进一步减轻了关羽义释曹操的政治与道德过失。

　　小说这样的叙述显然获得了成功：当关羽面对身陷绝境的曹操时，他的义释之举并未使其形象在读者心目中造成较大的道德损害。读者或许会惋惜他不该放虎归山，却很少对这种过失深加谴责。然而在更多情况下，究竟该谴责他的放虎归山，还是该赞同他的义释呢？读者在面对此一问题时，甚至会陷入某种困境。这一点，可从毛宗岗及署名"李贽"等人的评语中窥其一斑。例如小说叙述曹操求关羽放一条生路，关羽答道："今日之事，岂敢以私废公？"此时，毛宗岗于夹批中说明："今日之事，君事也。"② 虽然毛氏最终赞成关羽义释曹操，他却不得不看到"义释"与"君事"相违这一事实。而当孔明因为关羽放走曹操要按军法治罪时，"李贽"也不得不评道："孔明未尝不是。"尽管他刚刚骂过"孔明是个老贼"。③ 此类在评价上亦 A 亦 B 的两

---

　　① 例如《三国志》中没有关羽投降前的"三约"，也无赠袍、赠锦囊、赠马，以及过五关斩六将的叙述。参见许盘清、周文业（整理）：《〈三国演义〉〈三国志〉对照本》，南京：江苏古籍出版社 2002 年版，第 8、251—257 页；沈伯俊：《三国漫谈》，台北：远流出版事业股份有限公司 2002 年版，第 176—178 页。

　　② 《三国演义会评本》，第 628 页。

　　③ 同上书，第 631 页。

难特征，与我们今天阅读现代小说时遇到的道德困惑有些相似。然而，导致评价复杂的原因，实在是来自于小说对曹操厚遇关羽与关羽义释曹操两个事件所采用的平衡叙述。这种平衡叙述使"厚遇"与"义释"具有了对应关系，并在此对应中相互说明，共同传达了这段叙述的内在意蕴。

如前所述，毛宗岗曾注意到小说中这种人物与事件之间的平行现象。他在评论第五十二回赵云拒娶赵范之嫂时，将其与刘备娶刘焉之妇以及第十六回中曹操私通张绣之婶这两件事作了比较："刘备娶刘焉之妇，而赵云不娶赵范之嫂，是赵云过于刘备矣。张绣耻以其婶事曹操，而赵范愿以其嫂事赵云，是赵范不如张绣矣。"①毛宗岗将此三件事作比较，说明他至少看到了三件事的联系，尽管他未曾明说三件事之间的平行关系。然而，在第五十三回的回评中，他已经明确地指出这种基于平行叙述的对应关系："此处有云长义释黄忠，后复有翼德义释严颜以对之。此处有黄忠射盔缨不射关公，前却有赵云射蓬索不射徐盛以对之。"②而且在第五十九回夹批中，毛氏还评道："前攻冀州之时，有老叟陈说星象；今战渭桥之日，又有老叟陈说天时。前后遥遥相对。"③在《读三国志法》一文中，毛氏还列举了小说中诸多人物与事件间类比或对立的例子，并且用比喻性语言，称此种现象"有同树异枝、同枝异叶、同叶异花、同花异果之妙"。④

总而言之，小说中具平行及对应关系的各种人物和事件在叙述中相互呼应，相互指涉，在平衡更替中完成了总体叙述框架下的一个个叙述次单元，并从中分别呈现出作品不同层面的寓意。

---

① 《三国演义会评本》，第643页。
② 同上书，第653页。
③ 同上书，第725—726页。
④ 同上书，第11页。

三 小说整体结构上的平行叙述

浦安迪教授曾将《三国演义》的整体结构概括为"四十一四十一四十",并且注意到,如同其他明代长篇小说那样,《三国演义》在整体结构上具有前后平行的叙述特征。例如从第一回的桃园三结义到第四十回诸葛亮火烧新野,所有主要人物均已先后登场,标志着"国家亡,英雄聚";末四十回(确切地说,从第七十七回关羽之死开始),刘备、关羽、张飞、曹操等核心人物相继离场,表现为"英雄散,国家兴"。[①] 这就说明在叙事进程上,前者由桃园三结义开启的"三国演义"与后者逐渐步入"三国归晋",恰好形成相互呼应的关系。

我基本赞同浦先生对作品的结构划分,同时略作补充。例如小说第二十一回叙刘备后园种菜,类似的事件发生于第一百六回司马懿诈病赚曹爽。此两件事的性质十分相似:行韬晦之计。刘备因此避免了曹操的猜疑,司马懿也因此而消除了曹爽的疑虑。另一相似的特征为:紧接其后,便是韬晦后的大举动:刘备借口截击袁术,离开曹操,从此开始了与曹操的正面抗衡(先是联合袁绍抗曹操,后是联吴抗曹);司马懿亦发动"浮桥之变",杀了曹爽兄弟,夺回朝中要权。此两件事的叙述模式如此类似,以至达到相互对应的效果;而其寓意也是相同的:成大事者应能屈能伸,善于屈者方能成大事。刘备由此开启了与魏、吴三足鼎立的政治角逐,司马懿因此奠定了以晋代魏的基础;前者标示着天下三分的开始,后者则体现了三国归晋的启端。两个事件均被设置于小说首二十回与末二十回左右的地方,并以前分后合、相

---

① 曹操死于第七十八回,张飞死于第八十一回,刘备死于第八十五回。参见浦安迪《中国叙事学》,第73—74页。

互呼应的方式，使作品整体结构紧密。而且更重要的是，它将
"合久必分"与"分久必合"这两部分既平行又平衡的叙述特征
有效地呈现出来。这一特征还通过作品首回与末回先后两次提及
"合久必分"与"分久必合"乃"天下大势"得到强化。我们
认为，这样的平行叙述是《三国演义》一类中国传统长篇小说
成功的原因之一。

在本章前面部分，曾对小说第六十八回有所论及。这里我们
还注意到，曹操在该回封魏王，位极人臣，功业达到鼎盛。可是
作品在此回设置一有趣的事件：孙权尊让曹操为魏王，派人挑选
四十担大柑子，星夜送往邺郡给曹操。"操亲剖之，但只空壳，
并无内肉"。此事当然是道士左慈做了手脚，然而，小说于此回
安排此一事件的寓意是不难揣度的：它用"金玉其表"的空壳
比喻曹操位极人臣的盛势，其嘲讽意味是十分强烈的。这种嘲讽
指涉了曹操个人的功业之心，然而更重要的是，它使我们联想到
毛宗岗在小说第一回开篇引用的杨慎《临江仙》一词。此词所
强调和感叹的"是非成败转头空"之意蕴，则指涉了小说中所
有的"英雄"。毛宗岗似乎并未忘记，在小说的某个关键处（或
者说在三国英雄竞逐名利的某个热闹场合中），再次强调这一意
蕴，一则为了嘲讽小说中的"英雄"，另一则为了提醒读者这些
是非成败所具有的虚无性质；而外表华丽内实空无的柑子，恰好
是"是非成败转头空"观念的形象比喻。由于第六十八回大约
处于全书一百二十回的中间位置，于此处强调这一虚无性，则有
效地呼应了小说开篇传达的这种意蕴，并与作品末回作为结语的
《古风》中最后两句诗意相照应："鼎足三分已成梦，后人凭吊
空牢骚。"在此呼应或照应的关系中，我们再次看到平行叙述的
特征。

平行叙述不仅体现于小说中不同层次的结构层面，而且还表
现在作品整体寓意的呈现方面。这种寓意代表了中国传统文化中

的一种普遍认知：视历史的进程为阴与阳、分与合、乱与治的平行对应及其循环往复（此点显然不同于所谓"波浪式前进、螺旋式上升"的马克思主义历史观）。而这样一种对于历史变更的认知，则与古代中国人的宇宙观相吻合。这种宇宙观认为：（一）物盛则衰。如果从历时性的、线性叙述的角度看，《三国演义》整部小说所叙述的，就是这样一种由盛及衰的过程。盛与衰在小说中表现为一平行与对应关系。（二）阴阳循环。这种源自《易经》"观物取象"的观念，在小说里得到具体的演示和阐释。《三国演义》中的阴阳观念在循环中又表现为平行与对应特征。在罗贯中一类文人的眼中，历史就是这样的一种循环。这一点，后来的毛宗岗看得更为清楚，他在改编后的故事开端，画龙点睛似地提到："天下大势，分久必合，合久必分。"（三）天人感应。这样的观念在小说里很多重要事件的叙述中得到表现，例如第一回叙汉灵帝建宁、光和年间发生种种灾异乱象，预示了东汉王朝的瓦解；第一百零二回叙孔明六出祁山前，蜀都发生的鸟兽、星辰、草木之变，预示了孔明北伐的失败。几乎所有重大的人类行为，都与自然界的某种现象或变异对应，由此构成自然界与人类之间的平行与相互呼应关系。由于这类寓意学界多有讨论，兹不赘言。

　　总而言之，《三国演义》运用平行美学原则，在叙述的诸层面，有效地赋予人物与人物、事件与事件以类比或对比性质，由此构成其相互间的平行与对应，有效地促成了小说结构的严谨及其寓意的呈现。

参考书目

一、中文书目

1. 历史文献（以原著成书年代为序）

郭庆藩：《庄子集释》，北京：中华书局1982年版。

唐敬杲选注：《韩非子》，王云五编：《万有文库》，上海：商务印书馆1930年版。

何建章注释：《战国策注释》，北京：中华书局1990年版。

司马迁撰、裴骃集解、张守节正义：《史记》，北京：中华书局1975年版。

范晔撰、李贤等注：《后汉书》，北京：中华书局1982年版。

陈寿撰、裴松之注：《三国志》，北京：中华书局1982年版。

葛洪著、王明校释：《抱朴子内篇校释》，北京：中华书局1985年版。

干宝撰：《搜神记》，北京：中华书局1985年版。

陈翔华编校：《元刻讲史平话集》，北京：北京图书馆出版社1999年版。

佚名著：《秦始皇传等六种平话》，北京：华夏出版社1995年版。

罗贯中撰：《三国志通俗演义》，《续修四库全书》据明嘉靖元年刻本影印本，上海：上海古籍出版社1995年版。

罗贯中著，毛纶、毛宗岗评点：《古本三国志·四大奇书第一种》，清康熙年间醉畊堂本。

罗贯中著，毛纶、毛宗岗评点，刘世德、郑铭点校：《醉耕堂本四大奇书第一种三国志演义》，北京：中华书局1995年版。

吴小林校注：《三国演义校注》，台北：里仁书局1994年版。

陈曦钟、宋祥瑞、鲁玉川辑校：《三国演义会评本》，北京：北京大学出版社1998年版。

陈曦钟、侯忠义、鲁玉川辑校：《水浒传会评本》，北京：北京大学出版社1998年版。

许盘清、周文业编：《〈三国演义〉〈三国志〉对照本》，南京：江苏古籍出版社2002年版。

冯梦龙编：《喻世明言》，西安：陕西人民出版社1985年版。

醉月主人编次：《三国因》，刘世德等主编：《古本小说丛刊》，北京：中华书局1991年版。

脂砚斋四阅改七芟精绘古本《红楼梦》，台北：文渊出版社1959年版。

2. 研究论著（以作者姓氏拼音为序）

河南省社会科学院文学研究所编：《〈三国演义〉论文集》，郑州：中州古籍出版社1985年版。

［俄］李福清著：《三国演义与民间文学传统》，上海：上海古籍出版社1997年版。

［俄］李福清著：《关公传说与三国演义》，台北：汉忠文化事业股份有限公司1997年版。

柳存仁著：《和风堂读书记》，香港：龙门书店1977年版。

鲁迅著：《中国小说史略》，北京：人民文学出版社1973年版。

潘万木著：《〈左传〉叙述模式论》，武汉：华中师范大学出版社2004年版。

［美］浦安迪著：《中国叙事学》，北京：北京大学出版社1996年版。

沈伯俊著：《三国演义新探》，成都：四川人民出版社2002年版。

孙绿怡著：《〈左传〉与中国古典小说》，北京：北京大学出版社1992年版。

王靖宇著：《中国早期叙事文论集》，台北："中央研究院"文哲所筹备处，1999年版。

熊宪光著：《纵横家研究》，重庆：重庆出版社1998年版。

张俊主编：《中国文学史》（明清近代），北京：北京师范大学出版社 1998 年版。

赵景深编：《元人杂剧钩沉》，台北：世界书局 1960 年版。

郑杰文著：《能辩善斗：中国古代纵横家论》，济南：山东人民出版社 1995 年版。

郑铁生著：《三国演义叙事艺术》，北京：新华出版社 2000 年版。

郑振铎著：《中国文学研究》，香港：古文书局 1970 年版。

周兆新编：《三国演义丛考》，北京：北京大学出版社 1995 年版。

周建渝著：《传统文学的现代批评》，北京：中国社会科学出版社 2002 年版。

朱一玄、刘毓忱编：《三国演义资料汇编》，天津：百花洲文艺出版社 1983 年版。

3. 理论参考书（以作者姓氏拼音为序）

［俄］巴赫金著，白春仁、顾亚铃译：《巴赫金全集》，石家庄：河北教育出版社 1998 年版。

［美］卡勒，乔纳森（Culler, Jonathan D.）著、陆扬译：《论解构》，北京：中国社会科学出版社 1998 年版。

［美］费什，斯坦利（Fish, Stanley）著、文楚安译：《读者反应批评：理论与实践》，北京：中国社会科学出版社 1998 年版。

［法］福柯，米歇尔（Foucault, Michel）著、王德威翻译导读：《知识的考掘》，台北：麦田出版 2001 年版。

廖炳惠著：《解构批评论集》，台北：东大图书股份有限公司 1985 年版。

陆扬著：《德里达·解构之维》，武汉：华中师范大学出版社 1996 年版。

杨大春著：《解构理论》，台北：扬智文化 1994 年版。

二、英文论文及专著（Western-language Sources）

1. 论题相关之著述（Topic related scholarship）

Berry, Margaret. *The Chinese Classic Novel: An Annotated Bibliography of*

Chiefly English-language Studies. New York: Gardlang, 1988.

Besio, Kimberly. "Zhang Fei in Yuan Vernacular Literature: Legend, Heroism, and History in the Reproduction of the Three Kingdoms Story Cycle." *Journal of Sung-Yuan Studies*, 27 (1997), pp. 63 – 98.

Chang, Shelley Hsueh-lun. *History and Legend: Ideas and Images in the Ming Historical Novels.* Ann Arbor: the University of Michigan Press, 1990.

Henry, Eric. "Chu-ko Liang in The Eyes of His Contemporaries." *Harvard Journal of Asiatic Studies*, Vol. 52, No. 2 (Dec. , 1992), pp. 589 – 612.

Hanan, Patrick. "The Development of Fiction and Drama." *The Legacy of China.* ed. Raymond Dawson. London: Clarendon Press, pp. 126 – 127.

Hsia, C. T.. *The Classic Chinese Novel: A Critical Introduction.* New York: Columbia University Press, 1968.

Idema, Wilt Lukas. "The San-Kuo-Chih Yen-I. " *Chinese Vernacular Fiction: The Formative Period.* Leiden: E. J. Brill company, 1974.

King, Gail Oman. "A Few textual Notes Regarding Guan Suo and the *Sanguo yanyi.* " *Chinese Literature: Essays, Articles and Reviews*, 9 (1987), pp. 89 – 92.

King, Gail Oman, trans.. *The Story of Hua Guan Suo.* Tempe: Arizona State University Center for Asian Studies, 1989.

Kroll, Paul Willian. *Portraits of Ts'ao Ts'ao: Literary studies of the Man and the Myth.* Ann Arbor: University of Michigan Microfilms, 1981.

Liu, James J. Y.. *Essentials of Chinese Literary Art.* Mass: Duxbury Press, 1979.

Liu, Wu-chi. "The novel as Fork Epic. " *An Introduction to Chinese Literature.* Bloominton: Indiana University Press, 1996.

Mclaren, Anne Elizabeth. "Chantefables and the Textual Evolution of the *San-kuo-chih Yen-i.* " *T'oung Pao*, 71 (1985), pp. 159 – 227.

Mclaren, Anne Elizabeth. "Ming Audiences and Vernacular Hermeneutics: The Uses of the Romance of the Three Kingdoms. " *T'oung Pao*, 81 (1995), pp. 51 – 80.

Nienhauser, William H. Jr. and others eds.. *The Indiana Company to Tra-*

ditional Chinese Literature. Bloomington: Indiana University Press, 1986.

Plaks, Andrew H. ed.. *Chinese Narrative: Critical and Philosophical Essays.* Princeton: Princeton University Press, 1978.

Plaks, Andrew H.. *The Four Masterworks of the Ming Novel.* Princeton, N. J: Princeton University Press, 1987.

Roberts, Moss. "Afterwords: About Three Kingdoms." In *Three Kingdoms: A Historical Novel.* Attributed to Luo Guanzhong; trans. By Moss Roberts. Berkeley, Los Angeles, Oxford / Beijing: University of California Press / Foreign Language Press, 1991, pp. 937 – 986.

Rolston, David L. ed.. *How To Read The Chinese Novel.* New Jersey: Princeton University Press, 1990.

Yang, Winston, L. Y. & Adkins, Curitis P. eds.. *Critical Essays on Chinese Fiction.* Hong Kong: The Chinese University of Hong Kong, 1980.

Yang, Winston, L. Y. , Li, Peter & Mao, Nathan K. eds.. *Classical Chinese Fiction: A Guide to Its Study and Appreciation: Essays and Bibliographies.* Boston: G. K. Hall Publishers, 1978.

Yang, Winston L. Y.. *The Use of San-Kuo Chih as A Source for the San-Kuo-Chih Yen-I.* Ann Arbor, Michigan: University Microfilms, 1971.

2. **理论参考书** (Theoretical reference book)

Bakhtin , M. M.. *The Dialogic Imagination: Four Essays by M. M. Bakhtin.* ed. Michael Holquist, trans. Caryl Emerson and Michael Holquist. Austin: University of Texas Press, 1981.

Barthes, Roland. translated by Richard Howard. *The semiotic challenge.* New York : Hill and Wang, 1988.

Barthes, Roland. *Criticism and truth.* trans. & ed. Katrine Pilcher Keuneman; foreword. Philip Thody. Minneapolis: University of Minnesota Press, 1987.

Barthes, Roland. *S/Z.* trans. Richard Miller. pref. Richard Howard. New York, Hill and Wang, 1974.

Critchley, Simon. *The Ethics of Deconstruction: Derrida and Levinas.* Oxford

UK & Cambridge USA: Blackwell Publishers, 1992.

Culler, Jonathan D. ed.. *Deconstruction: Critical concepts in literary and cultural studies.* London & New York: Routledge, 2003.

de Man, Paul. *Blindness and Insight: Essays in the Rhetoric of contemporary Criticism.* Second edition. London: Routledge, 1983.

Fish, Stanley. *Is There a Text in This Class? The Authority of Interpretive Communities.* Cambridge: Harvard University Press, 1980.

Harari, Josué V. ed.. *Textual Strategies: Perspectives in Post-Structuralist Criticism.* Ithaca: Cornell University Press, 1979.

Jacques Derrida. *Margins of Philosophy.* trans. Alan Bass. Chicago: The University of Chicago Press, 1982.

Krieger, Murray. *The Ideological Imperative: Repression and Resistance in Recent American Theory.* Taipei: The Institute of European and American Studies, Academia Sinica, 1993.

Kristeva, Julia. *Desire in Language: A Semiotic Approach to Literature and Arts.* ed. Leon S. Roudiez, trans. Thomas Gora et al. New York: Columbia University Press, 1980.

Lentricchia, Frank & DuBois, Andrew eds.. *Close Reading: The Reader.* Durham: Duke University Press, 2003.

Moynihan, Robert. *A Recent Imagining : Interviews with Harold Bloom, Geoffrey Hartman, J. Hillis Miller, Paul De Man.* Hamden, Conn. : Archon Books, 1986.

Riffaterre, Michael. *Text Production.* trans. Terese Lyons. New York: Columbia University Press, 1983.